Zum BUCH

Das Königreich Ehygea war einst ein Ort mit blühenden Landschaften, rauschenden Flüssen und endlosen Weiten. Eines Tages wurde der Ort von einer schrecklichen Katastrophe heimgesucht – seitdem besteht dieser nur noch aus finsterem Ödland. Die Überlebenden drängen nach und nach in die Geschichte des düsteren Ortes vor – und müssen feststellen, dass ein großer Kampf um Leben und Tod bevorsteht, der über die Zukunft des gesamten Planeten entscheidet.

Zum AUTOR

Niklas Quast wurde am 7.3.2000 in Hamburg-Harburg geboren und wuchs im dörflichen Umland auf. Nachdem er eine Ausbildung zum Groß- und Außenhandelskaufmann absolvierte, arbeitet er nun in einem Familienbetrieb und widmet sich nebenbei dem Schreiben.

Niklas Quast

CRETHRENS – Odyssee nach Ehygea

ROMAN

1.Auflage 2021

Copyright © 2021 Niklas Quast
niklasquastautor@web.de
www.facebook.com/NiklasQuastAutor

Covergestaltung:
Galax Acheronian
www.acheronian.de

Alle Rechte vorbehalten

Niklas Quast
Emsener Straße 25
21224 Rosengarten

Herstellung und Verlag:

BoD-Books on Demand, Norderstedt

TwentySix - Der Self-Publishing-Verlag. Eine Kooperation zwischen der Verlagsgruppe Random House und BoD-Books on Demand.

ISBN: 978-3-7407-8053-1

Inhaltsverzeichnis

Ein fremder Ort	S. 9 – 37
Garten der Finsternis	S. 38 – 67
Eine gefährliche Mission	S. 68 – 96
Trauma	S. 97 – 124
Monodanus	S. 125 – 151
Gruppendynamik	S. 152 – 182
Flemerzult	S. 183 – 212
Früher	S. 213 – 240
Seelenspiegel	S. 241 – 269
Die helle Seite von Ehygea	S. 270 – 302

Was zuvor geschah…

Die Überlebenden aus der Eiswüste landen mit dem Helikopter in einer Großstadt. Sie treffen dort jedoch keine Menschenseele an und entscheiden sich, nachdem sie in einer Herberge auf einen Stadtplan stießen, dazu, in zwei Gruppen zwei Orte aufzusuchen. Oskar, Cassie, Louis und Annie machen sich auf den Weg nach Ghiron Nagh, einer versunkenen Stadt, während sich Tim, Willow, Nora und Ian zu einer imposanten Festung begeben. Am Ende laufen die Wege aller bei der Festung zusammen. Auf dem Weg dorthin verlieren Louis und Annie ihr Leben, während die Gruppe rund um Tim auf einen Jungen namens Simon trifft, der erzählt, dass es vor ihnen bereits eine weitere Testgruppe gab, von der er selbst ein Teil war. Oskar, Tim und Simon werden zu Prüfungen geschickt, die sie alle erfolgreich absolvieren. Etwa zeitgleich kommt es auf dem Dach der Festung zu einer Konfrontation zwischen Ruby und Ian, in dessen Folge sie ihn erschießt. Die Gruppe, zu der nun nur noch Oskar, Cassie, Tim, Willow, Nora, Simon, ein weiterer Junge namens Pacey und ein Mädchen namens Lily gehören, flüchtet vom Festungsdach in den Wald, in dem nach einer Explosion plötzlich ein helles Licht leuchtet. Am selben Abend stößt Oskar noch auf eine mysteriöse Flüssigkeit, die aus der Rinde eines Baumes fließt. Sie macht es möglich, mit Toten zu sprechen – und zeigt düstere Visionen. Tags darauf stellt sich heraus, dass dieses Licht den Eingang zu einem Portal markiert. Tim trinkt einen Schluck der Flüssigkeit und verschwindet im blauen Licht des Portals.

Ein fremder Ort

Es war wie in einem Traum. Das Portal strahlte eine unirdische Kraft aus und zog sie alle in seinen Bann. Oskar spürte, wie der Boden unter seinen Füßen mit jeder Sekunde wackeliger wurde. Jeder Schritt in die entgegengesetzte Richtung, weg von der Quelle der Energie, stellte eine ungeheure Anstrengung dar. Das Licht wurde immer heller und zerteilte sich in tausend Farben. Das riesige Loch offenbarte eine Lücke, aus der schwarze Dunkelheit hervorkam. Ein paar Minuten später war das Schauspiel jedoch wieder vorbei. Es endete mit einem harten Aufprall auf rauem, steinigem Boden. Oskar sah zur Seite. Er war komplett allein. *Wo bin ich? Wo sind die anderen?* Es hatte lange gedauert, bis sich der Eingang zur dunklen Seite von Ehygea wieder geöffnet hatte, nachdem Tim durch das Portal gegangen war. Es musste etwa eine Stunde vergangen sein. Trotzdem war von ihm weit und breit nichts zu sehen. *Bringt uns dieses Portal etwa an verschiedene Orte?*
»Tim?«
Oskars Stimme schallte durch die Dunkelheit, die von einem gigantischen Sternenhimmel erleuchtet wurde. Er sah sich um, entdeckte jedoch vor sich nichts weiter als rauen Stein und ein Holzschild. Er kroch ein paar Meter weiter vor und versuchte, zu erkennen, was dort geschrieben stand.
Norekrates – Bergkette der verlorenen Seelen und ungelösten Rätsel. 2 Tage entfernt.
Oskar kniff die Augen zusammen und versuchte, irgendwie in der Ferne die Umrisse der erwähnten Bergkette zu erkennen. Er schaffte es nicht. Die Dunkelheit tat ihr Übriges dazu, und so,

wie es aussah, würde es noch mehrere Stunden dauern, bis der nächste Tag überhaupt anbrechen würde. Er nahm seinen Rucksack ab und legte ihn auf den Boden. Die Glasflasche schimmerte verheißungsvoll im Sternenlicht. Er erinnerte sich an die letzten Worte, die Tim gesagt hatte, bevor er im aufbrechenden Licht des Portals verschwunden war. Es hatte gar nicht gut geklungen. *Ich habe halluziniert, nachdem ich etwas von der Flüssigkeit getrunken habe. Es war jedoch nicht viel gewesen.* Oskar überlegte. *Ich kann das nicht nochmal machen.* Er wusste, dass es das Vernünftigste war, jetzt einfach abzuwarten und zu hoffen. Er hoffte, dass die anderen denselben Weg nehmen würden wie er. Er wusste nicht warum, aber dieser Ort löste eine gehörige Portion Unbehagen und Beklemmung in seinem Inneren aus. Er setzte sich auf den Steinboden und beobachtete den Sternenhimmel – so lange, bis er endlich hörte, wie sich das Portal wieder öffnete. Cassie trat aus dem Licht in die Dunkelheit von Ehygea. Sie sah sich kurz um, entdeckte Oskar und ging auf ihn zu.
»Ich bin froh, dass es dir gut geht.«
Sie umarmten einander.
»Und ich erst, dass du es heil hierhergeschafft hast.«
»Von Tim ist nichts zu sehen?«
Oskar schüttelte den Kopf.
»Nein. Keine Spur. Es muss mit diesem Teufelszeug zusammenhängen.«
Er zeigte auf die Glasflasche, in der die durchsichtige Flüssigkeit silbrig schimmerte.
»Ich weiß nicht, was es bei ihm verursacht hat.«
»Wir sollten es trotzdem mitnehmen«, murmelte Cassie.
»Ich kann mir vorstellen, dass sich der Nutzen dieser Flüssig-

keit erst noch zeigen wird. Sie könnte für uns sehr wertvoll werden.«

Oskar ließ die Glasflasche durch seine Hände gleiten und betrachtete sie dabei näher. Er hatte Respekt vor der Flüssigkeit, die sie in dem mysteriösen Wald vor dem Portal aus der Rinde eines Baumes geschöpft hatten. Teilweise mischte sich auch Angst zu diesem Gefühl, er konnte es nicht richtig einschätzen.

Es dauerte etwas, bis mit Willow die dritte Person ihren Weg durch das Portal gefunden hatte. Sie wirkte verwirrt, ihre Haare waren unordentlich und sie hatte einen verängstigten Blick in den Augen. Das erste, was sie tat, als sie auf dem steinigen Boden angekommen war, war, sich in alle Richtungen umzusehen. Als sie Tim nicht entdecken konnte, blickte sie Oskar und Cassie enttäuscht an.

»Es gibt keine Spur von ihm«, sagte Cassie leise.

»Aber wir finden ihn zusammen. Es gibt nur einen Weg, den er gegangen sein könnte.«

Sie deutete auf das Schild, das den Weg nach Norekrates, der Bergkette der verlorenen Seelen, zeigte. Willow ging ein paar Schritte vor, konnte aber, genau wie Oskar und Cassie zuvor, nichts in der kargen Landschaft entdecken.

»Aber wir müssten ihn dann doch sehen. Er kann höchstens drei Stunden entfernt sein.«

Oskar hatte darüber nachgedacht, als er vor etwa zwei Stunden in Ehygea angekommen war. Sein Schluss war gewesen, dass Tim vielleicht an einer anderen Stelle angekommen war. *Dazu muss sich das Portal allerdings verändern. Und das hat es danach nicht mehr getan.* Er hatte darüber nicht weiter nachgedacht, und jetzt, wo Willow diese Frage stellte, wollte er ihr diese Antwort nicht geben. Er musste sich etwas Besseres über-

legen. Bevor er das jedoch konnte, übernahm Cassie das Wort.
»Es kann sein, dass der gesamte Weg nicht gut einsehbar ist. Für uns sieht es von hier aus zwar so aus, als gäbe es hier nur karges Flachland, doch was, wenn dort hinten zum Beispiel eine Schlucht ist?«
Sie deutete in die Ferne.
»Wir können es nicht sagen. Aber ich verspreche dir, dass wir alles tun werden, um ihn zu finden.«
Sie schien sich mit Cassies Worten nicht vollständig zufrieden zu geben, sagte aber nichts mehr. Oskar nickte zur Bestätigung.
»Er kann ja nicht vom Erdboden verschluckt worden sein.«
»Aber was, wenn die ihn haben?«
Willow klang ängstlich.
»Es ist fast, wie es mit Ian gewesen war. Er war auch auf einmal... verschwunden.«
»Allerdings ist Ian nicht aus freien Stücken gegangen.«
Cassie dachte über das nach, was Ian ihr erzählt hatte, kurz, bevor sie in den Helikopter eingestiegen waren.
»Tim hingegen schon.«
»Okay, du hast recht.«
Willow drehte sich um und betrachtete erneut das Schild, das sie nach Norekrates wies.
»Wann gehen wir los?«
»Sobald Nora, Simon, Pacey und Lily auch angekommen sind. Wir sollten uns nicht nochmal trennen.«
Oskar gefiel es, dass Cassie den beruhigenden Part übernommen hatte. Er hatte, während sie versuchte, Willow etwas zu beruhigen, viel nachgedacht. Das, was sie gesagt hatte, stimmte natürlich, doch er war sich der Sache nicht ganz so sicher. Allerdings wollte er das auch nicht aussprechen. Die Suche

nach Tim könnte sehr schwierig verlaufen, weil sie, sobald sie die Bergkette erreicht hatten, nicht wussten, wie es weitergehen würde. Der dunkle Nachthimmel, der nur von abertausenden Sternen erhellt wurde, erschwerte ihr Vorhaben zusätzlich. Oskar fragte sich, ob es in dieser Welt jemals Tag werden würde. Dagegen sprach, dass in den letzten Stunden der von hieraus riesig wirkende Mond immer dieselbe Menge an Licht ausgestrahlt hatte. Er schien niemals dunkler werden zu wollen.
»Ja das stimmt. Ich hoffe einfach nur, dass wir ihn möglichst schnell und vor allem lebend wiederfinden.«
Damit beendete Willow das Gespräch. Sie wandte sich wieder den vor ihnen liegendem Weg zu, und ein paar Minuten später erschien Nora als Nächstes aus dem zuckenden Licht des Portals. Sie hielt den Griff des Holzkorbes mit ihren Händen umklammert.
»Boah, habe ich Kopfschmerzen.«
Zur Bestätigung ihres Satzes fasste sie sich schmerzverzerrt an die Stirn.
»Was war das nur?«
»Was denn?«
»Im Portal... ich muss mir an irgendetwas den Kopf gestoßen haben.«
Sie nahm die Handfläche herunter, und eine kleine Platzwunde, aus der noch frisches Blut lief, kam zum Vorschein.
»Lass mich mal sehen.«
Cassie strich ihr sanft die verschwitzten Haare von der Stirn.
»Wir haben leider nichts zum Verbinden hier.«
»Ich denke, das verschwindet wieder von alleine.«
Sie rang sich ein Lächeln ab, wurde dann aber sofort wieder ernst.

»Ich nehme an, Tim ist nicht aufgetaucht?«
Sie flüsterte die Worte nur, wollte augenscheinlich verhindern, dass Willow, die weiterhin etwas entfernt von der Gruppe stand, mitbekam, was sie sagte.
»Leider nicht.«
Cassie übernahm die Gesprächslautstärke von Nora.
»Und ehrlich gesagt sieht es auch nicht wirklich gut aus. Wir haben bisher keine Spur von ihm.«
Oskar bemerkte, dass sich ihre Worte deutlich von denen unterschieden, die sie eben noch gegenüber Willow gesagt hatte. *Es wird wohl doch einfach nur so gewesen sein, dass sie Hoffnung verbreiten wollte, obwohl sie selbst keine hat.*
»Wir müssen trotzdem alles geben.«
Nora wühlte etwas in dem Korb herum.
»Wir haben nicht mehr allzu viele Vorräte, aber für ein bis zwei Tage sollte es noch reichen. Wir müssen von nun an sparsam damit umgehen.«
Die Zeit verging, und der Mond über ihnen schien immer imposanter zu werden. Aus der Nähe wirkte der Himmelskörper unfassbar riesig. Nach und nach erreichten dann auch Pacey, Simon und Lily den fremden und unheimlichen Ort. Es dauerte nicht lange, bis die Gruppe sich wieder formiert hatte, und zum Aufbruch in Richtung Norekrates bereit war.
»Wir sollten wirklich so lange gehen, bis wir einen Schlafplatz erreicht haben. Dann können wir heute gegen Abend, auch, wenn ich nicht genau abschätzen kann, wann das denn sein soll, unser Lager aufschlagen.«
»Gute Idee«, stimmte Nora Oskar zu.
»Haltet bitte unbedingt die Augen offen. Auch, wenn es nicht viel Hoffnung gibt.«

Willow wandte sich flehend an die gesamte Gruppe. Cassie ging daraufhin auf sie zu und nahm sie in den Arm. Oskar legte währenddessen seinen Rucksack auf den Boden ab und drehte sich nun in die Richtung, in der der Rest der Gruppe stand.
»Das Einzige, was mich stutzig macht, ist, dass wir keine Anweisungen erhalten haben.«
Er drehte sich direkt zu Pacey um.
»Du hast den Brief gestern gefunden. Stand da noch mehr drin?«
Pacey schüttelte direkt den Kopf.
»Nein, dann hätte ich euch das natürlich gesagt.«
Oskar traute seinen Worten nicht ganz, wusste aber nicht, woran das liegen konnte. *Vielleicht muss ich mit ihm einfach mal unter vier Augen sprechen.* Er wusste nicht, wann er das tun konnte, gab sich aber mit diesem Lösungsweg vorerst zufrieden. *Wenn ich jetzt noch unnötig Unruhe in das Ganze hereinbringe, verbessert das die Stimmung der Gruppe nicht wirklich. Vorerst muss ich wohl davon ausgehen, dass er recht hat.*
»Wie kommst du darauf?«
Oskar war noch so in Gedanken versunken, dass er Paceys Worte nicht direkt mitbekommen hatte.
»Was?«
»Dass ich euch etwas verschwiegen haben soll.«
»Ich dachte vielleicht, du hast es vergessen.«
»Wie dem auch sei, ich denke, du hast recht«, unterbrach Simon die Diskussion.
Alle Blicke wandten sich nun zu ihm um, während er seine Augen Richtung Boden gesenkt hielt.
»Wir sollten unseren Weg fortsetzen, bis wir eine Stelle zum Rasten finden.«

Damit begann der steinige Weg. Oskar schulterte seinen Rucksack wieder, packte jedoch vorher die Glasflasche hinein, die Cassie in ihren Händen gehalten hatte. Einen Moment lang hatte er befürchtet, sie könnte eine ähnliche Dummheit begehen wie Tim es getan hatte, doch sie ließ den Flaschenhals zu. *Wahrscheinlich hat sie, genau wie wir alle, zu viel Respekt davor.* Die Stimmung innerhalb der Gruppe war ziemlich bedrückend und wurde mit der Zeit auch nicht besser. Es wurde nicht viel gesagt, während sie gemeinsam den Weg meisterten und darauf warteten, irgendwo ein Lebenszeichen von Tim zu entdecken. Das passierte allerdings nichts. Die Strecke führte sie größtenteils geradeaus, es gab kaum irgendetwas, an dem sie ihre Position festmachen konnten. Das kleine Holzschild ließen sie immer weiter hinter sich, bis es irgendwann nicht mehr zu sehen war. Die Bergkette kam jedoch stets näher, sie schien riesig zu sein. Es würde noch einige Zeit dauern, bis sie die ersten Ausläufer erreicht hatten.

»Wenn das der Eingang des Portals war, würde mich echt mal interessieren, was das andere Licht zu bedeuten hatte.«

Nora wandte sich an die anderen.

»Was meinst du?«

Oskar sah sie fragend an.

»Der Stein hatte nur ein schwaches, blaues Licht ausgestrahlt. Es war definitiv nicht das gewesen, was den gesamten Wald hat leuchten lassen.«

»Das stimmt«, bestätigte Lily.

»Vielleicht ist das der Grund, warum wir keine Anweisungen erhalten. Und vielleicht ist vom anderen Eingang aus die Bergkette viel näher.«

»Wenn es ein anderer Eingang war«, murmelte Cassie.

»Es kann auch genauso gut eine Falle gewesen sein. Und da umkehren jetzt sowieso nicht in Frage kommt, müssen wir uns wohl mit der Situation arrangieren.«
Oskar fand die Diskussion ebenfalls müßig. Sie konnten nicht zurück, und würden nicht erfahren, wohin sie das andere Licht geführt hätte. Trotzdem wollte dieser Gedanke nicht aus seinem Kopf verschwinden, er verweilte dort und spukte in seinem Gehirn herum. *Was, wenn das hier der falsche Weg ist? Es gibt, bis auf diese Bergkette, keine verdammten Anzeichen auf irgendetwas.* Ein paar Minuten später jedoch senkte sich der Weg vor ihnen leicht ab. Die Landschaft wechselte ins hügelige, und als sie einen weiteren, kleinen Felsen aus Stein überquert hatten, hatten sie wieder freien Blick auf die Umgebung. Oskar staunte auf. Aus der Ferne hatte es so ausgesehen, als wären die Berge zwar weit entfernt, aber gut erreichbar, doch jetzt sah das anders aus. Sie wirkten ungefähr um das zehnfache größer, und es war ein klarer Weg zu erkennen. Außerdem gab es Fußspuren. Sie waren riesig, und als Oskar die Abdrücke sah, musste er direkt an das Schattenwesen denken, was sie auf dem Würfel gesehen hatten. Er bekam eine Gänsehaut am ganzen Körper.
»Wahnsinn«, staunte Simon.
Die anderen nickten nur. Oskar wusste nicht, ob er erleichtert oder beunruhigt sein sollte. Zum einen hatten sie jetzt einen klaren Weg und vermutlich auch ein Ziel vor Augen, doch zum anderen gab es diese Fußspuren, die genau in die Richtung von Norekrates führten.
»Endlich.«
Cassie wirkte erleichtert.
»Ich dachte schon, das geht jetzt die ganze Zeit so weiter.«

Pacey hatte sich währenddessen etwas vom Rest der Gruppe entfernt, Willow war ihm gefolgt.
»Gibt es was Interessantes zu sehen?«
Simon legte Pacey eine Hand auf die Schulter.
»Ja.«
Mehr sagte er nicht, und Oskar konnte ihn verstehen, als er das sah, was sie entdeckt hatten. Unter dem kleinen Felsen ging es mehrere Meter in die Tiefe. Er konnte die Entfernung nicht wirklich einschätzen, sie wirkte auf ihn jedoch beunruhigend. Auf einer Fläche von mehreren einhundert Metern unter ihnen waren unzählige Crethrens zu sehen. *Die Eismonster*, schoss es Oskar durch den Kopf. *Ist hier etwa die Quelle? Ein Nest?*
»Tretet lieber einen Schritt zurück, bevor noch jemand das Gleichgewicht verliert.«
Cassie wirkte besorgt und versuchte, sie alle etwas nach hinten zu schieben. Oskar konnte sie verstehen. Er hatte Respekt vor den Kreaturen und war von dem Anblick mehr als beeindruckt. Doch es überwog die Furcht. Unter ihnen gab es noch viele weitere Felsvorsprünge, sie reichten wie Stufen bis zu den Wesen hinunter.
»So viele auf einem Haufen habe ich noch nie gesehen«, meinte Simon erstaunt.
»Es scheint fast so, als wäre hier der Ausgangspunkt.«
Er drehte sich plötzlich um und deutete auf die riesigen Fußstapfen.
»Die gehören allerdings nicht zu denen. Dabei kann es sich nur um das riesige Schattenwesen handeln. Nora, kannst du mir mal bitte den Würfel geben?«
Nora kramte den Würfel hervor und reichte ihn Simon.
»Schaut euch mal die Füße an.«

Er zeigte auf die zackenartigen Krallen, die auf dem kleinen Würfel nur schwer zu erkennen waren.

»Und jetzt vergleicht das mit der Spur, auf die wir hier gestoßen sind. Es passt haargenau.«

Oskar betrachtete das kleine Bild näher. Das Wesen sah wirklich verdammt gefährlich aus. Es war schwarz und hatte eben diese zackenartigen Krallen und Hörner, die riesig wirkten.

»Meint ihr, wir sollten dem wirklich folgen?«

Willow klang unsicher.

»Ich glaube, Tim hätte...«

»Jetzt hör doch mal auf. Wir werden wirklich alles in unserer Macht Stehende tun, um Tim zu finden. Aber dazu gehört halt auch, dass wir den Weg nehmen, der uns am wahrscheinlichsten erscheint. Und das ist leider nun mal dieser.«

Pacey hatte sich während seiner Worte wieder etwas beruhigt, sah jedoch immer noch ziemlich geladen aus. Oskar war überrascht aufgrund seiner Reaktion. *Was hat er sich dabei gedacht?* Bevor er etwas sagen konnte, entschärfte Lily die Situation.

»Sie macht sich sehr viele Sorgen um Tim. Ich denke, das sollte für dich auch verständlich sein.«

Jetzt drehte sie sich direkt zu Willow um.

»Ich fürchte aber, er hat recht. Wir haben erstmal nur diesen einen Weg und müssen es einfach versuchen.«

Willow sagte nichts mehr, ihr war jedoch anzusehen, dass Paceys Reaktion sie ziemlich getroffen hatte. Sie setzten ihren Weg direkt wieder fort und begannen, der Absenkung zu folgen. Das Keuchen der Wesen wurde immer präsenter, Oskar hatte es zunächst nicht wahrgenommen. Jetzt war es jedoch nicht zu überhören. Das Geräusch verursachte schreckliche Bilder vor

seinem inneren Auge. Er sah viel Blut, und dachte unwillkürlich wieder an Louis und all die anderen, die ihr Leben gelassen hatten. *Wir hätten es alles verhindern können.*
»Ist alles okay?«
Cassie hatte bemerkt, dass er tief in seine Gedanken versunken gewesen war.
»Ja. Ich habe mich nur gerade wieder an die Situation in der Höhle zurückerinnert gefühlt.«
Er schluckte.
»Du weißt, die Sache mit Louis.«
»Du solltest nicht darüber nachdenken.«
»Ich weiß, aber das lag wohl an diesen furchtbaren Geräuschen.«
»Du musst sie einfach ausblenden. Es ist das einzige, was du tun kannst. Ich schaffe das auch ganz gut.«
»Es fällt mir aber sehr schwer.«
»Ich kann dich verstehen. Gerade nach dem, was er in seinem Brief geschrieben hatte.«
Oskar überlegte, wie er ihre Worte einschätzen konnte. Er war sich über seine Gefühle ziemlich sicher, hatte in der gesamten Zeit in Louis nicht mehr als einen sehr guten Freund gesehen.
»Es war wahrscheinlich einfach alles zu viel in letzter Zeit.«
Er wollte jetzt nicht mit Cassie über dieses Thema sprechen, nicht vor allen anderen und nicht zu dieser Zeit. Er war erleichtert, dass sie das einfach zur Kenntnis nahm und nichts mehr sagte. Je weiter sie bergab gingen, desto näher kamen sie den vielen Crethrens. Sie waren zwar immer noch durch eine Plattform von den Wesen entfernt, doch der Geruch und die Geräusche wurden mit jedem Schritt deutlicher. Der Weg endete direkt vor der Schlucht, und führte an ihr entlang wieder

weiter geradeaus. Es ging jetzt bloß noch etwa fünf Meter hinunter, und da die Kreaturen teilweise an die drei Meter groß waren, wirkte der Abstand zu ihnen nur minimal. Die Gruppe hielt sich jedoch weit von der Kante entfernt, niemand traute sich näher als auf zehn Schritte Abstand heran. Doch da der Horizont ziemlich weit entfernt lag, war die Masse an Crethrens trotzdem sehr gut zu überblicken.

»Ich hoffe, dass es keine Möglichkeit für diese Monster gibt, auf unseren Weg zu klettern.«

»Wenn es hier irgendwo eine solche Stelle gibt, dann haben wir ein Problem«, stellte Oskar fest.

Er ließ seinen Blick schweifen. Ein paar Meter vor ihnen begann eine Steinmauer. Sie war etwa hüfthoch und wirkte relativ solide. Eine Sache war jedoch merkwürdig. Zunächst wusste Oskar nicht, was ihm genau in sein Blickfeld fiel. Als er jedoch ein zweites Mal hinsah, bemerkte er, dass innerhalb der Mauer ein Loch zu sehen war, was stetig größer zu werden schien.

»Das könnte bereits ein solcher Punkt sein.«

Simon ging ein paar Schritte vor und versuchte, einen Blick durch das Loch zu werfen. Er schnellte jedoch ruckartig mit seinem Kopf wieder zurück und entging so nur haarscharf einem Prankenhieb.

»Scheiße.«

Er wirkte aufgeregt. Lily ging zu ihm, legte ihm eine Hand auf die Schulter und zog ihn von der Stelle weg.

»Pass auf dich auf.«

Oskar begutachtete das Loch in der Mauer näher, traute sich jedoch nicht so weit heran wie Simon zuvor. An dem Punkt war der Weg erneut etwas abgesunken. Der Abschnitt mit der Mauer

Yschien sich direkt auf einer Höhe mit den Wesen zu befinden.
»Sie passen da nicht durch«, murmelte Oskar.
»Das Loch ist viel zu klein. Aber das hier ist ja erst der Start der Mauer, und somit vielleicht nicht die einzige undichte Stelle.«
Pacey entfernte sich von der Truppe, nahm einen Stein vom Boden, der in etwa dieselbe Größe hatte wie das Loch, und schob ihn in die Lücke.
»Seid ihr zufrieden?«
Simon nickte.
»Danke. Ich fürchte nur, das wird nicht allzu lange halten.«
Wie auf Kommando schoss die Pranke des Wesens erneut nach vorne und schob den Stein wieder aus der Lücke. Er fiel auf den Boden und zerbröselte.
»Es ist trotzdem nicht weiter dramatisch. Es ist nur ein kleines Loch, sie können es gar nicht dadurch schaffen.«
»Lasst uns trotzdem weiter. Ich fühle mich hier nicht wirklich wohl.«
Nora setzte ihren Willen durch, und der Rest folgte ihr schon bald wieder. Oskar starrte gebannt auf die Mauer, hoffte, keine weiteren Stellen zu entdecken, an denen sich Lücken auftaten. Das war zum Glück auch nicht mehr der Fall. Ein paar Minuten später entspannte er sich wieder und richtete den Blick auf den vor ihm liegenden Weg. Die Stunden zogen ins Land, und der Weg an der Mauer vorbei führte sie weiter nach Norekrates. Oskar konnte nicht sagen, wie viel Zeit vergangen war, als sie die erste Pause einlegten. An einer Stelle, an der mehrere große Steine lagen, legten sie ihre Sachen ab und setzten sich dort hin. Cassie kam mit dem Kopf näher an Oskar heran und flüsterte:
»Irgendwie fühle ich mich hier nicht wirklich wohl. Es ist alles merkwürdig.«

»Ja, das finde ich auch. Ich hoffe, wir werden diese Wesen bald aus den Augen verlieren, aber das scheint noch bis zum Gebirge zu dauern.«

Er deutete auf den Verlauf der Mauer, die sich vor ihnen bis zum Ende ihres Blickfeldes durch die steinige Umgebung schlängelte.

»Wir hätten auf alle Fälle keine Chance, wenn es denen gelingen sollte, die Mauern einzureißen«, murmelte Cassie.

»Wie soll das denn passieren?«, fragte Oskar ernst.

»Das Loch im ersten Abschnitt der Mauer war wahrscheinlich nur ein loser Stein. Ansonsten wirkt sie für mich bombensicher.«

Zur Bestätigung des Gesagten stand er auf, ging zwei Meter nach vorne und wackelte an den oberen Steinen der Mauer. Sie ließen sich nicht bewegen. Sofort war jedoch zu hören, wie auf der Gegenseite gegen das Bollwerk geschlagen wurde.

»Absolut sicher.«

Cassie schien sich etwas beruhigt zu haben, sie hatte sogar ein Lächeln im Gesicht.

»Danke. Jetzt bin ich beruhigt.«

»Seht mal, hier ist eine Karte.«

Simon war mit Pacey ein paar Meter weiter gegangen. An einer Stelle der Mauer war von den Steinen aus schon eine weiße, große Karte zu sehen.

»Was steht drauf?«, fragte Oskar.

»Es ist eine kleine Übersicht von diesem Ort. Hier scheint sich eine kleine Hütte zu befinden.«

Oskar stand auf und ging zu den beiden. Pacey zeigte auf eine gezeichnete Holzhütte, die vor der Bergkette lag und nicht mehr allzu weit von ihrem derzeitigen Aufenthaltsort entfernt schien.

»Ich denke, dort sollten wir die Nacht verbringen. Ich schätze, es dauert noch zwei bis drei Stunden, bis wir sie erreicht haben.«
»Aber ist es dann wirklich Nacht?«
Willow wandte sich mit ihrer seltsamen Frage direkt an Pacey.
»Eine gute Frage. Ich weiß es nicht, denn es ist hier ja schon seit Stunden dunkel. Doch irgendwie empfinde ich das Licht der Sterne fast wie Tageslicht.«
Oskar nickte.
»Das stimmt. Ich habe noch nie so ein helles Sternenlicht gesehen.«
Er ließ seinen Blick über die Karte schweifen. Die Fläche, auf denen die Crethrens sich herumtrieben, war auch dort riesig. Die Mauer begann erst etwa während der Hälfte der Strecke, da sich der Weg dort nach dem großen Hügel abgesenkt hatte.
»Da ist der Geysir.«
Simon war bereits etwas weiter bei der Betrachtung der Karte und zeigte auf eine Zeichnung, die Oskar bisher nicht wirklich wahrgenommen hatte. Er erinnerte sich wieder an das, was auf dem Würfel zu sehen gewesen war. *Der Geysir ist die Quelle des Glücks.* Er dachte über die Worte nach. *Vielleicht endlich mal etwas Positives.* Er war nicht mehr weit entfernt vor ihnen, lag noch vor der gigantischen Bergkette.
»Wir werden ihn wahrscheinlich noch vor unserer Rast erreichen«, meinte Oskar.
Wenige Zeit später setzten sie ihren Weg fort. In den nächsten Stunden passierte nicht viel. Der Weg war eintönig und die Mauer ihr stetiger Begleiter. Irgendwann, es war einiges an Zeit vergangen, hatten sie schließlich den Geysir erreicht. Er war schon aus der Ferne zu erkennen gewesen und sprudelte nun in

seiner gesamten Pracht direkt vor ihnen. Aus der Quelle im Boden strömte ein silbrig weißer Dampf.
»Nora, stand da noch mehr über den Geysir?«
Nora schüttelte zunächst den Kopf, meinte dann jedoch:
»Moment. Ich habe mir nur die Vorderseite angesehen, die Rückseite des Blattes nicht weiter beachtet.«
Oskar setzte seinen Rucksack ab und gab ihr den Zettel. Nora überflog kurz das, was dort geschrieben stand, und sagte:
»Er ist die Quelle des Glücks. Wir sollen uns nacheinander in den Dampf stellen und zehn Sekunden dort verharren.«
Sie sah die anderen skeptisch an.
»Gibt es freiwillige?«
Oskar nickte.
»Ich versuche es gerne als erstes.«
Er trat ein paar Schritte vor und spürte die Wärme des Geysirs, als er direkt vor der Quelle stand. Er atmete noch ein letztes Mal tief ein und aus bevor er sich schließlich genau in den Dampf stellte. Es war ein herrliches Gefühl. Die Wärme umgab ihn von allen Seiten und es fühlte sich wunderbar an. Er bemerkte, wie alles, was ihn belastete, nach und nach von ihm abfiel. Er fühlte sich... frei. Etwa zehn Sekunden später ließ das jedoch nach, und er trat wieder aus dem Dampf heraus. Oskar grinste Cassie an und sagte:
»Es fühlt sich wirklich toll an. Probiert es mal aus.«
Nach und nach unterzogen sich die anderen der kurzen Prozedur. Als alle fertig waren, setzten sie ihren Weg fort. Oskar dachte währenddessen über das nach, was eben geschehen war. Er fühlte sich frei und konnte jetzt wieder klarer denken. *Wir müssen nach Tim suchen. Er kann nur diesen einen Weg gegangen sein, eine andere Möglichkeit gibt es nicht.* Er senkte

seinen Blick zu Boden und versuchte, irgendetwas aus den Fußspuren lesen zu können. Sie waren riesig, es konnte sich hierbei nur um das Schattenwesen handeln. Als er jedoch kurz innehielt, auf die Knie ging und den Boden näher betrachtete, entdeckte er etwas Interessantes.
»Seht euch das mal an!«
Der Rest der Gruppe, die derweil schon etwas vorgegangen war, drehte sich um. Cassie und Simon kamen zu ihm.
»Was ist denn?«
»Hier, in den riesigen Spuren... da ist eine kleinere Fußspur. Das kann ein Zeichen von Tim sein.«
»Tim?«
Willow kam direkt angestürmt, als sie den Namen ihres Freundes hörte.
»Was ist mit ihm?«
Oskar sah die Hoffnung, die ihr im Gesicht stand, und fühlte sich dadurch gleich etwas besser. Bevor er etwas sagen konnte, übernahm Simon das Wort.
»Das hier, das müssten seine Fußabdrücke sein. So ist zumindest unsere Vermutung.«
»Stimmt. Hey, Nora und Cassie, seht euch das mal an!«
Die beiden stießen ebenfalls zu den anderen dazu und betrachteten die Spuren.
»Das sieht doch gut aus. Wir werden ihn finden.«
Nora klang motiviert, was sich gleich auf Willow abfärbte. Die Spannung löste sich von ihr, und das erste Mal, seit sie hier auf diesem fremden Planeten angekommen waren, lächelte sie. Simon nahm das zur Kenntnis und wirkte zufrieden. Er tauschte einen kurzen Blick mit Lily aus und konzentrierte sich dann wieder auf den Weg, der vor ihnen lag. Er übernahm gemein-

sam mit Lily und Pacey die Führung, Oskar folgte ihnen mit den anderen im Schlepptau. Während sie den Spuren nachgingen, geisterten viele verschiedene Gedanken durch Oskars Kopf. *Eigentlich können das nicht Tims Fußspuren sein. Es ist einfach zu unlogisch, dass er diesen Weg gegangen ist und keine Pause eingelegt hat. Wir können hier so gut wie alles überblicken, aber haben weiterhin kein einziges verdammtes Lebenszeichen von ihm erhalten.* Doch andererseits... *wer, außer er, sollte diese Spuren denn sonst erzeugt haben? Sie scheinen noch frisch zu sein.* Er wusste nicht, was er glauben konnte, weshalb er einfach an etwas anderes denken wollte. Das war jedoch einfacher gesagt als getan. Die Sache beschäftigte ihn und wollte einfach nicht mehr aus seinem Kopf heraus. *Tim wird uns nicht im Stich gelassen haben.*
»Wir finden ihn bald«, flüsterte Cassie und holte ihn damit in die Realität zurück.
Er blickte in ihr Gesicht und versuchte, sich ein schwaches Lächeln aufzusetzen.
»Ich denke auch. Die Spuren können ein guter Hinweis auf seinen Aufenthaltsort sein.«
»Können?«
Cassie beäugte ihn kritisch.
»Du scheinst nicht wirklich daran zu glauben.«
Er zog sie etwas näher zu sich heran, damit sie sich außer Hörweite vom Rest der Gruppe befanden.
»Ich weiß nicht, was ich glauben soll. Ich kann mir nämlich nicht vorstellen, dass Tim einfach so vor uns weggelaufen ist und dann auch noch denselben Weg nimmt, den wir eingeschlagen haben«, flüsterte er.
»Stimmt schon«, murmelte Cassie.

»Aber es kann ja auch anders sein, oder? Es muss ja nicht immer alles gegen uns laufen.«

Darauf konnte Oskar nichts mehr entgegnen, er nickte nur stumm und richtete seinen Blick dann wieder nach vorne. Die Stimmung innerhalb der Gruppe war wieder etwas besser geworden, und Oskar wünschte sich, dass die allgemeine Euphorie auch auf ihn überspringen würde. Cassie hingegen wirkte nun ebenfalls nachdenklich, seine Worte schienen ihre Denkweise in eine andere Richtung getrieben zu haben. *Ich sollte den anderen gar nichts davon erzählen. Egal, wie es wirklich ist, gute Stimmung ist immer besser als schlechte.*

Etwa drei Stunden später erreichte die Gruppe eine kleine Holzhütte. Sie wirkte verloren innerhalb der hügeligen Landschaft und wies bereits Risse in der Fassade auf. Die zusammengenagelten Bretter wirkten morsch, an einigen Stellen waren sie von Moos bewachsen.

»Das soll also unsere Bleibe sein?«, fragte Nora.

»Besser als gar nichts, oder?«

Oskar war der erste, der das kleine Häuschen betrat und sich im Inneren umsah. Das Sternenlicht, was durch die vielen Ritzen fiel, war jedoch nur spärlich und diente nicht wirklich als Beleuchtung. Er tastete sich voran und stieß direkt im ersten Raum auf eine etwa hüfthohe Holzkommode. Darauf lag eine Taschenlampe, er fand den Schalter schnell und betätigte ihn. Gelbes Licht flutete den Raum und ließ die Umgebung gleich um ein Vielfaches heller werden. Neben der Kommode ging es in einen zweiten Raum - einer Art Abstellkammer, der Bereich war eng und mit Gegenständen zugestellt. Oskar nahm sich vor, später einen genaueren Blick auf die Dinge zu werfen. Der dritte Raum, den er erreicht hatte, war der Schlafplatz. Es gab zwar

keine Betten, doch auf dem Boden lag ein alter, verwebter Teppich, der zumindest einigermaßen bequem aussah und genug Platz für vier Leute bot. Der nächste Raum war durch eine Tür vom Rest des Hauses abgegrenzt. Als Oskar die Klinke herunterdrücken wollte, merkte er, wie sie unter seiner Hand nachgab und aus dem Schloss brach. Der Griff landete auf dem Boden und erzeugte einen lauten Knall, der überall in der Hütte zu hören gewesen sein musste.
»Ist was passiert?«, kam es aus dem kleinen Flur mit der Kommode.
»Nein. Das war nur die Tür, sie scheint schon etwas älter zu sein.«
Nora und Cassie standen direkt hinter ihm im Türrahmen, als er sich umdrehte.
»Der Griff ist einfach so abgefallen.«
»Hier können wir dann ja den Tag ausklingen lassen. Sieht bequem aus«, meinte Cassie
Oskar stellte seinen Rucksack währenddessen auf den Stuhl und ging wieder aus dem Raum heraus. In der Hütte war es ziemlich stickig, es gab auch keine Fenster, sondern nur die Eingangstür, aus der etwas Luft ins Innere dringen konnte. Cassie folgte ihm, er setzte sich auf die Stufe vor der Tür und blickte in die Ferne.
»Ich hoffe wirklich, er ist irgendwo da draußen. Nicht, dass du mich vorhin falsch verstanden hast.«
»Nein, das habe ich nicht. Ich musste nur über das, was du gesagt hast, nachdenken.«
Er legte einen Arm um Cassie und rückte etwas näher an sie heran, während die anderen noch damit beschäftigt waren, ihre heutige Bleibe näher zu erkunden.
»Ich fand das gestern Abend am Feuer richtig angenehm. Diese

Wärme, sie lässt mich immer alles Schlechte vergessen und gibt mir die nötige Sicherheit und Geborgenheit.«
»Wir könnten hier auch eins machen. Müssten nur in dem versperrten Raum schauen, ob wir etwas Brennbares finden, aber da bin ich guter Dinge.«
»Dann lass uns das machen.«
Sie lächelte und Oskar fühlte sich sofort besser.
»Einverstanden.«
Er folgte Cassie in die Hütte hinein. Oskar trug noch immer die Taschenlampe bei sich, in diesem Raum war sie jedoch nicht vonnöten, da es eine Dachluke gab durch die das helle Sternenlicht hineinfiel. Er knipste das Licht wieder aus und sah sich um. In diesem kleinen Teil der Hütte gab es allerhand Krempel. An der hinteren Wand stapelten sich mehrere Holzstühle übereinander, auf einem Regal lag so viel Staub, dass die gesamte Luft bereits verschmutzt war. In einer antiken Vitrine standen einige Bücher aneinandergereiht, viele waren vergilbt und wirkten, als stünden sie bereits eine Ewigkeit dort. Neben einem Porzellangedeck gab es noch drei Wolldecken, eine Katzenfigur aus Glas und eine hölzerne Schüssel, in der eine Schachtel Streichhölzer lag.
»Hier. Da haben wir ja schon mal etwas, was uns weiterhelfen könnte.«
Oskar nahm das Päckchen heraus und reichte es Cassie. Als er einen letzten Blick in die Schüssel warf, bemerkte er etwas auf deren Boden. Ein eingeritzter Text, nur schwer erkennbar in dem spärlichen Licht. Cassie war bereits draußen, er nahm die Schüssel und folgte ihr.
»Schau mal, hier.«
Er zeigte auf die geritzten Zeichen.

»Da steht irgendetwas geschrieben. Ich glaube, wir können es im Licht besser erkennen.«

Er trat aus dem Schatten des Hauses heraus und beugte sich über den Behälter. Es fiel ihm schwer, das entziffern zu können, was dort stand, doch nach ein paar Minuten hatte er es raus.

»Findet des Königs silberne Krone und euer ist Glückseligkeit und Reichtum. Findet sie nicht und euer ist Hass und Tod.«

»Was?«

Simon gesellte sich zu ihnen, wenig später folgten auch Nora, Pacey und Lily.

»Ist alles okay?«, fragte Nora.

Oskar erzählte, was in der Schüssel geschrieben stand und wo er sie gefunden hatte.

»Habt ihr den Raum gründlich durchsucht?«, fragte Lily. »Es würde sich ja anbieten, dass sich besagte Krone dort findet.«

»Das wäre glaube ich zu einfach«, mutmaßte Cassie.

»Aber ich kann nochmal nachsehen. Wer kommt mit?«

Willow begleitete sie, Oskar blieb bei den anderen und hörte deren Vermutungen zu. Er hielt sich selbst eher im Hintergrund, wollte warten, ob Cassie und Willow etwas finden würden.

»Hier ist sie!«

Cassie klang erleichtert. Wenige Augenblicke später polterte etwas zu Boden. Oskar stand auf und kam den beiden entgegen.

»Was ist passiert? Habt ihr die Krone?«

»Ja, sie war in der Vitrine. Aber wir können sie nicht mitnehmen.«

Cassie zeigte, wie sie nach der Krone greifen wollte. Es gelang ihr zwar, sie in die Finger zu bekommen, doch sie konnte sie nur etwa einen Meter von der ursprünglichen Stelle fortbewe-

gen, bevor sie einfach so zu Boden fiel. Oskar probierte es danach selbst, und stellte fest, dass er auch nichts dagegen ausrichten konnte. Es war, als würde eine unsichtbare Kraft dafür sorgen, dass die Krone immer wieder hinunterfiel. Fast so, als säße ein Magnet im Boden, der sie anziehen würde. Oskar versuchte es erneut, setzte die Krone jetzt jedoch auf. Es gelang ihm so, sie aus dem Raum zu entfernen und zu den anderen zu bringen. Cassie sah ihn staunend an.
»Wow, darauf wäre ich nicht gekommen.«
Oskar lächelte, spürte jedoch, wie das Gewicht auf seinem Kopf immer schwerer wurde und wie sich seine Stimmung verschlechterte. Zudem gesellten sich dazu noch Kopfschmerzen, die mit jeder vergehenden Sekunde schlimmer zu werden schienen. *Es ist reine Magie*, dachte er. *Eine unfassbare, unbeschreibliche Macht. Reine Magie. Reine Magie.*
»REINE MAGIE!«, schrie er, riss sich die silberne Krone vom Kopf und verlor kurz darauf das Gleichgewicht.

Es gelang Cassie gerade noch, Oskar aufzufangen, bevor er auf dem Boden landete. Sie schaffte es, auf den Beinen zu bleiben, und zog ihn wieder auf die Füße hoch.
»Was hast du denn?«
»Die Krone«, stöhnte Oskar.
Er verspürte noch immer unfassbare Kopfschmerzen, die jetzt jedoch nach und nach abebbten.
»Was ist mit der Krone?«
Simon stand direkt hinter Cassie und blickte auf ihn hinunter. Er wirkte besorgt.
»Setz sie bloß nicht auf.«
Oskar hustete.

»Was passiert dann?«

Simon missachtete seine Warnung, hob die silberne Krone vom Steinboden auf und betrachtete sie zunächst in seinen Händen.

»Sie vibriert.«

Er wandte sich zu Lily und Pacey um.

»Schaut doch mal.«

Lily streckte vorsichtig ihre Hand aus und legte sie auf den Rand des mysteriösen Gegenstandes.

»Es fühlt sich irgendwie merkwürdig an.«

»Das ist es auch. Ich habe so etwas noch nie zuvor erlebt, da bin ich mir sicher.«

»Was denn?«

»Als ich mir die Krone aufgesetzt habe, habe ich sofort gemerkt, dass etwas nicht stimmt. Diese Vibrationen erfüllten auf einmal meinen gesamten Kopf und schienen meine Gedanken regelrecht zu steuern. Ich fühlte mich schlecht. Diese Krone scheint ein magisches Relikt zu sein.«

Wenige Sekunden, nachdem Oskar die Worte gesprochen hatte, fiel Simon die Krone aus der Hand. Sie landete erneut auf dem Boden, schien jedoch ein weiteres Mal keinen einzigen Kratzer abbekommen zu haben.

»Diese Krone wird irgendjemandem gehören, vielleicht ja sogar einer anderen Bevölkerung. Ureinwohner dieses Planeten… Das ist aber nur eine Vermutung.«

Cassie sprach diese Worte während die anderen noch damit beschäftigt waren, die Krone näher zu betrachten. Als sie jedoch eine kurze Pause einlegte, um dem Gesagtem Nachdruck zu verleihen, bekam sie die Aufmerksamkeit, die sie haben wollte. Alle Köpfe drehten sich zu ihr und hörten ihren weiteren Ausführungen zu.

»Wie kommst du darauf?«, fragte Pacey.
»Es könnte sein, dass es unsere erste Aufgabe ist, diese Krone zu den hier lebenden Menschen zu bringen. Immerhin steht dort etwas von einem König. Der zweite Satz jedoch verwirrt mich irgendwie.«
Sie griff nach der Schüssel, und las erneut das vor, was auf dem Boden eingeritzt war.
»Findet sie nicht, und euer ist Hass und Tod. Ich weiß nicht, wie ich diesen Teil aufnehmen soll. Wir sollten uns wahrscheinlich darauf vorbereiten, dass uns schon bald ein neuer Feind gegenübersteht.«
»Scheint ganz so.«
Simon wirkte nervös.
»Wenn das stimmt, müssen wir uns mit Waffen eindecken und kampfbereit sein.«
Zur Bestätigung seiner Aussage tastete er nach seiner Pistole, die weiterhin am Gürtel an seiner Hose steckte. Er öffnete das Magazin, entleerte es und ließ die Patronen in seine Hand fallen.
»Ich habe nur noch vier Kugeln. Wir müssen uns anderweitig umsehen, was das anbelangt.«
»Wir werden sicher etwas finden.«
Oskar hatte sich jetzt wieder etwas erholt.
»Doch vielleicht wird das gar nicht notwendig sein. Wir müssen nur die Krone von hier wegbringen, allerdings sollten wir dabei sehr vorsichtig sein und uns abwechseln, wenn wir keine andere Lösung finden, als sie auf dem Kopf zu tragen.«
»Lasst uns erstmal den Abend genießen«, meinte Cassie.
»Wir wollten ein Feuer machen. Komm.«
Cassie reichte Oskar ihre Hand und er folgte ihr. Sie steuerte erneut die kleine Abstellkammer an und holte etwas Holz und

eine der Wolldecken heraus.

»Die brennen sicherlich auch gut.«

Draußen wieder angekommen, legte sie alles auf einem Haufen zusammen und goss etwas von der klaren Flüssigkeit darüber. Die Flasche war jetzt etwa nur noch halbvoll, Oskar wusste, dass sie mit dem Rest sparsam umgehen mussten.

»Verschwende lieber nichts davon. Wir könnten es noch brauchen«, sagte er daher.

»Nur ein bisschen«, entgegnete Cassie.

»Viel mehr brauche ich nicht, um ein Feuer entfachen zu können.«

Sie zündete ein Streichholz an und warf es auf den Haufen. Die Wolldecke ging sofort in Flammen auf, die auch bald auf das Holz übergegriffen waren.

»Wenn wir nachher schlafen gehen, sollten wir es jedoch wieder löschen. Die Gefahr, dass das Feuer mit der Hütte in Berührung kommt, ist definitiv gegeben.«

»Darüber sollten wir uns erst einen Kopf machen, wenn es so weit ist.«

Sie lächelte und Oskar war froh, sie so sehen zu können. Er war auch erleichtert, dass sich Willows Stimmung gebessert hatte. Sie setzte augenscheinlich all ihre Hoffnungen in die Fußabdrücke und konnte es gar nicht abwarten, den Weg am morgigen Tag fortzusetzen. *Das wird schon stimmen*, redete er sich ein. *Es muss einfach so sein. Falls Tim auf Hilfe angewiesen ist, dürfen wir ihn nicht enttäuschen.* Mit der Zeit wurde es kälter draußen, doch dank der Wärme, die die Flammen des Feuers spendeten, war es immerhin erträglich. Oskar spürte, wie ihn die Müdigkeit nach und nach weiter übermannte. Sie hatten in der Zwischenzeit den letzten Rest der Vorräte genutzt, in der

Hoffnung, bereits am morgigen Tag auf eine Möglichkeit, sich Nahrung zu beschaffen, zu stoßen. Oskar fühlte sich satt und bemerkte, dass Cassie mit ihrem Kopf auf seiner Schulter wahrscheinlich schon eingeschlafen war. Ihre Atmung ging flach, und während er sie betrachtete, spürte er wieder diese Wärme, die sich in seinem gesamten Körper ausbreitete. Er kannte dieses Gefühl bereits aus der Zeit in der Eiswüste, er hatte sich auf Anhieb sicher und geborgen in ihrer Nähe gefühlt. Neben ihnen war Simon der Einzige, der noch vor dem Feuer saß. Er hatte in der Hütte ein Messer gefunden, mit dem er etwas in ein Stück Holz ritzte.

»Was machst du da?«, fragte Oskar leise, um Cassie nicht aufzuwecken.

»Ich gehe meinem liebsten Hobby nach.«

Er lächelte schwach.

»Zumindest war es das in der Eiswüste. Jetzt mache ich es allerdings auch sehr gerne, es hilft mir dabei, Stress abzubauen.«

»Ich hoffe einfach, wir überstehen das alle. Und, wir finden Tim, so schnell es geht.«

»Tim ist ein wahrer Kämpfer«, meinte Simon.

»Ich habe ihn ja vor der Festung kennengelernt und war direkt beeindruckt von seiner Art. Er schafft das, da bin ich mir ganz sicher.«

»Ja, so war er auch schon in der Eiswüste. Seine Einstellung und sein Wille, das alles zu überstehen, half uns allen damals weiter.«

Oskar erinnerte sich wieder an die Zeit zurück, und sah sofort bekannte Gesichter vor seinen Augen, deren Existenz er niemals vergessen würde. *Jonas. Louis. Ian.* Es waren die drei, die ihn in seiner Halluzination heimgesucht hatten. Er warf einen

Blick auf die gläserne Flasche, in der die glasklare Flüssigkeit im Licht der Flammen silbrig schimmerte.
»Das war für uns alle eine sehr harte Zeit. Wir haben viele Leute verloren, die uns bereits in dieser kurzen Zeit nahestanden.«
»Vielleicht war es ja gar keine kurze Zeit«, murmelte Oskar. »Wir haben zwar keine Erinnerungen mehr, aber wir kennen uns ja alle aus einer Militärschule in Adelaide. Ich weiß nicht, was sie mit uns gemacht haben, aber sie haben auf jeden Fall unser Gedächtnis manipuliert.«
Simon nickte und richtete seinen Blick zu Boden.
»Darüber habe ich auch schon nachgedacht. Sowohl Lily und Pacey, als auch Kieran, Stephan und Scott, die den Weg hierher nicht geschafft haben - sie alle waren mir von Anfang an vertraut, und auch diese Gefühle, die ich empfinde, wenn ich Lily in die Augen sehe... es fühlt sich alles bekannt an, und das kann ja nur aus der Zeit stammen, die wir alle gemeinsam in der Militärschule verbracht haben.«
Eine Weile verging, in der sie nichts mehr sagten und nur in die Flammen blickten. Simon ritzte weiter Kerben in das Holz, er schien keiner genauen Linie nachzugehen und machte das einfach nur, weil er irgendetwas brauchte, woran er sich beruhigen konnte.

Garten der Finsternis

Auf einmal wurde es um sie herum heller. Es war der Lichtstrahl einer Taschenlampe, Lily hielt sie in den Händen und richtete sie auf die Feuerstelle.
»Ich bin gerade aufgewacht, und habe gesehen, dass Paceys Schlafplatz leer ist. Er ist verschwunden.«
Simon stand auf und kam ihr entgegen.
»Wie meinst du das?«
»Wir haben im hinteren Teil des Hauses noch einen zweiten Schlafraum gefunden und uns dort zur Ruhe begeben. Ich muss wohl kurz eingeschlafen sein, denn auf einmal war er verschwunden.«
»Scheiße.«
Oskar wollte ebenfalls aufstehen, doch Simon wies ihn zurück.
»Bleib hier.«
Er wandte sich an Lily.
»Wir beide gehen ihn suchen, okay? Oskar, du musst bei den anderen bleiben.«
»Einverstanden.«
Auch, wenn es Oskar überhaupt nicht gefiel, Simon und Lily allein losziehen zu lassen, wusste er, dass er keine andere Wahl hatte. *Ich muss hierbleiben und mich um die anderen kümmern. Damit wird er wahrscheinlich schon recht haben.*
»Super.«
Cassie bewegte ihren Kopf auf Oskars Schulter, die teilweise lauten und hektischen Worte schienen sie aufgeweckt zu haben.
»Was ist los?«, fragte sie verschlafen.
»Pacey ist weg. Simon und Lily suchen nach ihm.«

»Wie konnte das denn passieren?«
Sie war auf einen Schlag hellwach.
»Ich weiß es nicht. Lily meinte, sie haben in einem anderen Raum geschlafen. Ich schätze, er ist direkt zur Tür raus, als er die Möglichkeit dazu hatte.«
»Aber aus welchem Grund?«
»Ich weiß es nicht.«
»Passt auf euch auf«, meinte Simon und legte die Taschenlampe neben das Feuer auf den Boden.
»Die Sterne sind hell genug, ich gehe nicht davon aus, dass wir sie brauchen werden.«
Oskar sah Simon und Lily dabei zu, wie sie sich von der Hütte entfernten und weiter in Richtung Norekrates aufbrachen, um Pacey zu suchen. Bald hatte ein Hügel die Silhouetten der beiden komplett verschluckt. Oskar wandte sich erneut dem Feuer zu. Cassie war unterdessen wieder eingeschlafen, doch Oskar wusste, dass er jetzt erstmal keinen Schlaf mehr finden würde. Es waren einfach zu viele Gedanken, die wild in seinem Kopf herumschwirrten. *Was hat Pacey vor?* Er konnte sich keine Antwort darauf geben. Das Feuer loderte immer schwächer, er versuchte, Cassies Kopf vorsichtig auf eine Wolldecke auf den Boden zu legen und schaffte das, ohne sie aufzuwecken. Er legte noch Holz ins Feuer und nahm die Glasflasche in die Hand. Er wog sie hin und her und dachte währenddessen nach. *Tim hat dieses Zeug genommen und ist verschwunden. Es gibt keine Spur von ihm, außer die Fußabdrücke. Und die könnten genauso von irgendjemand anderem stammen, es ist nicht zu einhundert Prozent sicher, dass sie ihm gehören.* Die Flüssigkeit im Inneren schimmerte verhängnisvoll. *Dieses Zeug ist verdammt gefährlich*, sagte ihm die eine Seite seiner Gedanken. Die ande-

re jedoch dachte komplett anders. *Du hast eine einmalige Chance, zu erfahren, was passiert ist.* Nur wenige Sekunden später hatte er eine Entscheidung getroffen. Seine Hand ging zum Flaschenhals, er drehte den Deckel auf, und bevor er überhaupt noch einmal darüber nachdenken konnte, hatte er die Flasche bereits an seinen Mund gesetzt und einen tiefen Schluck genommen.

»Verdammt, wo ist er denn nur hin?«
Simon und Lily waren bereits seit einer Stunde unterwegs und hatten noch immer keine Spur von Pacey entdeckt. Aus der Ferne drang leise das Keuchen der Crethrens hinter der Mauer, es mischte sich mit den Geräuschen der Nacht und klang so noch angsteinflößender als zuvor.
»Ich habe keine Ahnung. Er dürfte allerdings keinen großen Vorsprung haben.«
Sie gingen weiter stumm nebeneinander her, bis Lily ihn schließlich direkt ansah.
»Weißt du noch, damals in der Eiswüste, als du John am ersten Tag das Leben gerettet hast?«
Simon nickte. Er erinnerte sich allzu gut an besagte Szene und hatte sie jetzt wieder vor seinem inneren Auge.
»Ich habe dich sofort bewundert. Es war sehr mutig von dir.«
Simon hatte damals nie wirklich darüber nachgedacht, weil er es als selbstverständlich gesehen hatte, ihn zu retten. Jetzt, wo er sich das Ganze nochmal durch den Kopf gehen ließ, sah er jedoch ein, dass es ziemlich riskant gewesen war. Sie waren an ihrem ersten Tag direkt in einer kleineren Höhle auf die Crethrens getroffen. Die Gruppe war erheblich dezimiert worden, mehr als ein halbes Dutzend hatte es nicht geschafft. John war

gestolpert und bereits verloren, als Simon umkehrte, sich gegen eines der Wesen verteidigte und ihn rettete. *Letztendlich hat er es aber trotzdem nicht geschafft, weil ihn am zweiten Tag ein gottverdammter Stein erschlagen hat.*
»Danke.«
Mehr bekam Simon nicht heraus, er spürte, wie in seinem Hals ein Kloß wuchs, der ihn mehr und mehr am Sprechen hinderte. Er hasste sich dafür, dass ihm das immer nur in Lilys Nähe passieren musste. Er wünschte sich in diesem Moment meilenweit weg und wollte einfach nur allein sein, wusste jedoch, dass er das jetzt durchstehen musste. *Komm schon, das schaffst du.* Er entspannte sich etwas, als sie sich zunächst wieder abwendete.
»Du brauchst keine Angst zu haben.«
Sie lächelte ihn an. Dann ging sie die zwei Schritte, die die beiden getrennt hatten, an ihn heran und legte ihre Armen um seine Schultern. Simon wollte die Chance nutzen, die sich ihm jetzt bot, doch er konnte sich einfach nicht bewegen. Seine Gelenke fühlten sich wie eingefroren an. Ihren Kuss auf seinen Lippen spürte er jedoch einen Augenblick später. Es war das schönste Gefühl, was er jemals gehabt hatte, dessen war er sich sicher. Es dauerte eine gefühlte Ewigkeit, bis sich ihre Lippen wieder von seinen lösten.
»Weißt du, anfangs war ich wirklich Hals über Kopf in Stephan verliebt.«
Er fand es merkwürdig, dass sie ihren toten Kameraden plötzlich zur Sprache brachte, war jedoch gespannt, was sie ihm zu erzählen hatte.
»Aber dann... ich fand es mies, wie er dich teilweise behandelte, das hattest du nicht verdient. Eines Abends habe ich ihn darauf

angesprochen, weil ich es nicht mehr ertragen hatte, dass er so über dich sprach. Mit seiner Antwort wurde mir dann klar, dass ich mit so einem Menschen nichts zu tun haben möchte. Ich hatte jedoch Angst, es ihm ins Gesicht zu sagen, weil ich nicht wusste, wie er reagieren würde. Nach und nach habe ich dann gemerkt, dass sich bei mir Gefühle entwickelt haben, die von ihm weg in deine Richtung gingen.«

Simon ließ sich ihre Worte durch den Kopf gehen. Stephan war gewissermaßen ein Idiot gewesen, doch er hatte bis zuletzt gedacht, dass Lily ihn liebte. Was jedoch schon länger nicht mehr der Fall gewesen zu sein schien.

»Das... das überrascht mich.«

Er stotterte und spürte, wie ihm die Wärme ins Gesicht stieg. Er war sich nicht sicher, ob Lily das sehen konnte, fühlte aber, wie er mehr und mehr errötete.

»Wirklich? Na ja, jetzt weißt du es wenigstens.«

»Ja. Ich liebe dich auch, Lily.«

Mit diesen Worten fiel jegliche Last von ihm. Er war erleichtert, dass er sie so locker herübergebracht hatte und umarmte Lily erneut. Sie küssten sich, konnten einander gar nicht mehr loslassen. Als sie das jedoch wieder taten, richtete Simon seinen Blick nach vorne - und entdeckte einen Schatten, mehrere hundert Meter entfernt auf einer Plattform.

»Da ist er!«

Er stieß Lily sanft an und zeigte in die Richtung. Seine Stimme hatte derweil Flüsterlautstärke angenommen.

»Was macht er da?«

Lily ging etwas schneller voraus, und Simon versuchte, mit ihr Schritt halten zu können. Er war enttäuscht darüber, dass der schöne Moment ein jähes Ende gefunden hatte und wusste, dass sich dieser nicht so schnell wiederholen würde. *Wir haben nicht oft die Gelegenheit dazu, da wir nur jetzt allein sind. Oder es zumindest waren.* Er dachte jedoch nicht weiter darüber nach und versuchte, seinen Fokus wieder auf die Realität zu legen. Lily war ihm bereits einige Schritte voraus und hatte Pacey fast erreicht. Er stand dort, auf der Plattform, schien das Gebiet jenseits der Mauer zu überblicken und hatte ihnen den Rücken zugewandt.

»Pacey?«

Sie versuchte es zunächst vorsichtig, als sie noch ein paar Schritte von ihm entfernt war. Pacey nahm sie allerdings nicht wahr und reagierte nicht auf ihre Worte.

»Hey.«

Sie stieg zu ihm auf die Plattform und legte ihm eine Hand auf die Schulter.

»Es war hier. Wirklich.«

»Was war hier?«

»Das Schattenwesen. Ich bin ihm gefolgt, es war wirklich riesig. Doch jetzt ist es verschwunden.«

Er wirkte in sich gekehrt, fast traurig.

»Es hat mir gesagt, ich soll die Krone aufbehalten.«

Seine Stimme bekam einen düsteren Ton.

»Ich habe sie mir also geschnappt, doch es geht mir nicht gut. Hilf mir, Lily.«

»Was ist denn...?«

»HILF MIR!«

Er taumelte ein paar Schritte nach vorne und stürzte sich auf Lily. Simon sah nur, wie die Krone von seinem Kopf fiel und hinter der Mauer verschwand. Es gelang Lily jedoch, das Gleichgewicht zu halten. Sie stieß Pacey von sich weg, und er

fiel über die Kante auf den harten, steinigen Boden. Sein Fuß knickte um und der Aufprall endete mit einem lauten Schrei.
»Scheiße, Lily, musste das sein?«
Er schien wieder klar bei Sinnen zu sein und verzog das Gesicht.
»Was ist passiert?«
Er hielt sich den Knöchel.
»Du warst nicht ansprechbar. Ich schätze, es lag an der Krone. Was treibst du eigentlich hier draußen?«
»Ich bin dem Schattenwesen gefolgt. Hatte ich das nicht eben schon gesagt?«
»Kannst du laufen?«
Lilys Stimme änderte sich von fest zu mitleidig.
»Nein. Scheiße.«
Pacey stützte sich auf Simons Schulter ab und versuchte so, von der Plattform herunter zu gelangen. Er schaffte es nicht, streckte den Fuß aus und verzog schmerzverzerrt das Gesicht.
»Ich kann meinen Fuß nicht bewegen.«
»Lass mich mal sehen.«
Lily wollte Paceys Hosenbein etwas hochziehen, er hinderte sie jedoch daran.
»Nein, nicht. Es ist ziemlich geschwollen.«
Simon kam die ganze Situation merkwürdig vor. Er schob Lily etwas zur Seite und beugte sich über Paceys Bein.
»Um das beurteilen zu können, sollten wir wenigstens mal einen Blick darauf werfen, okay?«
Er zog an der Hose und legte die verletzte Stelle frei. Pacey versuchte noch, Simons Hand irgendwie wegzuschlagen, er scheiterte jedoch schon bei dem Versuch. Sein Fuß war leicht angeschwollen, doch es gab etwas, was Simon sofort ins Auge fiel, als er auf Paceys Haut blickte. Ein Tattoo, eine Folge aus

Zahlen. **1613525**.
»Was hat das zu bedeuten?«
Pacey stöhnte auf.
»Verdammt. Aber es war ja klar, dass ihr das irgendwann entdecken würdet.«
»Was hat das zu bedeuten?«
Simon wiederholte seine Frage, dieses Mal etwas langsamer und eindringlicher.
»Ich kann nichts dafür...«
Simon wagte sich noch einen Schritt näher heran und schlug Pacey mit der flachen Hand ins Gesicht.
»Du mieser Verräter.«
Es gelang Pacey, einen weiteren Schlag abzuwehren. Er konnte beide Hände rechtzeitig heben und so sein Gesicht schützen.
»Lass das!«
Lily zog ihn etwas zurück. Simon wehrte sich nicht dagegen.
»Lass mich doch bitte alles erklären.«
»Ich denke, ich habe genug gesehen.«
»Simon, ich...«
»Fahr zur Hölle.«
»ICH HATTE KEINE ANDERE WAHL!«
Pacey schaffte es nicht mehr, die Fassung zu behalten, und schrie ihm die nächsten Worte entgegen.
»Sie hätten mich sterben lassen. Einsam in dem eiskalten Loch bei diesen beschissenen Kreaturen. Ich wäre elendig verreckt, wenn sie mich nicht gerettet hätten.«
»Das wäre vielleicht besser gewesen. So bist du einfach nur ein Verräter. Und ich hasse solche Leute wie dich und Ruby.«
»Hör mir doch mal zu.«
Simon beäugte ihn kritisch.

»Was hast du mir denn noch zu sagen?«
Er spürte, wie Lily ihn etwas zurückzog.
»Lass ihn sprechen«, flüsterte sie ihm ins Ohr.
»Meine Situation war wirklich beschissen, ich denke, das kannst du dir nicht mal ansatzweise vorstellen. Ich lag dort unten in dem dunklen Loch und wäre wahrscheinlich erfroren, wenn mich niemand gerettet hätte. Diese Wesen hatten mir zu dem Zeitpunkt ordentlich zugesetzt, ich hatte mehrere offene Wunden und stand kurz davor, zu verbluten. Ich weiß nicht, wie sie mich gefunden haben, wahrscheinlich liegt es an dem Peilsender, den wir alle unter der Haut tragen.«
»Und weiter?«
Pacey sammelte sich kurz, schluckte und fuhr dann fort.
»Ich weiß es nicht mehr. Ich bin dann irgendwann, ein paar Stunden später, aufgewacht und lag in einem Bett auf irgendeiner Station. Ich glaube, das war schon in der Nähe der Festung. Was hätte ich tun sollen? Zu dem Zeitpunkt hatte ich schon das Tattoo auf meinem Unterschenkel.«
»Was haben die Zahlen zu bedeuten?«
»Sie stehen für meinen Namen. 16, 1, 3, 5 und 25 für die Buchstaben in meinem Vornamen.«
»Und du hattest nichts dagegen tun können?«
Simon dachte plötzlich über das nach, was zuvor passiert war. *Habe ich überreagiert?* Er fühlte sich schlecht und bemerkte, dass die Dinge, die er Pacey an den Kopf geworfen hatte, nicht in Ordnung gewesen waren.
»Nein. Sonst wäre ich heute nicht hier.«
»Dann... sorry für eben.«
Mehr konnte er nicht sagen und senkte seinen Blick betreten zu Boden. Pacey nickte nur.

»Ist schon okay.«
Auch, wenn die Art und Weise wie er diese Worte sagte genau das Gegenteil verriet, ließ Simon es gut sein. Keiner von beiden sagte mehr etwas, es war schließlich Lily, die das Wort übernahm.
»Wir sollten zurück, bevor die anderen sich Sorgen machen.«
Pacey, der noch immer auf dem Boden saß, versuchte nun irgendwie, auf beiden Füßen stehen zu können. Es gelang ihm nicht, er legte jeweils einen seiner Arme um die Schultern von Simon und Lily und stützte sich auf ihnen ab. So konnten sie den Rückweg, auch wenn es um einiges länger als zuvor dauerte, zurücklegen. Simon versuchte, Paceys Gewicht zu ignorieren und sich auf die Umgebung zu konzentrieren, doch seine Schulter fühlte sich schon bald taub an. Umso erleichterter war er, als sich im hellen Sternenlicht schon bald die Konturen der kleinen Hütte abzeichneten. Je näher sie kamen, desto mehr war zu erkennen. Vor der Hütte schälte sich schon bald ein Schatten aus dem Schein des Feuers. *Oskar oder Cassie?*, fragte Simon sich. *Einer von den beiden wird es sein.* Der Schatten löste sich vom Feuer und kam in ihre Richtung. Wenige Sekunden später erkannte Simon, dass es Cassie war, die ihnen nahezu entgegenlief.
»Wo wart ihr? Ist was passiert?«
Sie wirkte abgehetzt. Ihre Haare klebten an ihrer Stirn und in ihren Augen stand etwas, was Simon bei ihr bisher zuvor noch nicht gesehen hatte: Angst.
»Pacey ist unglücklich umgeknickt und hat sich dabei am Knöchel verletzt. Er ist ziemlich geschwollen.«
»Oskar hat das Bewusstsein verloren. Ich denke, er hat dieses Zeug angerührt.«

»Was für ein Zeug?«
»Das aus der Glasflasche. Sie ist nur noch etwas weniger als halbvoll.«
Sie gingen zurück an das nur noch schwach lodernde Feuer und setzten sich vor die Flammen. Simon ging auf die Knie und beugte sich über Oskar.
»Er atmet noch.«
Er rüttelte ihm an der Schulter, es gab jedoch keine Reaktion.
»Scheint wirklich bewusstlos zu sein.«
Cassie sah ihn an.
»Was machen wir jetzt?«
»Wir müssen abwarten.«
»Aber was, wenn...«
»Ihm passiert nichts, Cassie.«
Lily hatte sich eingeschaltet.
»Er wird bald wieder aufwachen.«
Ein paar Sekunden später war ein leises Stöhnen zu hören. Oskar schlug die Augen auf und bewegte seinen Kopf.
»Siehst du?«, sagte Lily und lächelte.
»Hey, Oskar.«
Cassie strich ihm mit einer Hand über die Stirn.
»Wir... wir sollten nicht weiter.«
Er hustete und spuckte neben sich auf den Boden.
»Wie meinst du das?«
»Ich habe Tim gesehen.«
Er schien wieder vollständig bei Sinnen zu sein und richtete sich auf.
»Tim? Aber wie kann das passiert sein...?«
»Wir müssen davon ausgehen, dass er nicht mehr am Leben ist.«

Oskar hatte sofort bemerkt, wie seine Sinne nach und nach abgedriftet waren. Er hatte viel zu viel von dem Zeug genommen, es war mehr als ein normaler Schluck gewesen, und es hatte dazu ausgereicht, ihn in eine ferne Welt zu schicken. Es war dunkel, als er in seiner Bewusstlosigkeit die Augen aufschlug. Er befand sich am Feuer, sah seinen reglosen Körper aus der Vogelperspektive. *Ich schwebe?* Er konnte sich in diesem Moment nicht erklären, wie die aktuelle Situation denn überhaupt zustande gekommen war. Hoch über dem Boden wirkte das Gebirge vor ihm noch gigantischer. Instinktiv schwebte sein Geist genau in diese Richtung. *Tim. Ich muss ihn finden.* Es dauerte nicht lange, bis er die ersten Ausläufer von Norekrates erreicht hatte. Langsam begann der Weg steiler zu werden, es folgten noch einige Hügel, bis Oskar eine Schlucht erreicht hatte. Direkt vor ihm befand sich ein Wasserfall, das Wasser rauschte von weit oben herab und floss über die raue Felswand. Er hatte eine enorme Größe. Das herabströmende Wasser bildete eine Art Vorhang, hinter dem eine Grotte zu erahnen war. Oskar schwebte etwas weiter vor und durchbrach das Wasser. Er spürte nichts, keine Kälte und auch kein Gefühl von Nässe. *Ich bin ja auch eigentlich gar nicht hier.* Er war gespannt auf das, was er entdecken würde. Es war nicht komplett dunkel im Inneren der Grotte. Das Sternenlicht von außerhalb bildete einen kleinen Teil des Lichts, der Rest schien direkt von dem Mondgestein an den Felswänden zu stammen. Es fühlte sich weich an, auch wenn Oskar das nur erahnen konnte. Es war ein inneres Gefühl, was ihm zu diesem Gedanken verleitete. Mit dem vorhandenen Licht konnte er sich gut umsehen. Der Innenraum war zwar eher klein, doch der Felsen insgesamt wies eine gigantische Größe auf. In der Grotte war das Rau-

schen des Wasserfalls nur noch gedämpft zu hören, es war aber das einzige Geräusch, was an diesem Ort existierte. Es folgte eine Biegung, die Oskar auf einen breiten Weg nach oben führte. Es handelte sich um einen zugeschütteten Schacht, riesige Steine bildeten aufeinandergestapelt einen Weg. Der Wasserfall wies ganz oben eine Lücke auf. Es war kraftraubend gewesen, den steinigen Durchgang zu passieren, doch Oskar spürte nichts, es fühlte sich alles gut an. Direkt vor ihm war nun der obere Teil, die Zunge des Wasserfalls, zu sehen. Von hier aus floss ein riesiger Bach auf die Öffnung im Felsen zu und brach seinen Weg ins Freie. Das Wasser glitzerte, aus dieser Perspektive wirkte das Sternenlicht fast magisch. Es dauerte etwas, bis Oskar auffiel, was das Merkwürdige war. Neben dem Fluss, auf dem Steinboden stand ein kaputtes Ruderboot. Die beiden Paddel waren zerbrochen, außerdem wies die Schale ein riesiges Leck auf.
»Hey, Oskar.«
Er war so vertieft in seine Entdeckung gewesen, dass er die Stimme zunächst gar nicht wahrgenommen hatte. Ruckartig drehte er sich um, und wartete, bis weitere Worte gesprochen wurden, um die Richtung einschätzen zu können, aus der sie gekommen waren.
»Was treibst du hier?«
Tim trat aus der Dunkelheit heraus. Sein T-Shirt war voller Blut, und sein Unterschenkel wurde von einer klaffenden Wunde geziert.
»Tim, was ist dir passiert?«
»Dieser Ort ist böse.«
»Was meinst du?«
»Es ist wegen der Krone. Finstere Mächte lasten auf ihr.«

»Woher weißt du das?«
Tim zuckte mit den Schultern.
»Ich habe es erzählt bekommen.«
»Was geht hier vor sich? Hast du mit Menschen gesprochen, die hier leben?«
Tim hustete und spuckte einen Schwall Blut auf den Boden.
»Bitte, Oskar. Lass mich am Leben und bring mich zurück zu euch.«
»Aber wie...«
»Mach es einfach!«, schrie Tim ihn an.
Seine Augen hatten einen beinahe irren Ausdruck angenommen. Er wirkte mehr tot als lebendig, sein Blick war leer. Dann verschwand plötzlich die Illusion vor Oskars Auge. Dort, wo Tim noch vor kurzem gestanden hatte, herrschte nun gähnende Leere. Er schwebte ein paar Meter weiter vor, doch schon bald endete der Fluss an einer Felswand. Hier ging es nicht mehr weiter. Seine Augen durchdrangen die Wasseroberfläche, und er versuchte, auf dem Grund irgendwie fündig zu werden. Ein Gefühl trieb ihn voran, sein Instinkt sagte ihm, was er zu tun hatte. Ein paar Augenblicke später stoppte er, weil ihm etwas ins Auge stach. Ein lebloser Körper. Er zog ihn hervor und legte ihn auf dem Boden ab. *Tim.* Sein T-Shirt war, genau wie zuvor, blutverschmiert, und sein Gesicht hatte viele Kratzwunden und Narben. Besonders die Wunde an seinem Oberschenkel war verdammt tief. *Er ist an seinen Verletzungen gestorben. Doch wie kam er hier hoch?* Zu seiner Rechten entdeckte Oskar eine kleine Nische im Felsen. Er zwängte sich hindurch und stand vor einem Tor, was ihn plötzlich an jenes erinnerte, welches ihn in die unterirdische Stadt Ghiron Nagh geführt hatte. Es handelte sich auch um dieselben Schriftzeichen, die dort eingeprägt

waren, sie kamen Oskar direkt bekannt vor. Es behagte ihm nicht, das Tor zu öffnen, weil er nicht wusste, was sich dahinter verbergen würde. Er hasste es, sich überraschen lassen zu müssen, und wollte weniger Risiko eingehen. Das Zögern jedoch dauerte zu lange. Sein Blick wurde langsam trüber, er spürte, wie seine Sicht mehr und mehr verschwamm. *Du bist nicht mehr lange hier*, flüsterte ihm seine innere Stimme zu. Tims Körper war nun wieder verschwunden, und gerade als Oskar dabei war, das Tor zu öffnen, wurde alles wieder dunkel. Er schlug die Augen auf und befand sich nun wieder an dem Ort, an dem er in die ferne Welt abgedriftet war - direkt vor dem Lagerfeuer.

Oskar versuchte, sich kurzzufassen. Er wollte allerdings auch nichts außenvorlassen, weshalb er einfach alles erzählte, was er gesehen hatte - oder zumindest glaubte, gesehen zu haben. Die anderen hörten ihm erstaunt zu. Cassie war zuvor ins Innere gegangen und hatte Nora und Willow geweckt. Sie hatte darauf bestanden, dass alle davon erfahren sollten, was Oskar gesehen hatte.
»Was hast du dir dabei gedacht?«, fragte Simon.
Er schüttelte den Kopf.
»Das Zeug ist gefährlich. Dir hätte wirklich was passieren können.«
Oskar nickte und senkte seinen Kopf.
»Ich weiß. Es ist mir auch ziemlich unangenehm. Ich weiß nicht, warum ich das getan habe.«
»Viel wichtiger ist, dass du es jetzt nicht wieder tust.«
»Habt ihr die Krone gesehen?«
Oskar blickte alle nacheinander an. Willow wirkte etwas ver-

schlafen, sie hatte wohl nicht alles mitbekommen, was Oskar erzählt hatte. Nora hingegen war hellwach und hörte konzentriert zu.
»Nein«, meinte sie.
»Aber sie war zuvor doch noch hier.«
»Ich hatte sie.«
Pacey sah Oskar an.
»Ich weiß, es war dumm, aber ich habe sie vorhin mitgenommen. Bei einer kleinen Auseinandersetzung mit Simon habe ich sie dann verloren.«
»Wie, du hast sie verloren?«
Oskar blickte ihn geschockt an.
»Ich stand auf einer Plattform. Sie ist heruntergefallen, mitten in die Masse von Crethrens. Ich hatte keine Chance, den Fall zu verhindern.«
»Warum hast du sie mitgenommen?«
»Ich habe keine Ahnung.«
»Hast du auch was von dem Zeug getrunken?«, fragte Lily an Pacey gewandt.
»Nein. Ich bin nur dem Schattenwesen gefolgt, ich habe es mit eigenen Augen gesehen.«
»Wo ist es jetzt hin?«
»Ich weiß es nicht. Ich habe irgendwann die Spur verloren.«
»Das kann doch alles nicht sein.«
Nora mischte sich plötzlich in die Diskussion ein. Sie hatte sich zuletzt eher im Hintergrund gehalten und zugehört, jetzt jedoch ergriff sie das Wort.
»Warum bist du überhaupt abgehauen? Wieso hast du das getan? Es hätte viel mehr passieren können.«
»Ich habe keine Lust mehr, mit euch zu diskutieren.«

Er stand vom Boden auf, stützte sich auf Simons Schulter ab und humpelte ein paar Schritte vom Feuer weg.
»Außerdem bin ich hundemüde.«
Mit diesen Worten verschwand er und ließ den Rest der Gruppe ratlos zurück. Zunächst herrschte Stille, bis Cassie diese durchbrach.
»Wir können ihm nicht vertrauen.«
Sie sah Simon und Lily direkt an.
»Könnt ihr euch sein Verhalten erklären?«
Simon schüttelte den Kopf.
»Nein. Das ist definitiv nicht der Pacey, den ich in der Eiswüste kennengelernt habe. Aber wir haben sowieso noch etwas zu besprechen, was ihn anbelangt.«
Er war sich zuvor nicht sicher gewesen, ob er das Tattoo hätte ansprechen sollen, entschied sich in diesem Moment jedoch dafür. Er hatte die Sache nicht einfach so in den Raum werfen wollen, der jetzige Zeitpunkt eignete sich allerdings perfekt dafür.
»Als er von der Plattform gestürzt ist und sich verletzt hat, habe ich ein Tattoo auf seinem Bein entdeckt. Eine simple Zahlenfolge, wie diese genau war, weiß ich jetzt aber nicht mehr. Er hat mir auch erklärt, dass diese in deren Kreisen für seinen Namen steht.«
»Auf was willst du hinaus?«, fragte Cassie.
»Nicht...«
Lily wollte Simon stoppen, er ließ sich jedoch nicht aus der Ruhe bringen.
»Es ist nur eine Vermutung und muss nicht der Wahrheit entsprechen. Ich denke aber, dass er zu denen gehören könnte. Sein Verhalten bestätigt das für mich.«

»Das kann tatsächlich stimmen.«
Oskar meldete sich zu Wort.
»Jonas und Ruby haben sich zwar nie wirklich auffällig verhalten, aber irgendwann haben sie es offenbart. Das könnte so eine Aktion von Pacey gewesen sein. Die Frage ist nur, was wir mit ihm machen wollen.«
»Wir wissen doch gar nicht, ob das wirklich stimmt. Wie Simon sagt, es ist nur eine Vermutung. Außerdem ist er verletzt«, meinte Lily.
»Lasst uns das alles nach der Nacht in aller Ruhe besprechen. Vielleicht ist Pacey dann auch zu einem Gespräch bereit. Ich kann schon verstehen, wenn er um diese Uhrzeit nach diesem Tag da keine Lust zu hat, auch wenn seine Worte etwas unglücklich gewählt waren.«
Lily schien auf Paceys Seite zu stehen, und Oskar wusste nicht, was er denken sollte. Einerseits fand er, dass sie recht hatte, als sie erwähnt hatte, dass es bereits ziemlich spät war. Andererseits gab es zurzeit diese Probleme, er wusste nicht, was sie ohne die Krone anstellen konnten. Das, was er gesehen hatte, nachdem er etwas von der gefährlichen Flüssigkeit getrunken hatte, war durchaus beunruhigend gewesen. *Das sollte unser nächstes Ziel sein. Mein Traum, meine Vision oder was auch immer das war, es führt uns genau an diesen Ort, oberhalb des Wasserfalls, zu diesem Tor...*
»Okay, wir entscheiden morgen früh nach einer Aussprache mit Pacey, wie wir in der Sache weiter verfahren. Jetzt schlage ich erst mal vor, dass wir den Tag beenden und schlafen gehen. Vielleicht sollten morgen zwei von uns schauen, ob die Krone nicht vielleicht doch noch zu retten ist. Und danach müssen wir den Ort aufsuchen, den ich gesehen habe. Die Kammer über

dem Wasserfall. Ich fürchte, dort werden wir erfahren, wie es für uns weitergeht.«
»Gute Idee«, sagte Willow und gähnte.
Sie verabschiedeten sich voneinander. Auch Oskar und Cassie gingen nun ins Innere der Hütte und legten sich jeweils auf einen der Schlafplätze. Da Oskar kaum die Augen aufhalten konnte und ebenfalls sehr müde war, dauerte es nicht lange, bis er eingeschlafen war.

Hereinfallendes Licht weckte ihn schließlich ein paar Stunden später auf. Draußen war es hell geworden, der Himmel jedoch war grau und befand sich im Dämmerzustand. An der Feuerstelle saßen bereits alle anderen - nur Pacey fehlte.
»Hey.«
Oskar setzte sich neben Cassie.
»Habe ich wirklich so lange geschlafen? Es sieht aus, als würde es gleich wieder dunkel werden.«
»Du hast lange geschlafen, ja, aber es ist auch erst seit etwa zwei Stunden hell. Die Tage hier scheinen verdammt kurz zu sein.«
»Also werden wir wieder in der Dunkelheit losziehen müssen.«
Es war mehr eine Feststellung als eine Frage, trotzdem nickte Cassie.
»Sieht ganz danach aus.«
»Oskar, hast du gut geschlafen?«
Simon klopfte ihm auf die Schulter.
»Lang genug war deine Nacht ja schonmal. Wir wollten jetzt besprechen, wie es weitergeht.«
»Was ist mit Pacey?«
»Er hat sich in dem einen Raum verbarrikadiert und lässt keinen rein. Nicht einmal Lily.«

»Was machen wir jetzt mit ihm? Zurücklassen können wir ihn auch nicht.«

»Er wird sich wieder einkriegen.«

Ein paar Sekunden später waren polternde Geräusche aus dem Inneren der kleinen Hütte zu hören. Pacey kam zu ihnen und setzte sich wortlos ans Feuer.

»Alles okay? Wie sieht es mit deinem Fuß aus?«, fragte Lily leicht besorgt und setzte sich ein Lächeln auf.

»Ich denke, er ist wieder in Ordnung. Ich kann zumindest normal gehen«, murmelte er.

»Das ist doch gut.«

»Wir müssen die Krone wiederfinden. Ich habe noch etwas von euren gestrigen Gesprächen mitbekommen.«

»Ja, sie ist wirklich wertvoll und vermutlich sollten wir sie bei uns tragen.«

Oskar stand auf und klopfte sich etwas von dem Gesteinsstaub von der Hose.

»Ich melde mich freiwillig. Pacey, du solltest hierbleiben und deinen Fuß schonen.«

Er blickte Simon und Lily nacheinander an.

»Einer von euch beiden muss mir die Stelle zeigen. Wer von euch kennt den Weg noch?«

Lily nickte.

»Er war nicht allzu schwer. Simon, du solltest dich auch lieber ausruhen, ich gehe.«

»Nein, das kommt nicht in Frage. Ich begleite Oskar.«

»Bist du dir sicher? Du siehst ziemlich erschöpft aus.«

»Mir geht's wunderbar.«

Er zuckte mit den Schultern.

»Zumindest, wenn man das so sagen kann.«

»Okay, wenn du meinst. Wir kümmern uns dann derweil darum, dass wir was zu essen bekommen. Cassie, wollen wir beide gucken, ob wir im Wald etwas finden?«

Lily zeigte auf eine kleine, bewaldete Fläche etwas abseits der Hütte. Oskar war diese bisher noch nicht aufgefallen, da er sich eher auf das Gebirge konzentriert hatte.

»Ich wünsche euch viel Erfolg«, meinte Oskar.

Cassie lächelte.

»Die Krone hat einen höheren Stellenwert. Kommt nicht ohne sie zurück.«

Oskar nickte.

»Wir werden alles versuchen.«

Einige Zeit später trennte sich die Gruppe voneinander. Nora und Willow blieben mit Pacey am Feuer sitzen, während Lily und Cassie in Richtung Wald gingen. Oskar und Simon hingegen steuerten den Weg an, den Simon zuvor schon mit Lily gegangen war.

»Es tut mir wirklich leid«, murmelte Pacey, als die anderen außer Hörweite waren.

»Was meinst du?«, fragte Nora.

»Dass ich mich gestern so verhalten habe. Es war nur so... direkt, nachdem ich mich verletzt habe, hat Simon mir was an den Kopf geworfen, was überhaupt nicht okay war.«

»Was hat er gesagt?«

»Ich habe ihm meine verletzte Stelle gezeigt.«

Er krempelte seine Hose hoch und deutete auf das Tattoo.

»Ich wollte von Anfang an nicht, dass es jemand von euch sieht. Dass das jedoch jetzt durch einen so unglücklichen Zufall passiert ist, ist halt Pech.«

»Ich kann Simon aber auch verstehen«, meinte Nora.

»Er hat uns die immer gesagt, wie sehr er Ruby hasst und wie er sich wünscht, sie zu erledigen. Der Anblick muss bei ihm etwas ausgelöst haben, was diese Gefühle wieder an die Oberfläche gebracht hat.«
»Trotzdem ein bisschen merkwürdig, dass er sich dann so auffällig verhalten muss, oder?«
Nora schüttelte entschieden den Kopf.
»Nein. Ich kann ihn voll verstehen.«
»Der Tyrann sät Ärger«, sagte Pacey plötzlich.
»Erinnert ihr euch noch an das Sprichwort? Es stand in dem Brief.«
»Ja. Worauf willst du hinaus?«
»Ich denke, dass damit durchaus eine Person gemeint sein kann, die sich zurzeit unter uns befindet.«

Es dauerte ein paar Minuten, bis Lily und Cassie die ersten Ausläufer des Waldes erreicht hatten. Der Boden wurde wiecher und die Bäume vor ihnen mit jedem Meter gefühlt höher. Außerdem war hier die Luft so klar wie nie zuvor. Der zuvor wolkenbehangene Dämmerhimmel offenbarte nun einen Teppich aus Sternen.
»Wahnsinn«, murmelte Cassie.
»Sowas habe ich echt noch nie gesehen.«
Lily bestätigte das mit einem Nicken. Bevor sie aufgebrochen waren, hatten sie in der Kammer nach Waffen gesucht. Im Regal hatten sie einen Bogen mit fünf Pfeilen im Köcher entdeckt. Cassie hatte sich diesen geschnappt, während Lily in der direkten Umgebung Ausschau nach möglichen Zielen hielt.
»Ob wir damit wirklich Erfolg haben?«
»Es wäre für mich schon überraschend, hier überhaupt auf Tiere

zu stoßen. Die Umgebung ist doch komplett tot.«
»Wenn wir uns leiser verhalten, haben wir vielleicht eine Chance.«
Cassie folgte Lilys Rat und sagte nichts mehr. Die Geräusche der Nacht wurden mit jedem Schritt lauter. Der Wald lebte. Cassie versuchte, sich möglichst leise fortzubewegen, doch jeder einzelne Schritt hörte sich in ihren Ohren unfassbar laut an. Es dauerte eine gefühlte Ewigkeit, bis sie etwas entdeckt hatten. Es hatte sich mit einem Rascheln im Gras angekündigt, Cassie blickte zu Boden und versuchte, die Stelle ausfindig zu machen. Ein paar Sekunden später sah sie einen Schatten. Er hatte ungefähr die Größe einer Katze und bewegte sich blitzschnell über den Boden. Cassie legte einen Pfeil in den Bogen und zielte gar nicht lange, sondern schoss. Sie verfehlte das Ziel und der Pfeil blieb im hohen Gras stecken.
»Hast du was gesehen?«
Lily wirkte aufgeregt.
»Ja, direkt vor uns im Gras war etwas.«
»Was denn?«
»Ich weiß es nicht genau. Es war so schnell, dass ich es nicht erwischen konnte.«
»Immerhin schonmal etwas.«
Lily lächelte schwach.
»Ein gutes Zeichen.«

»Ich weiß gar nicht, ob es überhaupt das Richtige ist.«
Oskar, der die letzten Minuten nichts gesagt und sich eher auf die Umgebung konzentriert hatte, hob seinen Kopf und sah Simon an.
»Was meinst du?«

»Die Krone. Ich sehe sie eher als Gefahr für uns.«

Das, was am gestrigen Tage passiert war, schwebte Oskar noch genau vor Augen. Er wusste nicht, was er sagen sollte, einerseits gab er Simon recht, andererseits erinnerte er sich an die unmissverständliche Botschaft.

»Wir brauchen sie. Auch, wenn es so aussieht, wir sind hier nicht allein.«

»Das kann auch alles nur Ablenkung sein. Wir müssen dem nicht zwingend Glauben schenken.«

»Wenn wir die Krone nicht finden, werden sie uns umbringen.«

Simon zuckte mit den Schultern.

»Wenn du meinst.«

Simons momentane Denkweise verwirrte Oskar. Er wusste nicht, wie er das deuten sollte, was sein Begleiter von sich gab. Beide schwiegen, bis sie die Stelle der Mauer erreicht hatten, an der Simon, Lily und Pacey zuvor bereits gewesen waren. Simon stieg auf den erhobenen Sockel und warf einen Blick über den Rand.

»Es ist wirklich alles voll mit diesen Ungeheuern.«

Oskar stellte sich neben ihn und ließ sich selbst davon überzeugen. So weit er gucken konnte, erstreckte sich unter ihm eine riesige Horde Crethrens. Es waren unzählbar viele, und er konnte gar nicht sehen, wo die Masse aufhörte.

»Das sieht schlecht aus«, murmelte er.

»Schau mal.«

Simon deutete auf etwas an der unter ihnen befindlichen Felswand. Aus dieser ragten Steine, die Stufen ähnelten, und die perfekte Größe hatten, um an ihnen herunterklettern zu können.

»Das könnte unser einziger Weg sein.«

»Hast du die Krone gesehen?«

Simon schüttelte den Kopf.
»Nein, aber sie müsste sich direkt unter uns befinden.«
Oskar ließ seinen Blick schweifen. Ein paar Sekunden später, er war bereits kurz davor, sich wieder abzuwenden, entdeckte er das silbrige Schimmern der Krone. Das war jedoch nicht das einzige, was ihm in diesem Moment ins Auge fiel. Zunächst dachte er, seine Sinne spielten ihm einen Streich. Doch dort, inmitten der Crethrens, hielt sich eine Gruppe dunkelhäutiger, mit Speeren und Messern bewaffneter Menschen auf.
Simon wagte sich wenig später als erster die Steinstufen herunter. Er hatte nicht lange gezögert und schien einen genauen Plan vor Augen zu haben. Oskar hatte einen Moment gezögert, und sich dann dafür entschieden, ihm zu vertrauen. Simon war ihm bereits ein paar Schritte voraus, es würde nicht mehr lange dauern, bis er den Boden erreicht haben würde. Mit jedem weiteren Meter, den Oskar sich abwärts bewegte, wurde ihm zunehmend mulmiger. Die Felswand wurde etwas brüchiger, an einigen Stellen bröckelte bereits Gestein aus der Oberfläche. Alles in allem wirkte sie für Oskar nicht wirklich sicher, doch er versuchte, dieses Gefühl irgendwie auszublenden. Simon befand sich mittlerweile nur noch etwa fünf Meter vom Boden entfernt. Er hatte dort eine Lücke erspäht und konzentrierte sich auf diese. Die Crethrens hatten sie noch nicht bemerkt, allgemein wirkten sie in dieser riesigen Masse ungefährlicher als alleine, weil sie sich nicht bewegten. Oskar konnte seinen Blick nicht von den bewaffneten Menschen abwenden, er zählte kurz und kam auf sieben. *Es wird wahrscheinlich noch mehr geben. Warum greifen die Crethrens sie nicht an?* Irgendwas an ihnen wirkte gänzlich fremd, eine andere Sache jedoch irgendwie vertraut. *Irgendwas übersehe ich.* Er konzentrierte sich so

sehr auf die Gruppe aus Menschen, dass er es beinahe nicht bemerkte, als er den Boden erreicht hatte. Simon wartete auf ihn und hatte den Finger auf die Lippen gelegt.

»Was hast du vor?«

Oskar versuchte, so leise er konnte die Worte auszusprechen, doch in seinem Hals entstand nur ein leises Krächzen.

»Wir müssen ihnen folgen.«

Oskar sah Simon verwirrt an. Er war bereits dabei, sich seinen Weg durch die Masse Crethrens zu bahnen.

»Bist du verrückt?«

»Nein.«

Simon wedelte mit den Armen herum und schaffte es sogar, eines der Wesen zu berühren. Es geschah nichts. Keines der Monster schien von ihnen Notiz zu nehmen.

»Was ist los?«

»Ich weiß es nicht. Auf jeden Fall sind die hier total reaktionslos.«

Oskar nahm nun seinen Mut zusammen und folgte Simon.

»Einer von den *anderen* trägt die Krone.«

»Ich weiß. Wo sind sie hin?«

»Direkt vor uns. Wir sollten uns aber beeilen, sonst verlieren wir die Spur. Komm.«

Oskar folgte ihm wieder und ließ sich von Simon durch eine Gasse aus Crethrens führen. Ein paar Schritte weiter war die Anspannung von ihm abgefallen. *Irgendetwas ist anders. Warum reagiert keines dieser Wesen auf uns?* Es war fast unheimlicher, als sich mitten durch eine Masse blutrünstiger Monster zu schlagen. *Irgendetwas ist anders.* Oskar musste sich anstrengen, um mit Simon Schritt halten zu können, schaffte das jedoch ein paar Sekunden später.

»Was treibt euch hierher?«
Eine tiefe, düstere Stimme erhob sich plötzlich direkt vor ihnen. Simon drehte sich um und wartete, bis Oskar ihn erreicht hatte.
»Wir brauchen die Krone.«
Simon versuchte, unaufgeregt und souverän zu klingen, doch das Zittern in seiner Stimme war nicht zu überhören. Sein Gegenüber ließ sich davon jedoch nichts anmerken.
»Wir sind die Könige der Unterwelt. Unser Reich ist ohne die Krone dem Untergang geweiht. Wir haben in den letzten Jahren so viele Menschen verloren.«
»Wieso...«
Simon wollte etwas sagen, wurde jedoch von dem scheinbaren Anführer der kleinen Gruppe unterbrochen. Er hatte kurzes Haar, was ihm am Kopf klebte, und seine Statur wirkte gefestigt. Der erste Eindruck, den Oskar bei seinem Anblick bekommen hatte, war definitiv einschüchternd gewesen.
»Wir sind nur noch sieben, waren mal über eintausend. Wir sind das Volk von Ehygea und bereiten uns auf einen allesentscheidenden Krieg gegen die finsteren Mächte vor.«
Er rückte die Krone auf seinem Kopf zurecht.
»Ich bin Baharu. Folgt uns in den Garten der Finsternis und ihr werdet offenherzig empfangen.«
Baharu, der Anführer, verneigte sich vor ihnen.
»Wir müssen hier verschwinden«, flüsterte Oskar Simon zu.
»Nein. Nicht ohne die Krone, das weißt du selbst.«
»Aber...«
»Habt ihr euch entschieden?«
Baharu war ungeduldig, das merkten beide auf den ersten Blick. Oskar fühlte sich nicht wohl in der Situation, in der er gerade steckte. Er konnte sich auf nichts einen Reim machen. *Was ist*

mit diesen Wesen? Eigentlich müssten wir doch schon längst tot sein. Der einzige Weg, das zu umgehen... Er schluckte, spürte, wie trocken sich seine Kehle weiterhin anfühlte. *Wir müssen ihm folgen.*
»Wir haben nicht allzu viel Zeit«, murmelte er.
»Unsere Gruppe wartet auf uns, und je länger wir fortbleiben, desto wahrscheinlicher ist es, dass sie sich Sorgen um uns machen.«
Baharu lachte.
»Es dauert nicht lange. Mein Freund Valupo wird euch noch vor der Morgendämmerung wieder zurückführen. Ich hoffe, dass ich euch bis dahin weiterhelfen kann.«
Bevor Oskar etwas einwenden konnte, nahm Simon ihm das Wort.
»Das klingt super.«
Er folgte Baharu und ließ Oskar keine andere Wahl. Mit einem mulmigen Gefühl im Bauch versuchte er, mit den anderen Schritt zu halten, und hatte sie schon bald eingeholt. Baharu führte sie weiter durch die reaktionslose Masse Crethrens, bis sie zu ihrer rechten eine riesige Felswand erreicht hatten. Im Gegensatz zu der Wand, an der sie zuvor heruntergeklettert waren, gab es hier keine Steine, die als Stufen dienen konnten. Stattdessen war in der Mitte ein Eingang zu sehen, der gerade so groß war, dass Oskar hindurchpasste, ohne den Kopf einziehen zu müssen.
»Was ist mit diesen Monstern?«
Es war die Frage, die seit jeher in seinem Kopf herumgespukt war. Es dauerte etwas, bis Baharu antwortete.
»Es ist die Krone. Sie haben Respekt vor der finsteren Macht, die das Relikt ausstrahlt.«

Mehr sagte er nicht, und Oskar gab sich vorerst mit dieser Antwort zufrieden. Ein paar Minuten später war der Durchgang beendet, und sie betraten ein Gelände, was einem Friedhof ähnelte – nur ohne Grabsteine. Die Umgebung war trist und das Gras an vielen Stellen bereits grau. Es roch nach Tod, und Oskar bekam eine Gänsehaut.
»Willkommen im Garten der Finsternis. Kommt mit zu meiner Hütte.«
Baharu steckte einen der scharfen Speere, die er bei sich trug, in die Erde.
»Habt ihr Hunger? Wir haben einen wunderbaren Eintopf gekocht, der euch definitiv schmecken wird.«
Oskar spürte, dass sein Magen leer war. Simon willigte schließlich ein und sie folgten dem Anführer der Gruppe zu seiner Behausung. Valupo und die anderen, namenlosen Begleiter nahmen still ihren Platz auf einer riesigen Holzbank ein. Oskar setzte sich neben Simon und wünschte sich direkt wieder an einen anderen Ort. Baharu legte die Krone auf den Tisch und rieb sich über den Kopf.
»Solange sie hier ist, sind wir alle sicher.«
Er schöpfte mit einer Holzkelle etwas aus einem riesigen Topf und füllte es in zwei provisorische Schüsseln.
»Trinkt, es wird euch stärken.«
Die Brühe hatte einen merkwürdigen Geruch, doch Oskar versuchte, das einfach auszublenden. Er hatte Hunger, und es war ihm egal, was er da zu sich nehmen würde. Der erste Schluck fühlte sich unangenehm an, da die Suppe kochend heiß war. Der zweite vertrieb jedoch die Hitze und ließ den Geschmack in seinem Mund zur vollen Geltung kommen.
»Was ist das?«

Oskar konnte sich nicht entscheiden, ob er den Geschmack gut oder schlecht fand. Der bittere Nachgeschmack ließ ihn würgen, ansonsten gab es jedoch nichts, was er an der Mahlzeit zu beanstanden hatte. Als er sich an diesen Geschmack gewöhnt hatte, schmeckte es direkt besser.
»Das bleibt ein Geheimnis.«
Baharu lächelte schwach. Simon hatte seine Schüssel bereits geleert und leckte sich über die Lippen.
»Sehr gut. Ich fühle mich gleich besser.«
Erschöpft lehnte er sich zurück.
»Was gibt es denn, was ihr uns erzählen wolltet?«
In der nächsten Sekunde wandte Baharu sich an Simon.
»Wir sind ein friedliches Volk, wenn man uns friedlich behandelt. Ihr müsst wissen, dass dieser Planet einmal von unseren Menschen besiedelt war. Noch lange bevor hier mal ein Palast errichtet wurde und das Königreich blühte. Wir sind die Ureinwohner und haben alle hier gelebt, bis dieser schreckliche Tag kam, an dem uns unser ein und alles geklaut wurde.«
Er strich sanft über die Krone. Oskar spürte förmlich die Vibrationen, die von ihr ausgingen.
»Wer hat sie euch geklaut?«
»Lass mich doch erstmal ausreden. Ihr werdet alles zu gegebener Zeit erfahren.«

Eine gefährliche Mission

Baharus Worte klangen nicht böse, sondern eher einschüchternd. Oskars Frage wurde von Simon mit einem Blick quittiert, der das bestätigte, was der Anführer sagte. *Sei still. Lass ihn erzählen.* Oder vielleicht auch: *Vertrau mir. Ich habe einen Plan.* Oskar konnte den Blick in seinen Augen nicht deuten, und war daher unschlüssig, was er denn nun tun sollte.
»Es gab einen Überfall. Valupo, könntest du bitte kurz übernehmen? Ich kann mich immer noch nicht wirklich an alles erinnern.«
Er rieb sich über den Kopf, als hätte er starke Schmerzen.
»Natürlich.«
Valupo, ein Mann von hagerer Statur, ergriff nun das Wort.
»Sie haben uns die Krone genommen. Mittlerweile ist dieses Volk jedoch, so glauben wir zumindest, ausgestorben. Es gab keine weiteren Angriffe mehr.«
»Die Krone...«
Simon wählte seine Worte weise.
»Sie hat magische Kräfte. Oder?«
Oskar ärgerte sich, dass er die Frage nicht selbst gestellt hatte, sagte aber nichts, sondern hörte aufmerksam Valupos Antwort zu.
»Die Krone hat das zu verantworten, was ihr eben gesehen habt. Damit ist man gegen die Crethrens sicher. Allerdings, wie ihr bereits bei Baharu bemerkt habt, gibt es auch Schattenseiten. Die Strahlung kann Erinnerungen für immer aus dem Gehirn verbannen, und verursacht starke Schmerzen. Wir alle haben großen Respekt davor.«

»Aber wem sollen wir die Krone bringen, wenn es dieses Volk nicht mehr gibt? Wir haben den klaren und unmissverständlichen Auftrag erhalten, sie zurückzubringen. Ansonsten erwartet uns alle der Tod.«
Baharu wurde plötzlich ernst.
»Die Wesen der Finsternis.«
Er blickte erst Valupo und dann die anderen nacheinander an. Bei seinen nächsten Worten begann seine Stimme zu zittern.
»Sie haben wieder zugeschlagen.«

Lily und Cassie streiften weiter durch den Wald, entdeckten jedoch nichts mehr, was als Nahrung dienen konnte. Der Schatten, der Cassie zuvor noch aufgefallen war, war nicht wieder aufgetaucht, und so zogen sie enttäuscht wieder von ihrem Vorhaben ab. Schon bevor sie die Feuerstelle wieder erreicht hatten, sahen sie die Schatten von Nora, Willow und Pacey in der Ferne. Sie unterhielten sich, und bemerkten von der Rückkehr der beiden erst, als die ihr Ziel erreicht hatten.
»Und?«
Nora sah Cassie und Lily hoffnungsvoll an.
»Habt ihr etwas gefunden?«
Lily schüttelte den Kopf.
»Leider nicht. Haben wir keine Vorräte mehr?«
»Nichts bedeutendes mehr, nur noch Reste. Wir müssen bald definitiv weiterziehen und hoffen, dass wir Nahrung finden.«
»Ja.«
Pacey rückte etwas näher an die Flammen heran und hob seinen Kopf. Nora sah ihn kurz an und sagte dann:
»Pacey hat uns eben etwas Interessantes erzählt.«
»Was denn?«

Pacey ließ sich mit seiner nächsten Antwort etwas Zeit.
»Ich weiß, dass mein Verhalten gestern nicht okay war. Aber trotz alledem fand ich auch, dass Simon etwas überreagiert hat.« Er legte eine kurze Pause ein und trank einen Schluck aus einer Glasflasche. Cassie vermutete, dass es sich dabei noch um den Rest der Getränke aus dem Korb handelte, den sie im Wald hinter der Festung gefunden hatten.
»Er wollte mich von der Gruppe verstoßen, für eine Sache, für die ich nichts konnte. Ich habe gestern versucht, ihm klarzumachen, dass ich ohne deren Hilfe gestorben wäre. Mir blieb keine andere Wahl.«
»Wozu blieb dir keine andere Wahl?«, fragte Cassie, als niemand anderes irgendetwas sagte.
»Ich bin mit dieser Tätowierung am Fuß aufgewacht. Von dort an haben sie mich als eine Art Komplizen, als Mittäter gesehen. Das ging bis zu dem Tag, an dem ich mich geweigert habe. Dann haben sie mich von meinem sicheren Platz in die Festung gebracht und dort fest gekettet.«
»Und dann haben Simon und Kieran dich entdeckt«, murmelte Lily.
»Genau so war es.«
»Und was wolltest du noch sagen?«
»Ich bin seit gestern Abend stutzig, was Simons Stellung innerhalb der Gruppe anbelangt. Er wollte mich verstoßen. Das passt nicht zu dem Simon, den ich, oder besser gesagt wir, in der Eiswüste kennengelernt haben.«
Er wechselte kurz einen Blick mit Lily. Sie wirkte skeptisch.
»Simon würde so etwas niemals tun. Du weißt, wie sehr er Ruby hasst, und wie sehr er sich gewünscht hat, sie zu töten. Er würde sich niemals gegen uns als Gruppe stellen.«

Cassie verfolgte die Diskussion aufmerksam und versuchte, so gut es ging zuzuhören. Nebenbei fiel ihr jedoch ein, dass Oskar und Simon schon sehr lange weg waren. Da sie jedoch das Gespräch nicht unterbrechen wollte, sagte sie zunächst nichts.
»Das will ich damit auch nicht sagen. Nora, gib mir bitte mal den Würfel.«
Nora kramte in dem Korb herum, der neben der Feuerstelle stand, und reichte ihm den Würfel und die dazugehörige Erklärung der Symbole.
»Der Tyrann sät Ärger«, zitierte Pacey.
»Folgt seiner verlockenden Spur und ihr werdet Unheil finden.«
Die Stille hüllte sich wie ein Mantel des Schweigens über die Gruppe.
»Simon wollte unbedingt Oskar zu der Krone begleiten, obwohl Lily sich dazu bereit erklärt hat. Ich hoffe inständig, dass Oskar zurzeit nicht in Gefahr ist.«

Baharu führte Oskar und Simon in einen abgelegenen Raum. Er sagte nicht mehr viel, und sein Gesichtsausdruck sprach Bände. Er wirkte besorgt.
»Es muss etwas passiert sein.«
Simon durchbrach das Schweigen, bevor Oskar es als peinliche Stille empfand.
»Wir müssen damit rechnen, dass wir mitten in der Nacht fliehen müssen.«
Er wandte sich ernst an Oskar.
»Wir wollten aber doch bis zum Morgen warten.«
»Denkst du wirklich sie lassen uns gehen?«
»Vertraust du denen nicht?«
Simon schüttelte entschieden den Kopf.

»Auf gar keinen Fall. Sie wollen uns die Krone nicht geben, obwohl wir sie dringend brauchen.«
»Ohne die Krone gibt es kein zurück.«
Oskar sprach die Worte eher leise und monoton, wiederholte das, was Simon vorhin noch gesagt hatte.
»Ganz genau. Wir müssen darauf hoffen, sie in der Nacht zu entwenden und unentdeckt zu fliehen.«
Simon machte eine kurze Pause.
»Ich kümmere mich darum. Du solltest nur morgen bereit sein, wenn ich dich aufwecke.«
»Sag mir bitte rechtzeitig Bescheid. Zusammen sind wir stärker.«
»Aber auch lauter. Ich habe mir schon einen groben Plan überlegt. Wir müssen nur hoffen, dass uns niemand dazwischenfunkt.«
»Würdest du...«
Oskar wusste nicht, wie er das, was er sagen wollte, formulieren sollte, und war froh, als Simon ihm wieder das Wort nahm.
»Sie umbringen?«
Er sprach leise. Oskar nickte.
»Ja, das würde ich tun. Aber nur, wenn kein Weg daran vorbeiführt. Ich habe gesehen, dass sie ihre Speere draußen lagern. Ich weiß nicht, ob es dir aufgefallen ist, aber direkt hinter der Hütte befindet sich ein ganzes Arsenal an Waffen. Wenn es uns gelingt, unbeobachtet zu flüchten, können wir uns dort bedienen.«
Er machte eine kurze Pause.
»Falls das alles wirklich stimmt, sollten wir morgen mit der Krone ein leichtes Spiel haben. Ohne sie werden wir aber wahrscheinlich keinen Weg zurückfinden, da wir dann gegenüber den Crethrens verwundbar sind.«

Oskar schauderte. Was würde passieren, wenn sie die Krone vor der Morgendämmerung nicht fanden und ihr Fluchtversuch fehlschlagen würde? Er wollte sich gar nicht vorstellen, wie Baharus Reaktion ausfallen würde. Er würde sie kaltblütig ermorden, daran hatte Oskar keine Zweifel. Sein Magen drehte sich bei dieser Mischung aus Gedanken um und verkrampfte sich. Es war das erste Mal überhaupt, dass er richtige Angst empfand. Simon schien seine innere Unruhe bemerkt zu haben und legte ihm seine Hand auf die Schulter.
»Wir schaffen das. Heute Nacht nehmen wir uns die Krone und verschwinden von hier.«
Draußen war es komplett still. Baharu, Valupo und die anderen hielten sich nicht mehr im angrenzenden Raum auf.
»Wo sollen wir morgen nur die Krone suchen?«, fragte Oskar. »Es könnte Stunden dauern, bis wir sie finden.«
»Na ich vermute doch stark, dass sie sie in das veredelte Holzregal packen. Dort, wo Baharu sie direkt abgelegt hat.«
Oskar hatte gar nicht darauf geachtet, und war froh, dass Simon dies allem Anschein nach getan hatte.
»Okay, das ist mir entgangen.«
Simon grinste.
»Einer von uns beiden muss ja aufpassen.«
Danach klopfte er ihm freundschaftlich auf die Schulter und wandte sich wieder ab. Wenig später waren Schritte zu hören, die kurz vor ihrer Tür endeten. Die Klinke wurde betätigt und die Tür aufgeschoben. Sie ließ sich nur schwer öffnen und schabte laut über den Holzboden.
»Hey.«
Dort im Flur stand Valupo. Er wirkte schüchtern und zurückhaltend.

»Komm ruhig rein.«

Simon bot ihm einen Platz auf einem Stuhl in der Ecke des Raumes an, den Valupo dankend annahm. Erst jetzt fiel Oskar auf, dass dieser viel jünger war, als er ihn zuerst eingeschätzt hatte. Er wirkte nur ein bis zwei Jahre älter als Simon, vielleicht war er sogar im selben Alter. Er fuhr sich durchs Haar und blickte die beiden nervös an.

»Ihr habt sicher mitbekommen, dass Baharu ziemlich geschockt ist. Uns steht schlimmes bevor, und ich hoffe, ihr schafft es noch rechtzeitig von hier weg.«

»Was machst du hier?«, fragte Simon direkt.

»Was ist deine Aufgabe?«

»Als unser Volk ausgelöscht wurde, war ich noch zu jung, um das alles zu begreifen. Wir haben uns in unserer Welt verkrochen, fernab von den Crethrens, die uns aus unseren alten Gemäuern vertrieben haben. Der Garten der Finsternis diente uns jahrelang als zuhause. Als wir jedoch gestern gemerkt haben, dass etwas anders war, habe ich mich direkt auf den Weg gemacht, und die Krone gefunden. Ihr habt sie ja scheinbar verloren und braucht sie jetzt, genau wie wir, im Kampf gegen die Mächte der Finsternis.«

»Worum handelt es sich bei diesen Mächten? Und warum suchst du uns so spät noch auf?«

Simon versuchte, skeptisch auf ihren Besucher zu wirken. Das gelang ihm ausgezeichnet, Valupo senkte seinen Blick wieder zu Boden.

»Ich komme mit euch.«

»Wo willst du hin? Möchtest du dein Volk aufgeben?«

»Das ist kein Leben hier. Baharu hat schreckliches vor. Sobald er die Krone hat, will er uns wieder in der oberen Region ansiedeln und seine Macht ausnutzen, um das Unaussprechliche zu bekämpfen.«

Es fiel Oskar schwer, Valupos Worten Glauben zu schenken. Er konnte sich aber auch nicht vorstellen, dass er etwas zu verbergen hatte. *Dazu würde er seine Rolle zu gut spielen. Er möchte mit uns verschwinden.*

»Wir sollten heute Nacht aufbrechen. Ich bringe euch sicher hier raus, wir nehmen die Krone mit und verschwinden.«

»Was passiert mit den anderen?«

Valupo zuckte mit den Schultern.

»Sie stehen voll und ganz hinter Baharu. Sie wären nicht bereit dazu, sich für den Sieg gegen die dunklen Mächte zu opfern.«

»Und du bist dazu bereit?«

»Ich halte es hier nicht mehr aus, wäre in den nächsten Tagen auch alleine aufgebrochen. Sie werden alles daransetzen, die Krone zurückzubekommen. Ihr seid ja dazu aufgetragen, das zu tun.«

»Und was möchtest du dagegen tun?«

Simon schien ihn mit seinen Fragen durchbohren zu wollen. Oskar war froh darüber, sich selbst in die Rolle des stillen Zuhörers begeben zu können.

»Wir können sie nur vernichten, indem wir die Krone zerstören. Das können wir allerdings nur, indem wir sie im tiefen Wasser versenken.«

»Was passiert dann?«

»Die Mächte sind zumindest vorübergehend zerstört. Allerdings...«

Er schluckte, nahm eine kleine Flasche aus seinem Umhang und trank einen Schluck. Er räusperte sich kurz und fuhr dann fort.

»Wir müssen sie im See der toten Seelen versenken. Nur dort

wird das funktionieren.«

»Wo ist dieser See?«

»Er liegt kurz vor der Bergkette Norekrates und markiert sozusagen den Eingang.«

»Und was willst du tun, wenn du die Krone zerstört hast?«

»Dazu muss sich jemand opfern. Es klappt nur, wenn mit der Krone ein Mensch stirbt und seine Seele in den See wandert.«

Oskar zuckte zusammen. Hatte er gerade wirklich ausgesprochen, dass er sich selbst opfern müsse? *Das klingt doch verrückt.* Irgendwie wusste er jedoch, dass er den Worten ihres Besuchers Glauben schenken musste - er hatte keine andere Wahl.

»Okay, wir nehmen dich bei uns auf.«

Valupo hatte Simon scheinbar restlos überzeugt.

»Wann brechen wir auf?«

»Ich werde euch wecken, heute Nacht bin ich zufälligerweise für den mittleren Wachdienst eingeteilt. Jetzt muss ich aber auch weg, bevor Baharu Verdacht schöpft. Ich darf eigentlich gar nicht mehr hier sein.«

Ohne etwas Weiteres zu sagen, verschwand er wieder aus dem Raum und ließ die Tür absichtlich ein Stück weit offen.

»Was denkst du über den Plan?«, fragte Simon.

»Ich denke, wir können ihm vertrauen.«

Simon bestätigte Oskars Aussage mit einem Nicken.

»Ich glaube auch. Wir werden also heute Nacht aufbrechen.«

Aus dem Flur und dem Rest der Hütte war nichts mehr zu hören. Valupo hatte sich wieder zu den anderen gesellt und würde sie wecken, sobald sein Wachdienst angefangen war. Oskar legte sich auf eines der einfachen Betten und zog die Decke über seinen Körper. Er versuchte auszublenden, was die anderen ge-

rade dachten. Sie würden sich Sorgen machen, und er wünschte sich, dass es irgendeine Möglichkeit geben würde, durch die er nur für ein paar Sekunden Kontakt mit ihnen aufnehmen konnte. Er wusste jedoch, dass es diese Möglichkeit eben nicht gab, und versuchte, sich jetzt darauf zu konzentrieren, endlich einzuschlafen. Er starrte in der Dunkelheit lange an die Decke, während er Simons regelmäßigem Atem lauschte. *Er schläft schon. Oder?*
»Simon?«
Leise. So leise, dass er es nur hören konnte, wenn er noch wach war.
»Ja?«
Gott sei dank. Ich bin nicht ganz alleine.
»Ich kann nicht einschlafen.«
»Ich auch nicht. Das Bett ist auch nicht wirklich bequem.«
Von draußen war urplötzlich ein lauter Knall zuhören, der die gesamte Hütte erschütterte. Oskar spürte, wie sein Kopf gegen die Holzwand schlug.
»Was war das?«
Ein Schrei ertönte, dann wurde draußen alles hell. Der Garten der Finsternis explodierte und das Feuer fraß sich schnell in der gesamten Umgebung fest. Wenig später klopfte es hastig an der Tür.
»Kommt raus!«
Oskar kannte die Stimme. Sie gehörte zu Valupo, das hörte er direkt heraus. Simon stand auf und zog Oskar auf die Beine.
»Wir sollten uns beeilen.«
Draußen war eine weitere Explosion zu hören. Das Feuer um sie herum breitete sich immer weiter aus, die Flammen loderten im leichten Wind. Die Tür öffnete sich, und Simon trat zu

Valupo auf den Hausflur. Oskar folgte ihm.

»So lange wir unbemerkt bleiben können, müssen wir von hier verschwinden.«

Oskar hob seinen Blick, und sah, dass ihr Begleiter die Krone auf dem Kopf trug. *Er hat es wirklich geschafft!*

»Was ist draußen los?«, fragte Simon, als sie aus der Hütte traten.

»Es ist das geschehen, was geschehen musste.«

Valupo antwortete nur ausweichend.

»Wie meinst du das?«

»Ich habe das Feuer gelegt.«

Er schluckte schwer und wischte sich den Schweiß von der Stirn.

»Ihr könnt mir glauben, dass mir das ganz und gar nicht leichtgefallen ist. Ich bin kein Mörder. Ich musste es tun, es geht um meine und vor allem um eure Zukunft.«

»Das ist dir wichtiger als das Leben deines Volkes?«

Oskar sah, dass Simon Valupo nicht mehr wirklich traute. Ihm selbst fiel es auch schwer, seinen jetzigen Standpunkt zu verstehen.

»Baharu hätte irgendwann vollkommen die Kontrolle verloren. Das alles gab es schonmal, und damals hat er uns fast in den kompletten Untergang getrieben. Er ist nicht mehr unser Anführer.«

»Was ist hier los?«

Die Stimme, die plötzlich aus der Ferne kam, ließ Oskar erschaudern. Die Tiefe, der eindringliche Tonfall... *Baharu.*

»Valupo? Und vorallem... ihr zwei?«

Er musterte die kleine Gruppe kritisch.

»Was macht ihr hier? Und was ist passiert?«

Schneller, als Oskar gucken konnte, rammte Valupo die Spitze des messerscharfen Speeres, den er bei sich trug, in das Gesicht des Anführers. Er traf das rechte Auge, und Baharu ging schreiend zu Boden.
»Du bestimmst nicht mehr über uns. Jetzt nicht mehr.«
Aus der verletzten Augenhöhle sickerte Blut auf den Boden. Baharu schien längst das Bewusstsein verloren zu haben, er reagierte nicht mehr auf Valupos Worte und bemerkte so auch nicht, wie dieser die Spitze des Speers herauszog und sie ihm direkt ins Herz rammte. Oskar sah nur geschockt zu. Er war zu keiner Reaktion fähig und konnte sich erst wieder auf das Wesentliche konzentrieren, als Simon ihn mit sich zog.
»Komm!«
Er selbst übernahm die Spitze, Oskar ordnete sich in der Mitte ein und Valupo bildete den Schluss. Sie hatten wenig später den Höhlengang erreicht, der sie wieder auf den Platz mit den Crethrens führte. Die Masse verharrte weiterhin reglos vor ihnen, und Oskar war erleichtert, als er das wahrnahm. *Wir müssen jetzt nur noch sicher den Felsen erreichen, dann haben wir den schwierigsten Teil geschafft.* Bis zur Hütte, an der sie ihr Lager aufgeschlagen hatten, war es dann nicht mehr weit. Simon bahnte sich ruhig und bedächtig seinen Weg durch die Wesen. Oskar versuchte, sich nur auf das, was vor ihm lag, zu konzentrieren, musste aber unwillkürlich an das denken, was eben passiert war. *Wie kaltblütig Valupo den Anführer ermordet hat... Er hat nicht eine Sekunde lang gezögert oder über das nachgedacht, was er getan hat. Als wäre es etwas gewesen, was keine Konsequenzen mit sich bringt.* Er versuchte, sich in Valupos Lage zu versetzen. *Hass. Blanken Hass muss er bei der Tat verspürt haben.* Er zitterte bei dem Gedanken daran, dass

sich diese Person direkt hinter ihm befand. *Er könnte mir jederzeit seinen Speer in den Rücken rammen. Aber wozu dann der Aufwand? Er hätte uns direkt an Ort und Stelle töten können, wenn er das wirklich gewollt hätte.* Diese Seite seiner Gedanken beruhigte ihn wieder etwas. *Er wird uns nichts tun. Wir stellen für ihn keine Gefahr dar.* Damit gab er sich zufrieden und hob seinen Blick wieder, um Simon folgen zu können. Er war ein paar Meter vorausgeeilt, doch immer noch in Reichweite. Oskar erhöhte sein Tempo, um mit ihm Schritt halten zu können. Sie hatten fast den gesamten Platz überquert, als Valupo plötzlich stolperte. Ein Stein, der aus dem Boden ragte, brachte ihn zu Fall. Er riss Oskar unglücklicherweise mit sich zu Boden und verlor beim Aufprall die Krone. Sie fiel von seinem Kopf, und als sie auf dem Steinboden aufschlug, löste sich ein roter Diamant, der sich augenscheinlich beim Fall vom Felsen am gestrigen Abend gelockert hatte. Alles, was danach geschah, passierte so schnell, dass Oskar unfähig war, rechtzeitig handeln zu können. Valupos Körper begrub ihn unter sich, als die Wesen plötzlich aus ihrer Starre erwachten und sich auf die beiden stürzten.

»Oskar!«

Simon wollte zur Hilfe eilen, wich jedoch zurück, als eines der Monster mit seinen messerscharfen Krallen nach ihm schlug. Die Krone lag genau neben ihm, er hob sie schnell auf und sprintete in Richtung der Felswand. Das war das letzte, was Oskar sah, bevor sich ein Schleier aus Blut vor seine Augen legte und er das Bewusstsein verlor.

»Du willst damit doch nicht sagen, dass Simon uns töten möchte!«, meinte Lily entschieden.

Cassie hörte ihren Worten nur geschockt zu. Sie wollte gar nicht darüber nachdenken, was bereits passiert war, wenn Pacey mit seiner Vermutung recht gehabt haben sollte.
»Wir sollten mit solchen Vorwürfen sparsam umgehen.«
Lily sah Pacey etwas enttäuscht an. Cassie konnte nicht sagen, ob in ihrem Blick auch so etwas wie Wut lag. *Sie ist in Simon verliebt. Ich denke, ich würde ähnlich handeln, wenn es sich dabei um Oskar handeln würde.* Bei dem Gedanken an ihn musste sie schwer schlucken. *Was, wenn er sich gerade wirklich in Gefahr befindet? Unmöglich ist das nicht.* Sie bekam in diesem Moment eine Angst, die sie nicht in Worte fassen konnte. *Ich hätte ihn nicht gehen lassen dürfen.*
»Ich weiß. Ich sage sowas auch nicht gerne, aber Simon hat sich ziemlich seltsam verhalten.«
»Wir werden das nachher aufklären«, murmelte Lily.
»Hoffentlich.«
Damit ließen sie es gut sein, keiner sagte mehr etwas. Cassie blickte in die Glut des Feuers, und versuchte, die Wärme komplett aufzusaugen. In ihrem Inneren fröstelte sie jedoch weiterhin, und das wurde mit jeder verstreichenden Sekunde schlimmer. Die Stille fühlte sich unerträglich an. Pacey war bereits ins Innere der Hütte gegangen, am Feuer saßen außer ihr nun nur noch Lily, Nora und Willow.
»Da sind wir wieder unter uns.«
Lily versuchte, die angespannte Atmosphäre irgendwie zu vertreiben. Cassie war ihr dankbar dafür und ging direkt auf ihre Bemerkung ein.
»Wie auf dem Dach. Das ist noch nicht mal so lange her.«
»Zwei Tage.«
Cassie überlegte, ihr war das ganze schon länger vorgekommen.

Als sie jedoch nachrechnete, stellte sie fest, dass Lily recht hatte.
»Kommt mir fast wie eine Ewigkeit vor.«
Schweigend saßen sie weiter am Feuer. Die Stunden vergingen, und als der Tag schließlich ein Ende nahm und Cassie bemerkte, dass sie müde wurde, entschied sie sich, in die Hütte zu gehen. Die Sorge um Oskar quälte sie, doch sie wollte nicht länger untätig herumsitzen. Sie spürte, dass sie Hunger hatte, wusste jedoch, dass es zumindest heute nichts zu essen mehr geben würde. Als sie sich schließlich in einem Raum, der etwas von den anderen abgelegen war, zur Ruhe setzen wollte, merkte sie, dass auch das nicht klappte. *Was soll ich tun?* Allein würde sie sich nicht auf die Suche nach den beiden begeben, und sie wusste auch nicht, wen sie fragen konnte. *Ich sollte einfach ruhig bleiben. Wenn sie bis zum nächsten Morgen nicht da sein sollten, dann werde ich nach ihnen suchen. Und die anderen werden mich begleiten. Alle.* Sie legte sich auf eines der weichen Betten und zog sich die Decke über den Körper. In ihrem Kopf herrschten allerdings zu viele Gedanken, so dass sie gar nicht die Möglichkeit hatte, einzuschlafen. Sie schlug die Augen auf und starrte in der Dunkelheit gegen die Decke. Wenig später klopfte es leise an der Tür. Sie erschrak, zuckte zusammen und sagte erst mit ein paar Sekunden Verzögerung etwas.
»Ja?«
»Cassie?«
Die Stimme gehörte zu Pacey. *Was will der denn hier?*
»Ja?«
»Darf ich reinkommen?«
»Klar.«

Er öffnete die Tür und trat in den Raum.
»Was führt dich so spät noch zu mir?«
»Ich wollte dir nur sagen, dass das, was ich gesagt habe, nichts bedeuten muss. Es kann auch ganz anders sein. Ich dachte nur, als ich gesagt habe, dass Oskar möglicherweise in Gefahr sein könnte...«
Er legte eine kurze Pause ein.
»Es hat etwas mit dir gemacht. Du brauchst keine Angst um ihn zu haben. Das können alles nur haltlose Vorwürfe gewesen sein, die ich mittlerweile auch etwas bereue.«
»Wieso?«
»Ich wollte niemanden von euch damit verunsichern oder verängstigen.«
Das hättest du dir ja früher überlegen können. Doch statt das zu sagen, nickte Cassie nur.
»Vielleicht hast du ja recht. Andererseits könnten wir die Dinge jetzt mit anderen Augen sehen, falls wirklich mal etwas passiert.«
Cassie wusste nicht, ob sie Pacey vertrauen konnte. Sie fühlte sich in seiner Gegenwart verunsichert, und wünschte sich, dass er bald wieder aus ihrem Zimmer verschwinden würde. Im nächsten Moment schämte sie sich für den Gedanken. *Vielleicht meint er das alles wirklich nur gut.*
»Super. Mehr wollte ich auch gar nicht. Schlaf gut und bis morgen.«
Damit verließ er den Raum wieder und schloss leise die Tür. Seine Schritte entfernten sich wieder, und sie wartete, bis nichts mehr zu hören war. Irgendwann, gerade dann, als sie so weit war, endlich die Augen zu schließen, hörte sie erneut etwas. Sie stand aus dem Bett auf und trat leise in den Flur der Hütte. Was

sie sah, ließ sie zuerst hoffen, dass sie träumte. Dass das jedoch nicht der Fall war, bemerkte sie, als Simon seinen Arm nach ihr ausstreckte. Sein Gesicht war voller Blut, und er trug die Krone auf dem Kopf.

»Was ist passiert? Simon?«

Sie sprach die Worte geschockt aus und versuchte, nicht vollständig den Verstand zu verlieren.

»Cassie... es tut mir leid. Es tut mir so leid.«

Er fiel ihr in die Arme und ließ seinen Gefühlen freien Lauf. Hinter ihnen tauchte plötzlich Nora auf, die sich zunächst über die Szenerie wunderte, sich dann aber kommentarlos dazu gesellte.

»Simon, was ist passiert?«

Er hob seinen Kopf, und sie sah in seine traurigen, leeren Augen.

»Bist du verletzt? Und wo...«

»Er ist tot.«

Er sprach die Worte langsam und leise aus. So leise, dass Cassie ihn zuerst nicht verstand, sich dann aber der Bedeutung bewusst wurde.

»Nein. Bitte...«

Pacey, Willow und Lily waren nun ebenfalls erwacht.

»Kommt mit ans Feuer«, sagte Lily.

Sie ging an den anderen vorbei und nahm Simon in die Arme.

»Du bist in Sicherheit.«

Simon konnte sich gar nicht mehr beruhigen. Lily führte ihn an die Feuerstelle, während Cassie, Nora, Willow und Pacey dort bereits Platz genommen hatten.

»Was ist passiert?«

Cassie fühlte nur noch innere Leere. Sie nahm das, was Lily

fragte, nicht mehr wirklich wahr. Alles um sie herum war verschwommen, sie hatte keinen Blick mehr für die Realität. *Oskar ist tot. Wie konnte das passieren?* Unwillkürlich musste sie wieder an Paceys Worte denken. *Simon.* Sie konnte sich beim besten Willen nicht vorstellen, dass Simon etwas mit seinem Tod zu tun hatte. Andererseits... *Er war bei ihm und hätte ihn retten können. So, wie Oskar wahrscheinlich sein Leben für ihn gegeben hätte.* Sie konnte die Tränen nicht mehr zurückhalten, und ließ, genau wie Simon zuvor, alles aus sich heraus. Viele verschiedene Gefühle vermischten sich, und sie konnte nicht sagen, was genau sie empfand. *Trauer. Wut. Aber wirklich auf Simon?* Sie sah sich um und nahm alles nur durch einen Schleier wahr.

»Wir hatten es fast geschafft.«

Simon, der sich mittlerweile etwas beruhigt hatte, fing damit an, zu schildern, was passiert war.

»Wir haben eine andere Bevölkerung getroffen und sind dann wieder vor ihnen geflohen. Mit der Krone. Dann passierte jedoch ein Unglück.«

Er klärte sie in diesem Moment über alles auf. Cassie hörte aufmerksam zu, wie er erzählte, dass sie mit einem Fremden namens Valupo unterwegs gewesen waren und wie dieser schließlich dafür verantwortlich gewesen sein sollte, dass die Krone zumindest teilweise zerstört worden war. Als er schilderte, wie die Wesen sich auf Oskar und ihren Begleiter gestürzt hatten, versuchte sie, wegzuhören. Das, was sie jetzt wusste, reichte ihr. Mehr wollte sie nicht erfahren. Pacey sah Simon genauestens an. Dieser schien das gar nicht zu bemerken, oder aber er versuchte, den Blick zu ignorieren. Irgendwann merkte Pacey, dass sein Verhalten nicht die gewünschte Reaktion her-

vorrief, und er wandte sich direkt an Simon.
»Simon.«
»Was ist?«
Er wirkte noch immer aufgewühlt.
»Wir müssen reden. Und das würde ich gerne unter vier Augen mit dir tun.«

Am nächsten Morgen wurde es erst einmal gar nicht richtig hell. Die kurze, graue Morgendämmerung ließ die Nacht noch viel länger wirken, als sie es eigentlich gewesen war. Die Umgebung hatte gewissermaßen etwas Bedrohliches, das fand auch Pacey. Er blickte in die Ferne hinaus, genau auf das Gebirge. Alle anderen schliefen noch, er jedoch fühlte sich jetzt schon so wach, dass er die Hütte verlassen hatte. Außerdem brauchte er dringend etwas frische Luft. Er erinnerte sich an das Gespräch mit Simon. Sie hatten es in der Nacht geführt, und es hatte so lange gedauert, dass die anderen in der Zwischenzeit längst schlafen gegangen waren. Er setzte sich auf einen Stein, der ihm den perfekten Blick auf die Bergkette Norekrates bot. Dann schloss er die Augen und ließ sich die wichtigsten Momente des Gespräches noch einmal durch den Kopf gehen.
»*Simon.*«
Er sieht mich an. Langsam. Dieser Blick... ich kann nicht sagen, ob in seinen Augen Trauer, Wut oder Enttäuschung liegt. Auf jeden Fall wirkt er sehr überrascht. Scheinbar hat er nicht damit gerechnet, dass ich nach den gestrigen Vorkommnissen etwas mit ihm zu besprechen habe. Es fällt mir schwer, meine nächsten Worte zu wählen. Ich hätte mehr darüber nachdenken sollen, doch ich weiß, dass ich mir jetzt keinen Rückzieher mehr erlauben kann. Er wird wissen wollen, was ich ihm sagen möch-

te.
»*Was ist wirklich passiert?*«
»*Wie meinst du das?*«
Reaktionsschnell richtet er sich auf und sieht mir tief in die Augen. Es ist ein stechender Blick, ich werde ihm nicht lange standhalten können, weshalb ich mich dazu entscheide, weiterzusprechen.
»*Dein Verhalten hat sich sehr verändert. Du wolltest mich von der Gruppe verbannen, als du meine Tätowierung gesehen hast.*«
»*Ja, und das bereue ich auch nicht.*«
Ich muss seine Worte erst verarbeiten, bevor ich weiterspreche. In gewissem Maße hatte ich schon damit gerechnet, dass er jetzt Reue zeigen würde.
»*Warum?*«
»*Weil ich dir nicht traue, Pacey. Aber es gibt sicher auch bessere Situationen als diese hier, um Konflikte beiseite zu schieben.*«
»*Ich traue dir auch nicht.*«
Eigentlich will ich mit dem Gesprächskern noch warten, vertage den Punkt jedoch auf den jetzigen Moment. Ich will nicht, dass das in irgendeiner Art und Weise ausartet.
»*Was denkst du?*«
Er spricht die Worte sehr leise, flüstert sie fast.
»*Du hast Oskar umgebracht. Und als nächstes wählst du jemanden von uns aus.*«
Simon sieht mich wieder so lange an. Erneut kann ich seinen Blick nicht deuten, weiß nicht, was er gerade fühlt. Ich möchte zu gerne wissen, was er denkt, während er mich so eindringlich ansieht.
»*Ich kann nicht fassen, dass du das von mir denkst.*«

»Verdammt, denkst du ich kann fassen, dass du mir nicht traust?«
Ich wollte es eigentlich vermeiden, spüre jedoch, dass ich kurz davorstehe, die Fassung zu verlieren.
»Wenn ich ihn getötet habe, muss sich seine Leiche ja irgendwo dort befinden.«
»Das stimmt. Außer, diese Wesen haben ihn bereits fortgeschafft.«
»Nein, das denken wir jetzt gar nicht. Wir gehen morgen zu dem Ort und gucken nach. Und wir gehen alle.«
Er lässt seine Faust auf den Tisch fallen, der sich zwischen uns befindet. Ich zucke unwillkürlich zusammen und ärgere mich im nächsten Moment direkt über dieses Anzeichen von Schwäche.
»Pacey...«
Seine Stimme schlägt plötzlich wieder um und nimmt einen leiseren Ton an.
»Es tut mir leid. Ich habe im Eifer des Gefechts überreagiert, als ich die Zahlenfolge gesehen habe, die in dein Bein tätowiert war.«
»Simon...«
»Nein. Bitte unterbrich mich nicht. Es war ein Fehler, das merke ich jetzt. Du weißt ganz genau, dass ich nicht dazu fähig wäre, jemanden umzubringen. Wir haben uns in der Eiswüste doch ziemlich gut kennengelernt.«
Es kann sein, dass er damit recht hat. Genauer gesagt stimmt das zu einhundert Prozent, was er da gerade gesagt hat. Allerdings hat sich meine Meinung etwas geändert, aber das will ich in diesem Moment nicht weiter thematisieren.
»Wir suchen ihn morgen.«
Simon reicht mir seine Hand herüber, als Zeichen des Friedens.

Ich nehme sie entgegen, sehe ihm tief in die Augen und versuche, zumindest ein schwaches Lächeln aufzusetzen. Der Plan geht auf, er lächelt zurück und wir wechseln das Thema. Unterhalten uns noch sehr lange über belanglose Dinge. Irgendwann entscheiden wir uns dann, schlafen zu gehen. Von den anderen haben wir während der gesamten Zeit keinen mehr zu Gesicht bekommen.
»Hey.«
Pacey schreckte auf, als er Simons Stimme hinter sich vernahm. Zunächst hatte er noch gedacht, er habe nur in seinen Gedanken gesprochen, irgendwann hatte er aber realisiert, dass dies nicht der Fall gewesen war.
»Alles klar bei dir?«
Simon wirkte so, als habe er das unangenehme Gespräch vom gestrigen Abend bereits vergessen. Er lächelte zwar nicht, aber das war angesichts der Vorfälle, die er erlebt hatte, auch kein Wunder.
»Es geht.«
»Ja, bei mir ist es auch nicht anders. Ich hoffe, wir finden nachher irgendetwas.«
Pacey dachte wieder an die Mission, die sie für den heutigen Tag geplant hatten. Sie hatten den anderen noch nicht Bescheid gegeben, würden das aber bei der nächsten Gelegenheit tun. Und diese ließ nicht lange auf sich warten. Ein paar Minuten später, Simon und Pacey hatten nicht mehr viel miteinander gesprochen, trat Lily aus dem Schatten der Hütte zu ihnen. Sie begrüßte Pacey kurz und umarmte Simon dann.
»Ich bin so froh, dass du lebst.«
Er hörte die Trauer in ihrer Stimme.
»Aber... Oskar... es fällt mir schwer, das zu akzeptieren, was

ihm passiert ist. Und es zeigt mir, dass alles ganz schnell vorbei sein kann. Eine falsche Bewegung und...«
»Lass uns bitte nicht darüber sprechen. Nicht jetzt.«
»Okay, ich verstehe dich. Wie hast du geschlafen? Und wie ist euer Gespräch verlaufen?«
»Es ging bis tief in die Nacht.«
Simon nickte Pacey zu.
»Aber ich denke, wir haben jetzt alles geklärt. Oder?«
»Ja.«
»Wir haben außerdem gedacht, dass wir alle heute zu der Stelle aufbrechen müssen, an der Oskar sein Leben verloren hat.«
»Wieso?«
»Ich kann damit nicht abschließen, wenn ich nicht die vollständige Gewissheit habe.«
»Wie meinst du das?«
»Ich möchte mich vergewissern, dass niemand mehr dort unten ist und auf Hilfe wartet. Wir haben gestern viele Menschen getroffen, und wenn es mir jetzt mithilfe der Krone gelingen würde, einen einzigen zu retten, dann wäre das sehr viel wert.«
»Die Krone ist doch kaputt. Deswegen ist das alles doch erst passiert, oder nicht?«, fragte Lily verwundert.
»Ja. Aber ich habe sie wieder so weit hinbekommen. Es war bloß ein einzelner Kristall, der sich gelöst hat. Wenn wir uns jetzt vorsichtig verhalten, dann werden wir nichts befürchten müssen.«
Simon drehte sich um und sah, dass mit Willow, Cassie und Nora die anderen drei bereits an der Feuerstelle saßen. Sie schienen in der Nacht etwas zu Essen gefunden zu haben, denn sie hatten was in den Händen, das konnte Simon bereits aus der Ferne sehen. Als er ans Feuer trat, begrüßte er sie kurz. Die

Stimmung war angespannt, es wurde nicht viel gesagt.

»Hier, nehmt auch etwas davon. Wir haben sie gestern in einem Schrank in einer Kammer gefunden.«

Nora streckte ihnen eine Dose mit Keksen entgegen. Simon griff zu, das Gebäck schmeckte staubtrocken, aber es tat seinen Zweck und füllte seinen Magen zumindest etwas. *Besser als gar nichts. Ich kann ja nicht erwarten, hier ein Fünf-Sterne-Menü zu bekommen.* Simon warf Cassie einen unauffälligen Blick zu. Sie versuchte, sich zumindest äußerlich zusammenzureißen, doch das gelang ihr nicht wirklich gut. Ihr war anzusehen, dass der Verlust von Oskar immer noch ihre Gedanken beherrschte.

»Pacey und ich haben uns etwas überlegt.«

Um die Stimmung etwas aufzulockern, entschied Simon sich dazu, das Schweigen zu durchbrechen. Alle Blicke wurde auf ihn gerichtet, und bevor jemand etwas sagen konnte, fuhr er fort.

»Wir gehen alle zu der Stelle, an der ich gestern mit Oskar war. Die Krone ist so weit wieder intakt, dass sie uns unterstützen wird. Außerdem, dort, wo Oskar und ich waren, finden wir Nahrungsmittel. Die Hütte im Garten der Finsternis, so wie die Einheimischen diesen Ort nannten, dürfte noch voll mit essbaren Dingen sein. Denn soweit ich weiß, wurde die Hütte vom Feuer verschont.«

»Okay, und wenn wir dort waren, wie geht es dann weiter?«, fragte Nora.

»Dann müssen wir in Richtung der Berge.«

»Woher weißt du das?«

»Ich weiß es natürlich nicht.«

Er legte eine kurze Pause ein.

»Aber es ist das einzige, was jetzt Sinn ergeben würde.«

Mit der Erklärung schien Nora sich zufrieden zu geben, denn sie sagte nichts mehr dazu. Simon ließ seinen Blick über alle anderen schweifen. Niemand hatte etwas gegen den Vorschlag einzuwenden.

»Ich schätze mal, wir erreichen das Gebirge dann morgen.«
Mittlerweile war es zumindest etwas heller geworden, doch immer noch so dunkel, dass man die Sterne am Himmel erkennen konnte. Es waren verdammt viele, sie leuchteten klar und hell.

»Lasst uns aber vorher nochmal die Hütte durchsuchen und schauen, ob wir irgendetwas finden, was wir mitnehmen wollen. Außerdem können wir alles, was unnötiger Ballast ist, dann auch hierlassen.«

»Okay, so machen wir das.«

Simon löschte das Feuer, als sie das, was sie noch zu essen hatten, vollständig verspeist hatten. Er ging dann in die Hütte und begann, die Räume zu durchsuchen. Cassie sah sich derweil in der Ferne um, starrte fast schon gebannt auf die Umrisse des Gebirges. Der Kamm schimmerte bläulich, und selbst aus dieser Entfernung wirkten die Felsen gigantisch. *Was erwartet uns dahinter?* Sie senkte ihren Blick, und entdeckte am Fuße des ersten Bergs einen großen See. Das Wasser wirkte selbst aus der Entfernung glasklar.

»Cassie.«

Cassie erschrak, als sie Noras Stimme vernahm.

»Was ist?«

Nora kam näher auf sie zu.

»Du musst wissen, dass mir das mit Oskar sehr Leid tut. Aber wir alle schaffen das. Zusammen finden wir einen Weg raus aus dieser Hölle.«

»Danke, Nora.«

Ihre Worte taten gut, und ließen Cassie sich direkt etwas besser fühlen. Sie drehte sich zu Nora um und umarmte sie.

»Wir haben jetzt alle jemanden verloren.«

Im Hintergrund vernahmen beide Willows Stimme.

»Tim ist noch am Leben.«

Cassie versuchte, diesen Satz mit fester Überzeugung auszusprechen. Es fiel ihr schwer, da sie selbst nicht daran glaubte. Dennoch tat sie ihr Bestes.

»Nein. Ich habe mich die letzten Stunden schon damit abgefunden, dass das nicht der Fall ist.«

»Aber erinnere dich doch mal an das, was Oskar gesagt hat, nachdem er dieses Zeug getrunken hat.«

Cassie versuchte, seinen Namen auszusprechen, ohne direkt wieder einen Gefühlsausbruch erleiden zu müssen. Sie hatte sich die gesamte Nacht über Gedanken gemacht und hatte bestimmt nur zwei oder drei Stunden geschlafen. Davon merkte sie jetzt jedoch nichts mehr, ganz im Gegenteil, sie fühlte sich ausgeschlafen.

»Er hat ihn gesehen. Das bestärkt mich allerdings in meiner Meinung.«

»Warum?«

»Es ruft Halluzinationen hervor. Dass er ihn gesehen hat, kann nichts anderes bedeuten, als die Tatsache, dass er nicht mehr am Leben ist.«

»Wir werden trotzdem alles daransetzen, ihn zu finden«, meinte Nora überzeugt.

»Die Hoffnung stirbt zuletzt.«

Eine halbe Stunde später starteten sie ihre Mission. Simon, Lily und Pacey gingen vor, Cassie, Willow und Nora folgten ihnen. Mit gefühlt jeder Minute wurde es wieder etwas dunkler. Sie wechselten sich mit dem Tragen der Krone ab, das Material verursachte ungeheure Kopfschmerzen und ließ nicht zu, dass man sie länger als zehn Minuten tragen konnte. *Wie hat Simon das nur geschafft? Wahrscheinlich war er so am Boden zerstört ob der Dinge, die passiert waren, dass er das gar nicht mehr mitbekommen hatte.* Sie mussten die Krone jedoch mitnehmen, da sie keine andere Wahl hatten. Einige Zeit später hatten sie den kleinen Felsvorsprung erreicht, den Simon jetzt mittlerweile zum dritten Mal bestieg. Er kletterte als erster drauf und warf einen Blick über die Mauer. Die Masse der blutrünstigen Crethrens unter ihnen wirkte still. *Es funktioniert!*, schoss ihm durch den Kopf.

»Das mit der Krone geht schon einmal voll auf«, sagte er voller Zuversicht.

»Pass auf dich auf«, meinte Lily, als er die Stufen an der Wand hinunterstieg.

»Klar.«

Sie folgte ihm direkt, als er den Boden erreicht hatte. Nacheinander passierten sie das Hindernis, Cassie war die letzte, die den Weg meisterte. Sie fühlte sich unwohl inmitten der Monster. *Hier irgendwo hat Oskar sein Leben verloren.* Ihr wurde flau im Magen, als sie daran dachte. *Einfach so zerfetzt von diesen blutrünstigen Scheißdingern.* Sie verspürte eine unfassbare Wut in sich aufsteigen, die es fast unmöglich machte, sich auf den weiteren Weg zu konzentrieren. *Liegt das an der Krone?* Sie reichte diese an Nora weiter.

»Kannst du sie einen Moment nehmen?«

»Klar.«

Wut und Trauer vergingen nicht wirklich, doch sie fühlte sich jetzt zumindest wieder bereit, den gefährlichen Weg auf sich zu nehmen. Sie bahnten sich ihren Weg durch die Masse. Simon ging voran, er war schließlich auch der einzige, der den Weg zu ihrem Ziel kannte. Der Boden war hart, und an einigen Stellen ragten Steine heraus. *Diese Steine haben Oskar das Leben gekostet.*
»Hier ist es passiert.«
Simon stoppte plötzlich und deutete auf einen der vielen Steine. Cassie konnte nicht lange hinsehen, und wendete den Blick sofort wieder ab. Überall war Blut verteilt.
»Du solltest das nicht sehen.«
Nora öffnete ihre Arme und drückte Cassie an sich.
»Okay, Simon. Wir haben genug gesehen.«
An ihrer Stimmlage war eindeutig zu vernehmen, dass sie Simon für diese Aktion am Liebsten ins Gesicht geschlagen hätte. Cassie war sich sicher, dass sie noch nie zuvor eine solche Kälte in Noras Stimme wahrgenommen hatte.
»Schrecklich«, murmelte Pacey.
»Ja, das ist es wirklich«, bestätigte Lily tonlos.
»Die Körper müssten sie bereits fortgeschafft haben. Ich habe aber keine Ahnung, wohin.«
»Wir sollten alles, was an Gefahr grenzt, meiden. Lasst uns erstmal die Hütte erreichen, von der du gesprochen hast.«
Wenige Zeit später hatten sie die Höhle erreicht, die den Durchgang markierte. Sie mussten den Gang nacheinander passieren, es war zu wenig Platz, um nebeneinander gehen zu können. Und es war stockdunkel. Cassie orientierte sich blind an den Wänden und versuchte, Noras Schrittgeräuschen zu folgen. Sie war enorm erleichtert, als die Höhle endete und sie

wieder aufrecht gehen konnte. Dennoch wurde sie das Zittern nicht los, welches sich in den letzten Minuten aufgebaut hatte.
»Kommt. Da vorne ist die Hütte.«
Simon führte sie über einen geerdeten Weg. Cassie ließ ihren Blick schweifen. Sie fühlte sich wie auf einem Friedhof. Die Atmosphäre war dunkel und die Geräusche, die es hier gab, passten auch dazu. Das Knarzen einer Holzdiele war schon von weitem zu hören. *Sind wir hier etwa doch nicht alleine?* Sie wurde kurz von einer alles übermannenden Panik ergriffen, versuchte sich dann jedoch wieder zu beruhigen. *Das ist sicher nur der Wind.* Mit dieser Erklärung gab sie sich vorerst zufrieden und dachte an etwas anderes. *Oskar...*

Trauma

Cassie hoffte, dass bald jemand etwas sagen würde, sie fand das Schweigen mittlerweile gänzlich unerträglich.
»Ganz schön unheimlich hier, oder?«, flüstere Nora und drehte sich um.
Sie musste gemerkt haben, dass Cassie sich unwohl fühlte, und diese war ihr dankbar, dass sie etwas sagte.
»Ja.«
Cassie versuchte, dieselbe Lautstärke wie Nora zu wählen, es klang für sie allerdings etwas zu laut.
Fünf Minuten später hatten sie die Hütte erreicht. Der dunkle Schatten sah wie ein unheimlicher Schemen aus einer finsteren Welt aus. Cassie spürte, wie sie eine Gänsehaut bekam und von der kühlen Luft anfing zu frösteln.
»Wir sollten hier aber auch schnell wieder weg«, meinte Simon. »Mir gefällt die Atmosphäre nicht.«
Cassie konnte nicht anders als ihm innerlich beizupflichten. Langsam und vorsichtig folgte sie den anderen über die Holzstufen ins Innere. Simon führte sie in einen Raum, in dem ein Tisch und viele Stühle standen. Als Cassie ihren Blick schweifen ließ, sog sie die Luft heftig ein. Überall, am Boden und auf den Wänden, war Blut verteilt. Außerdem herrschte ein Gestank, der ihr fast die Tränen in die Augen trieb. Es roch extrem nach Tod.
»Okay, ich denke, hier finden wir nichts.«
Simon wandte sich wieder ab, nachdem er ein paar der Schränke durchsucht hatte, aber auf nichts Essbares gestoßen war.
»Was ist hier passiert?«, fragte Nora.

»Ich weiß es nicht. Aber als wir geflüchtet waren, herrschte das komplette Chaos.«

»Es muss jemand hier gewesen sein.«

Pacey sprach die Worte laut aus, die in seinem Kopf herumspukten.

»Das denke ich auch. Wir sollten uns lieber beeilen.«

Im angrenzenden Raum brannte spärliches Licht. Es reichte allerdings nur dazu aus, einen kleinen Teil der Hütte zu beleuchten. Die Schränke wirkten allesamt marode und wirkten nicht besonders stabil.

»Wir sollten uns aufteilen«, meinte Simon.

Es gab niemanden, der dagegen stimmte, die Gruppe verteilte sich auf die einzelnen Räume und kam ein paar Minuten später wieder vollständig zusammen.

»Habt ihr was gefunden?«, erkundigte sich Simon.

Nora, Cassie und Willow, die eine der zwei Gruppen gebildet hatten, zeigten, was sie bei sich trugen. Es handelte sich um einen Topf, in dem rohes Fleisch aufbewahrt wurde. Er war bis zum Rand gefüllt.

»Wir könnten das am Feuer zubereiten«, murmelte Nora.

»Das halte ich für keine gute Idee«, setzte Pacey entgegen.

»Wir wissen nicht, ob es überhaupt essbar ist, geschweige denn Gift oder sonstiges enthält. Das kann auch eine Falle sein.«

»Vertrau mir.«

Simon legte ihm eine Hand auf die Schultern.

»Ich habe es gestern selbst gegessen.«

»Okay, wenn du meinst.«

Pacey wirkte nicht ganz überzeugt, aber es reichte zumindest dazu aus, dass er nichts mehr dagegen sagte. Da sie nicht den gesamten Topf mitnehmen wollten, suchten sie sich eine kleine

Dose, die sie in einem der zahlreichen Schränke fanden.
»Wir könnten das Fleisch auch direkt hier essen. Soweit ich weiß, ist draußen eine Feuerstelle.«
»Ich weiß nicht, irgendwie...«, wollte Cassie gerade sagen, als sie von Nora überstimmt wurde.
»Gute Idee! Ich habe riesigen Hunger.«
Sie drehte sich direkt zu Cassie um.
»Wir sind allein hier. Du brauchst keine Angst zu haben.«
Cassie hätte in diesem Moment zu gerne die Lockerheit ihrer Freundin übernommen, wusste jedoch, dass das nicht funktionieren würde. *Ich muss mich mit der Situation arrangieren.* Sie traten aus der Hütte, umrundeten sie, und fanden eine heruntergebrannte Feuerstelle vor. Es wirkte so, als wäre die Flamme schon vor einer Ewigkeit erloschen. *Wahrscheinlich saßen zu diesem Zeitpunkt hier noch Menschen dran. Menschen, die nicht gewusst hatten, was ihnen in dieser grauenvollen Nacht bevorstehen würde.* Was genau passiert war, wusste Cassie nicht, doch die Anzeichen deuteten auf etwas wirklich Schreckliches hin. Die gesamte Umgebung wirkte aufgewühlt und zerstört. Das gesamte Gras um die Hütte herum war abgebrannt – das Feuer war jedoch nicht auf das Holz übergegriffen. Simon sorgte für ein Lagerfeuer, indem er trockenes Gras mit einem Feuerzeug, welches er wohl in der Hütte gefunden hatte, anzündete. Alle setzten sich neben die Flammen. Erst jetzt, im Schein des Feuers, bemerkte Cassie, dass sie sich direkt vor einem Friedhof befanden. *Daher also die dunkle Atmosphäre.* Unmittelbar hinter der Hütte waren abertausende Kreuze in die Erde geschlagen. Sie erstreckten sich so weit man gucken konnte.
»Donnerwetter«, murmelte Cassie und stieß Nora sanft mit der Schulter an.

Nora zuckte zusammen und sah dann in Cassies Richtung. In der Zeit, in der Cassie einfach in der Gegend herumgeschaut hatte, hatte Nora sich bereits das erste Stück Fleisch auf einen Stock gespießt. Es war in die Flammen gefallen, als Cassie sie auf die vielen Kreuze aufmerksam machen wollte.
»Oh, das tut mir leid.«
Nora lachte.
»Kein Problem, wir haben ja noch genug.«
Sie nahm sich ein neues Stück und spießte es auf.
»Was wolltest du denn eben?«
»Sieh dir mal diese ganzen Kreuze an! Überall!«
»Ich sehe nur fünf.«
»Wie meinst du das?«
Cassie sah sie irritiert an. Als sie dann wieder in die Richtung des Friedhofes blickte, hatte sich etwas verändert.
»Es sind wirklich nur fünf«, murmelte sie tonlos.
Sie hätte schwören können, dass sie bei ihrem letzten Blick deutlich mehr wahrgenommen hatte. *Habe ich etwa schon komplett den Verstand verloren?* Sie konnte sich die Szenerie nicht erklären, blinzelte mehrmals in den folgenden Sekunden, doch es blieb bei den angesprochenen fünf Kreuzen in der dunklen Erde.
»Hier, nimm mein Stück.«
Nora reichte ihr einige Minuten später den Spieß rüber.
»Du schaffst es wohl nie, dir selbst eins zuzubereiten.«
Sie sprach die Worte nicht im ernsten, sondern im belustigten Tonfall. Cassie konnte darüber allerdings nicht lachen. Sie zweifelte in diesem Moment stark an ihrer geistigen Gesundheit. Sie nahm einen Bissen von dem durchgebratenem Stück Fleisch und merkte direkt, wie sie sich etwas besser fühlte. Es

fühlte sich fast sogar gut an, etwas in den Magen zu bekommen. *Wahrscheinlich können wir uns alle das erste Mal seit Tagen komplett satt essen. Wenn das Ganze nicht so einen faden Beigeschmack hätte...* Sie drehte sich erneut um, versuchte jedoch, das zu tun, ohne dass Nora es mitbekommen konnte. Ihr letzter Blick wurde erneut bestätigt, es befanden sich tatsächlich nur fünf Kreuze in einer einzigen Reihe vor ihr. Es gab keinen einzigen Grabstein oder sonstiges. In der Ferne war nur noch ein kahler Baum zu sehen, der das unheimliche Bild vervollständigte. Das unheilvolle Rauschen der leeren, abgemagerten Äste im Wind war bis zu der Feuerstelle zu hören. Ein paar Minuten später verspürte Cassie das dringende Bedürfnis, ihre Blase zu entleeren. Sie stand auf und wollte sich gerade hinter die Hütte begeben, als Nora fragte:
»Was hast du vor?«
»Ich muss mal pinkeln.«
»Warte.«
Willow stand ebenfalls auf und klopfte sich etwas Erde von der Hose.
»Ich auch. Ich komme mit. Außerdem sollten wir uns nicht allein hier aufhalten.«
Cassie nickte.
»Damit hast du wahrscheinlich recht.«
»Ganz schön unheimlich hier.«
Cassie nickte nur und sagte nichts mehr.
»Ich verstehe, wie es dir geht«, murmelte Willow.
»Es tut mir verdammt leid.«
»Danke.«
Mehr zu sagen war Cassie nicht im Stande. Sie hatten nun eine abgelegene Stelle erreicht, an der es wirklich verdammt dunkel

war. Cassie hockte sich hin und versuchte, ihre Blase zu entleeren. Es klappte jedoch nicht, sie spürte stechende Schmerzen und hatte das Gefühl, keinen einzigen Tropfen verlieren zu können, obwohl sich ihre Blase randvoll anfühlte. *Scheiße.* Sie zog ihre Hose wieder hoch, als Willow fertig war, und wollte gerade wieder gemeinsam mit ihr zur Feuerstelle gehen, als sie plötzlich etwas bemerkte. Zunächst nahm sie diese Bewegung nur im Augenwinkel wahr, ehe sie sich vollständig in sein Sichtfeld schob. Der Erdboden lockerte sich auf und eine schwarze Hand schoss heraus. Sie griff nach Willows Knöchel. In Folge dessen rutschte sie aus und konnte das Gleichgewicht nicht mehr halten.

»Cassie! Nicht...«

Ihr Gesicht wurde plötzlich rot, ihre Augäpfel platzten und Blut lief über ihre Wangen. *Rot. Überall Blut. Überall!*

»Hilfe! Hilfe!«

Willow sagte diese Worte leise. Sie waren bei weitem nicht so laut, dass man bei der Feuerstelle Notiz davon nehmen konnte. Cassie versuchte, ihren schwachen und fast leblosen Körper aus dem festen Griff der Hand zu lösen, merkte jedoch, dass das nicht so einfach war. In ihrer Hand sah sie ein blutiges Messer, welches tief in ihrer Freundin steckte... Willow fühlte sich nur noch wie eine leblose Hülle an. Cassie spürte noch, wie das Blut ihrer Freundin auf ihr T-Shirt strömte, ehe sie das Bewusstsein verlor und auf dem dunklen Erdboden zusammensank.

»Verdammt, was, wenn...«

Cassie schlug die Augen auf. Alles um sie herum war in einen durchsichtigen Schleier getaucht, und sie spürte, dass sie extrem starke Kopfschmerzen hatte. Es fiel ihr sehr schwer, sich aufzu-

richten, sie schaffte es aber schließlich doch und biss sich dabei auf die Zähne, woraufhin sie sofort den ekligen Geschmack von Blut in ihrem Mund spürte.
»Cassie?«
Noras Stimme drang in ihren Kopf. Sie hörte sich extremst besorgt an.
»Was...«
»Du bist wach!«
Sie beugte sich vor und umarmte ihre Freundin.
»Was ist passiert?«
»Wir haben schon gedacht, du schaffst es nicht.«
Nora klang erleichtert, aber irgendetwas verzerrte ihre Stimme. *Trauer? Wut? Enttäuschung?* Ehe Cassie überlegen konnte, was das denn sein konnte, sprach Nora schon weiter.
»Du warst über zwölf Stunden bewusstlos.«
»Warum?«
»Das wissen wir nicht.«
Ihre Stimme wurde ernst.
»Kannst du dich denn an nichts erinnern?«
Cassie überlegte. Es gefiel ihr nicht, dass Nora diejenige war, die die Fragen stellte. *Irgendetwas stimmt hier ganz gewaltig nicht.*
»Nein«, sagte sie nach einiger Zeit.
»Ich sehe da nur... einen düsteren Himmel. Ganz viele Kreuze und sehr viel Blut.«
»Deine Erinnerungen scheinen wiederzukommen.«
»Was ist denn passiert?«
Cassie stellte diese Frage jetzt das zweite Mal, und je länger sich Nora mit der Antwort Zeit ließ, desto schlechter fühlte sie sich.

»Wir saßen am Feuer und haben von dem Fleisch gegessen«, fing sie nun an.
»Weißt du das noch?«
Cassie wartete einen Augenblick und schüttelte den Kopf.
»Nein. Das letzte, woran ich mich erinnern kann, sind diese vielen Kreuze. Fast wie auf einem Friedhof...«
Sie versuchte, einen Blick durch das Fenster zu werfen, doch es war zu weit entfernt. Außerdem war es draußen stockdunkel, sie hätte so oder so nichts erkennen können.
»Sind wir immer noch an diesem düsteren Ort?«
»Ja. Dir und Willow ist etwas Schreckliches widerfahren, dessen Ursache ich gerade herauszufinden versuche.«
Sie legte eine Pause ein.
»Nachdem wir von dem Fleisch gegessen hatten, musstest du pinkeln. Willow hat dich begleitet, und ein paar Minuten später haben wir einen lauten Schrei von dir gehört.«
Cassie versuchte, ihren Worten zu folgen und sich erinnern zu können. Doch da war nichts. Noras Worte zogen an ihr vorbei, und sie versuchte verzweifelt, nach ihnen zu greifen, sie aufzunehmen und einzusaugen. Es herrschte jedoch nur Schwärze in ihrem Kopf, die sich immer mehr wie finsterer Nebel in ihren Gedankengängen ausbreitete.
»Ich kann mich bei bestem Willen nicht daran erinnern. Erzähl bitte weiter.«
Es blieb ihr nichts anderes übrig, als Nora die Wahrheit zu sagen.
»Wir sind sofort zu dir gelaufen, und haben dich in Willows Blut wiedergefunden.«
Nora stockte, Cassie sah, wie sie mit den Tränen zu kämpfen hatte.

»Sie hat es nicht geschafft. Pacey und Simon haben ihren Körper hinter dem Haus begraben und halten jetzt gemeinsam mit Lily Wache draußen.«
Cassies Kopf rumorte. *Willow ist tot.*
»Ich dachte, dass du dich vielleicht erinnern konntest an das, was passiert war. Wenn dir irgendetwas einfällt, sag mir bitte Bescheid.«
»Wie ist sie gestorben?«
Cassie musste sich bemühen, um die Worte auszusprechen. Eigentlich wollte sie das gar nicht wissen, doch irgendwie hoffte sie so, sich vielleicht wieder an die Geschehnisse erinnern zu können.
»Eine Wunde am Hals. Ihr wurde die Kehle durchbohrt. Dasselbe wäre wahrscheinlich auch mit dir passiert, wenn du uns nicht durch deinen Schrei auf dich aufmerksam gemacht hättest.«
»Ihr habt mir das Leben gerettet.«
Sie spürte, wie Tränen in ihr aufstiegen. Der Verlust von Willow war für sie kaum zu ertragen.
»Sie war eine so gute Freundin.«
Cassie begrub ihr Gesicht in die Bettdecke und ließ ihren Gefühlen freien Lauf. Alle Dämme brachen, und sie weinte über alles, was die letzten Tage geschehen war. *Oskar. Willow. Ich werde sie beide nie wiedersehen.* Die Trauer überwältigte sie wie eine riesige Welle, die über alle Hafenmauern brach und ihr Wasser an Land verteilte. Es fühlte sich an, als würde sie innerlich ertrinken. Es fiel ihr schwer, regelmäßig ein- und auszuatmen, es war, als würde ihr Brustkorb zusammengequetscht werden. Sie bemerkte kaum, wie Nora sich auf die Kante ihres Bettes setzte und sie in die Arme nahm.

»Sie war die letzte. Das verspreche ich dir.«
Cassie wusste, dass das, was Nora sagte, vermutlich nicht stimmen würde. Es war schon zu viel geschehen, als dass sie diesen Worten wirklich festen Glauben schenken konnte. Nora bemühte sich zwar, überzeugt zu klingen, doch für Cassie waren die Worte nicht glaubwürdig. *Sie sagt das nur, um mich zu beruhigen. Sie glaubt das selbst nicht mal.* Diese Tatsache stimmte sie noch trauriger, denn sie zeigte die Ausweglosigkeit der gesamten Situation. *Wir sitzen in einer tödlichen Falle und werden alle sterben.*
»Möchtest du etwas trinken?«, fragte Nora.
»Oder hast du Hunger?«
Cassie war ihr für die Ablenkung dankbar.
»Ein Glas Wasser wäre nicht schlecht.«
Nora verschwand aus dem Zimmer und ließ Cassie für einen Moment allein. Sie schob die Bettdecke zurück, und sah sich eine Stelle an den Armen an, deren Schmerz sie direkt wahrgenommen hatte, als sie erwacht war. An ihrem rechten Unterarm sah sie einen blauen Fleck. Es sah fast so aus, als hätte sich jemand dort mit aller Kraft festgehalten. Direkt daneben waren ein paar blutige Kratzer zu erkennen. *Willow hat sich an mir festgehalten. Aber... wie passt das zusammen? Sie muss also direkt vor mir gestanden haben, als ihr Mörder ihr die Kehle durchgeschnitten hat.* Fragen über Fragen geisterten in Cassies Kopf herum. Sie konnte sich an niemanden erinnern und kam auch nicht mehr dazu, in Ruhe über alles nachzudenken, da Nora ein paar Sekunden später zurückkehrte. Sie trug ein Glas Wasser in der Hand und reichte es Cassie herüber.
»Danke.«
Sie nahm das Glas an und trank einen großen Schluck. Ihre Keh-

le hatte sich zuvor rau und trocken angefühlt, es tat gut, etwas Flüssigkeit zu sich zu nehmen. Sie fühlte sich direkt etwas besser.
»Wie sieht es bei den anderen aus?«
»Sie haben niemanden gesehen. Simon hat mir eben gesagt, dass Pacey und er das gesamte Gelände durchkämmt haben. Keine Spur von ihrem Mörder. Er muss den Weg genommen haben, durch den wir zuvor hierhergekommen waren.«
Cassie spürte ein flaues Gefühl im Magen. *Wir sitzen noch tiefer in der Falle.* Wenn derjenige, der Willow umgebracht hatte, vor ihnen war, konnte er sie jederzeit überraschen. Der Gedanke gefiel Cassie ganz und gar nicht.
»Wir sollten jetzt erstmal wachsam sein und so wenig Risiko wie möglich eingehen.«
»Das stimmt. Ich habe Pacey und Simon auch gesagt, dass das erst einmal reicht.«
»Haben sie sonst irgendetwas interessantes gefunden?«
»Ja. Jede Menge sogar, allerdings nur Kleinigkeiten. Artefakte, Schnitzereien und andere Dinge. Nichts nennenswertes.«
»Okay. Wir sollten unser weiteres Vorgehen jetzt mal besprechen.«
Cassie versuchte, aufzustehen, scheiterte jedoch. Die Schmerzwelle brandete erneut auf und schwappte durch ihren gesamten Körper. Sie stöhnte auf.
»Bleib liegen«, meinte Nora.
»Ich hole sie rein.«
Eine Minute später hatten sich Simon, Pacey und Lily schon um ihr Bett herum versammelt. Lily erkundigte sich direkt nach Cassies Befinden, und als sie ihr geantwortet hatte, dass ihr nichts fehle, starteten sie das Gespräch über ihr weiteres Vorge-

hen.
»Ich denke, wir alle sind verdammt müde. Ich würde vorschlagen, wir verbringen unsere Nacht hier. Allerdings sollten wir in Zweierschichten abwechselnd Wache halten.«
Nora blickte Cassie an.
»Du bist davon natürlich ausgenommen. Du solltest dich ausruhen.«
»Nein. Ich kann...«, setzte sie an, wurde jedoch direkt unterbrochen.
»Du kannst dich ausruhen«, vollendete Nora ihren Satz.
»Und das solltest du auch tun, nach dem, was dir passiert ist.«
Sie sah die anderen nacheinander an.
»Wer von euch möchte die erste Wache übernehmen?«
»Ich«, sagte Simon direkt.
»Okay, ich auch«, murmelte Lily.
»Wäre es für euch beide okay, wenn ihr die zweite Schicht übernehmt?«, fragte sie direkt im Anschluss und blickte Nora und Pacey an.
»Das passt«, sagte Pacey.
Nora nickte.
»Okay. Wir braten uns draußen währenddessen noch etwas von dem Fleisch.«
Die beiden verschwanden aus der Hütte und ließen sich etwas abseits an der alten Feuerstelle nieder. Cassie konnte das nicht mehr sehen, ihr Blick reichte bloß durch den Türrahmen hindurch bis kurz hinter die Hüttentür.
»Ich bin verdammt müde«, meinte Nora.
»Die weiteren Betten sind nebenan. Schlaf gut.«
Sie beugte sich kurz zu Cassie herunter und umarmte sie flüchtig.

»Danke«, flüsterte sie.
»Danke, dass ihr mich gerettet habt.«
Nora nickte und gähnte.
»Das hättest du doch auch getan.«
»Trotzdem war es nicht selbstverständlich.«
Cassie versuchte zu lächeln und wünschte sich, dass Nora noch etwas bleiben würde. Sie sagte aber nichts und musste zusehen, wie ihre Freundin den Raum verließ und sie wieder allein mit ihren Gedanken war. Nora hatte beim Hinausgehen das Licht ausgeschaltet, doch Cassie fühlte sich schrecklich in der Dunkelheit. Sie zitterte unter der Decke und wünschte sich direkt an einen anderen Ort. Sie schlug die Bettdecke zurück, stand auf und versuchte, den Lichtschalter zu ertasten. Es dauerte etwas, bis sie ihn gefunden hatte. Sie atmete erleichtert auf, betätigte den Schalter und wollte sich gerade wieder hinlegen, als sie auf einer kleinen Kommode am Ende des Raumes eine Petroleumlampe sah. Daneben lag eine Schachtel Streichhölzer. *Okay, das ist angenehmeres Licht.* Sie entzündete ein Streichholz und ließ die Lampe leuchten. Danach schaltete sie das große Licht wieder aus und stellte die Petroleumlampe dort ab, wo sie sie zuvor gefunden hatte. Cassie schloss die Augen und versuchte, sich zu entspannen. Sie fand allerdings keine bequeme Position und wälzte sich hin und her. *So kann ich nicht einschlafen.* Sie fühlte sich zwar müde, doch sie wusste, dass es Ewigkeiten dauern würde, bis sie endlich Ruhe finden würde. Im schwachen Lichtschein der Petroleumlampe nahm sie eine zweite Tür am Ende ihres Raumes wahr. Sie war ihr zuvor nicht aufgefallen, da sie von einem Vorhang verdeckt wurde. Es sah von ihrem Bett aus so aus, als würde sie direkt nach draußen führen. Nach kurzem

Überlegen entschied sie sich dazu, etwas frische Luft zu schnappen. In ihrem Zimmer war es enorm stickig geworden die letzten Stunden. Sie stieg aus dem Bett, ging auf die Tür, die sie nach draußen führte, zu, und öffnete diese. Ein kalter Windhauch erfasste sie und ließ sie erzittern. Dennoch gab es nichts, was sie jetzt noch davon abbringen konnte, ihren Weg fortzusetzen. *Die Kreuze...* Sie blinzelte mehrmals, doch sie verschwanden nicht. Es waren, genau wie am gestrigen Abend, wieder unzählig viele. *Nora, Simon, Pacey und Lily... sie sehen nicht das, was ich sehe. Sie sehen nicht durch meine Augen und können meine Gedanken nicht lesen.* Cassie erklomm den vor ihr liegenden Hügel und atmete erschöpft durch, als sie die Spitze erreicht hatte. Der Weg war ziemlich beschwerlich, ihr war nicht nur unfassbar kalt, sie fand auch in ihren Schuhen kaum Halt auf dem matschigen Boden. Der Horizont lag in weiter Ferne, doch der Blick auf den Sternenhimmel war auf der kuppelartigen Erhebung traumhaft. Sie reichten so weit wie Cassie gucken konnte. Doch es gab nicht nur die Sterne, sondern auch einen zweiten Planeten. Er wirkte zum Greifen nah. Ein riesiger Ring war um den Himmelskörper herum zu sehen, und Cassie erinnerte sich plötzlich wieder an den Würfel mit den Bildern darauf. *Der Ring war auch zu sehen. Was hat er zu bedeuten?* Sie dachte angestrengt nach, fand jedoch auf die Schnelle keine Lösung. *Die Hoffnung!*, kam es ihr dann in den Sinn. *Ja, so war es! Die Hoffnung auf einen Ausweg!* Sie spürte, wie ihr Herz plötzlich schneller schlug, so, als wolle es ihr aus der Brust herausspringen. Doch für einen Ausweg aus dem Hier und Jetzt war der andere Planet, das rettende Ufer, zu weit entfernt. *Das ist unser Ziel. Das Ende unseres Weges wird uns dort hinführen.* Cassie ließ ihren Blick weiter schweifen

und verharrte an einer Stelle, die ihr direkt ins Auge fiel. Sie sog die Luft scharf ein und verfolgte die Linien, die die Sternenkonstellation am Himmel beschrieb. Die Formation kam ihr bekannt vor, sie hatte sie zuvor schon einmal gesehen. *Auf dem Würfel.* Der Name des unheilherbeiführenden Sternenhaufens kam ihr auch direkt wieder in den Sinn. Wie ein Mantra wiederholte sie das Wort in Gedanken. *Monodanus.*
Mit der Zeit, die Cassie damit verbrachte, gebannt in den Himmel zu starren, wurde es noch kälter als zuvor. Es war beinahe unerträglich, und der Gedanke an ihr warmes Bett verleitete sie schließlich dazu, wieder zu der Hütte zurückzukehren. Sie hoffte inständig, dass ihre Abwesenheit niemandem aufgefallen war, und war erleichtert, als sie ihr Zimmer komplett leer wieder vorfand. Da sie die Tür nach draußen nur angelehnt hatte, war es in ihrem Zimmer um einige Grad kälter geworden als zuvor. Fröstelnd zog sie sich die Bettdecke über und versuchte jetzt, endlich einzuschlafen. Das gelang ihr tatsächlich schneller als sie erwartet hatte. Es dauerte nicht mal fünf Minuten, bis sie bereits in ein fernes Reich abgedriftet war.
Es war dunkel. Stockfinster um genau zu sein. Die Umgebung wurde nur durch den schwachen Schein des Lagerfeuers erhellt. Cassie fühlte sich unwohl. Sie wollte nur noch weg. Doch wohin? An diesem Ort gab es keinen Punkt, an dem man sich sicher fühlen konnte. Die Seelen der toten Menschen dominierten den Garten der Finsternis. Sie füllten die Luft aus und verbreiteten ihren verdorbenen Geruch. Cassie stand von der Feuerstelle auf und ging ein paar Schritte. Willow begleitete sie, und sie wusste nicht, wie sie darüber denken sollten. Sollte sie zufrieden sein? Immerhin war sie so nicht ganz alleine. Aber wollte sie das überhaupt? Sie wusste nur, dass sie so schnell

wie möglich fort von diesem lebensbedrohlichen Ort wollte. Er saugte sie komplett aus und zerstörte sie, riss sie in ihre Einzelteile. Diese bestanden aus Wut, Trauer, Enttäuschung und... ein Stück weit Hoffnung. Doch worauf? Sie konnte es sich nicht erklären. Sie hörte Willows Atem und suchte sich einen Platz aus, an dem sie ihre Blase entleeren konnte. Sie konnte sich aber nicht darauf konzentrieren und hörte, wie Willows Schritte wieder näherkamen. Es wird Zeit. Sie zog sich die Hose hoch und wollte den Platz gerade wieder verlassen, als sie plötzlich innehielt.
»Ist alles in Ordnung?«
Cassie dachte nicht lange über das nach, was sie als nächstes tat. Das Messer... es fühlte sich in ihrer Hand einfach verdammt gut an. Es gehörte dort hin, und sie wusste genau, was sie tun würde. Der erste Stich streifte Willow am Unterarm. Sie zuckte erschrocken zusammen.
»Cassie! Nicht...«
Weiter kam sie nicht, denn mit der zweiten Attacke landete Cassie einen Volltreffer. Das Messer fand seinen Weg genau in Willows Kehle. Sie hustete und spuckte einen Schwall Blut aus, der genau auf Cassies T-Shirt landete.
»Hilfe! Hilfe!«
Ihre Worte klangen nur noch sehr schwach. Sie fiel zu Boden und landete in einer Blutlache. Cassie umklammerte das Messer fest und schrie aus Leibeskräften... ehe eine schwarze Hand nach dem Körper griff und ihn in Richtung Erdboden zog.
Cassie erwachte mit dem Gefühl eines unfassbaren Schmerzes. Er schien direkt aus ihrem Unterarm zu kommen, und als sie die Augen aufschlug, sah sie direkt die Quelle. Ruckartig zog sie das Messer aus der blutenden Wunde, die sie sich im Schlaf

selbst zugefügt hatte. Geschockt betrachtete sie den Blutstrom und war kurz davor, den Verstand zu verlieren. *Was ist passiert?* Im nächsten Moment hörte sie, wie die Tür aufgerissen wurde.
»Cassie? Ist alles in Ordnung?«
Nora klang besorgt.
»Ja, wieso, was ist?«
»Du hast sehr laut geschrien. Drei Mal.«
Scheiße, habe ich das wirklich? Cassie fühlte sich elend. Sie bemerkte, dass sie mit jeder Sekunde weiter von der Realität abdriftete.
»Ich... ich habe nur schlecht geträumt.«
Zur Bestätigung versuchte sie sich ein gequältes Lächeln aufzusetzen. Daran scheiterte sie jedoch erbärmlich.
»Warum hältst du deinen Arm so?«
Scheiße. Cassie zog die Decke ein Stück höher und entfernte ihre rechte Hand von ihrem verletzten linken Arm.
»Ich muss ihn mir während des Schlafens irgendwie verrenkt haben.«
Sie hoffte inständig, dass Nora sich mit dieser Erklärung zufriedengeben würde.
»Zeig mal.«
Nein. Bitte nicht.
»Es tut wirklich verdammt weh.«
»Gerade deswegen solltest du mir das ja zeigen.«
Cassie wusste, dass sie in diesem Moment nicht drum herum kam, Nora ihre Verletzung zu zeigen. *Sie gibt sonst keine Ruhe.* Cassie schob also die Bettdecke langsam zurück, ließ aber das Messer währenddessen noch zwischen ihre Beine gleiten und hoffte, dass sie sich dabei nicht verletzte.

»Du meine Güte!«, stieß Nora schockiert aus.
»Du brauchst schnell einen Verband.«
»Nora, es geht wirklich...«
»Cassie.«
Nora versuchte, die Hektik in ihrer Stimme etwas herunterzufahren, was ihr auch ganz gut gelang.
»Was ist passiert?«
Ihre Stimme hatte jetzt einen zittrigen Ton angenommen.
»Ich... ich hatte einen bösen Traum.«
Cassie hatte sich vorgenommen, zumindest teilweise die Wahrheit zu sagen. Bisher hatte sie nicht gelogen. Doch jetzt brachen alle Dämme. Sie weinte, Nora setzte sich auf das Bett und nahm sie sanft in den Arm.
»Was ist drin vorgekommen?«
»Ich weiß es nicht. Ich kann mich nicht erinnern.«
»Wo hast du das Messer her?«
Cassie dachte angestrengt nach. *Wo habe ich das Messer her?* Sie wusste es nicht, und das schockierte sie mehr als alles andere, was in den letzten Minuten geschehen war.
»Ich habe keine Ahnung«, murmelte sie.
Bevor Nora etwas erwidern konnte, schob sie noch ein paar Worte hinterher.
»Ich muss es schon eine ganze Zeit bei mir tragen. Du musst mir glauben Nora, ich weiß nicht, woher ich dieses Teil habe.«
»Aber warum sagst du denn, dass du es schon länger hast?«
»Ich kann mich immer noch nicht daran erinnern, was passiert ist, als Willow angegriffen wurde. Wenn ich seitdem das Messer bei mir tragen sollte, wäre das zumindest eine einleuchtende Erklärung.«
»Du kannst dich an gar nichts erinnern was das betrifft?«

Cassie wusste nicht, ob da mehr Verzweiflung oder mehr Skepsis in Noras Stimme zu hören war. Beides stimmte sie gewissermaßen traurig. Es war nicht so, dass sie Nora nicht verstehen konnte, doch sie war enttäuscht, dass ihre Freundin kein Verständnis zeigte.
»Du glaubst mir nicht, oder?«
Cassie versuchte, möglichst kalt und eindringlich zu klingen.
»Du verstehst das nicht«, meinte sie, als Nora nicht antwortete.
»Verdammt nochmal, du verstehst es einfach nicht!«
Nun wurde sie lauter, schrie beinahe. Als sie ihren Körper ein Stück nach oben bewegte, bemerkte sie, wie das Messer in ihren Oberschenkel drang. Sie zog es schnell wieder heraus und reichte es Nora.
»Bitte behalte es. Ich will es hier nicht mehr sehen.«
Zögernd nahm Nora es entgegen.
»Wir haben einiges zu besprechen.«
Damit verschwand sie wieder aus dem Raum und ließ Cassie ratlos zurück.

Sie versammelten sich direkt vor der Hütte. Cassie hatte darauf bestanden, dass die Besprechung der Lage außerhalb stattfinden sollte. Obwohl es vor der Hütte selbst mit Klamotten ziemlich kühl war, brauchte sie einfach die frische Luft. Es verschaffte ihr zumindest für die ersten paar Sekunden einen einigermaßen freien Kopf.
»Cassie, wie geht es dir?«
Lily erkundigte sich direkt nach ihrem Befinden. Auch sie wirkte besorgt. Da Cassie nicht wusste, was Nora den anderen bereits weitergegeben hatte, blieb sie bei der Wahrheit.
»Nicht so gut. Aber das ist ja auch kein Wunder.«

»Kannst du laufen? Fühlst du dich fit?«

Sie nickte direkt, in Erinnerung an die Geschehnisse in der Nacht. *Wenn ich einen Hügel hochklettern kann, dann kann ich auch laufen.* Sie dachte an das, was sie gesehen hatte, und hatte Angst, diesen Ort erneut aufzusuchen. *Ich will das nicht. Wenn ich mir das erneut nur eingebildet hatte, dann muss ich arg an meinem Verstand zweifeln.* Sie dachte nach. *Noch ärger als ich es jetzt schon tue.*

»Ja«, antwortete Cassie daher.

»Ich denke, es geht.«

»Okay«, meinte Lily schließlich.

»Ich bin der Meinung, wir sollten weg von hier. Dieser Ort ist böse. Wir sollten alles, was uns hier als brauchbar erscheint, einpacken und von hier verschwinden.«

Cassie fand den Vorschlag gut. Es war das Beste, was sie am heutigen Tag gehört hatte. Auch die anderen waren mit Lilys Meinung einverstanden, niemand wollte mehr an diesem Ort bleiben, und so durchsuchten sie ein letztes Mal die leerstehende Hütte. Cassie beteiligte sich nicht an der Aktion, sie wollte jetzt lieber allein und ungestört sein. Sie setzte sich also auf eine der Stufen und blickte einfach in die Ferne, in Richtung des Sternenhimmels. Dieser wirkte noch finsterer als in den Tagen zuvor, das Licht der Sterne jedoch umso heller. Die Zeit verging, und irgendwann hatten sich Nora, Lily, Simon und Pacey eine brauchbare Palette an Dingen ausgesucht, die sie mitnehmen wollten. Cassie konnte nicht viel erkennen, das meiste hatte Simon bereits in einen Rucksack gepackt, den er auf den Schultern trug. Sie dachte an das Messer, was Nora immer noch bei sich haben musste. *Vielleicht hat sie es aber auch weggepackt.* Ein paar Minuten später starteten sie ihren Weg zurück. Simon und Pacey kümmerten sich um die Krone und wechselten sich immer wieder mit dem Tragen ab. Cassie ging am hinteren Ende der Gruppe neben Nora. Niemand sagte etwas, die Stimmung war noch immer sehr bedrückend.

Sie passierten die kommenden Passagen problemlos. Als sie einige Stunden später wieder die Felswand erreicht hatten, kletterten sie nacheinander die Stufen hinauf. Cassie hatte schon fest damit gerechnet, dass irgendetwas schieflaufen würde, und war daher umso überraschter, dass dies scheinbar nicht der Fall war. Sie kletterte als vorletztes, vor Nora, und konzentrierte sich komplett auf den kommenden Weg. Sie erreichte schließlich unbeschadet die Kante der Felswand und zog sich die restlichen Zentimeter hoch. Wenige Zeit später stand auch Nora bei der Gruppe.

»Wir müssen wieder etwas zurück, um dann dem richtigen Weg zu folgen«, wies Simon an.

Das taten sie dann auch, und versuchten, sich an den fernen Ausläufern der Bergkette am Horizont zu orientieren. Cassie kam es so vor, als rückten die Berge nicht näher, sondern entfernten sich immer weiter. Mit jedem Meter wurden die gigantischen Ausmaße sichtbarer. Etwa eine Stunde später sah Cassie die Umrisse eines Holzschildes vor ihnen. Sie erhöhte ihr Schritttempo und erreichte das Schild schließlich als erstes. Gespannt warf sie einen Blick auf das beschriebene Holz.

»Steht da was drauf?«, fragte Nora gespannt.

»Meidet den See und löst das Geheimnis des Wasserfalls.«

Sie drehte sich um.

»Was meint ihr?«

»Wir sollen den See meiden«, murmelte Simon.

»Das ergibt keinen Sinn. Wenn ich über Valupos Worte nachdenke, ist der See der einzige Ort, an dem wir die Macht der Krone zerstören können.«

»Vielleicht sollten wir das aber auch verhindern«, meinte Nora.

»Wir sollten davon ausgehen, dass das stimmt, was sie uns sagen.«

»Nora.«

Simon sah sie an, versuchte, mit seinem Blick in ihr Innerstes vorzudringen.

»Das kann auch eine Falle sein.«

»Es muss keiner mehr sterben, Simon.«

»Wer redet denn davon, dass jemand sterben muss, verdammt?« Es fiel Simon schwer, sich zusammenzureißen. Er wurde etwas lauter, versuchte aber dann auch direkt wieder, seinen Ton herunterzufahren.

»Es sind schon viel zu viele gestorben. Willow, Oskar, höchstwahrscheinlich auch noch Tim.«

»Es gibt keinen Beweis dafür, dass er tot ist.«

»Es gibt aber auch keinen dafür, dass er noch lebt.«

»Genug.«

Cassie versuchte, die Diskussion im Keim zu ersticken. Sie wusste, dass es keinen Sinn hatte, dieses Thema an Ort und Stelle auszudiskutieren. *Das bringt uns jetzt nicht weiter.*

»Wir sollten uns jetzt um die wichtigeren Dinge kümmern.«

»Trotzdem müssen wir ja beschließen, welchen Weg wir gehen.«

Simon verschränkte die Arme.

»Wir müssen die Krone schleunigst zerstören.«

Er wandte sich wieder an Nora.

»Du warst nicht dabei, als es passiert ist. Du hast nicht das gesehen, was ich sehen musste.«

Pacey, der in der Zwischenzeit das Schild weiter untersucht hatte, schaltete sich nun ein.
»Vielleicht gibt es ja auch eine andere Lösung.«
Alle drehten sich zu ihm.
»Hier ist wieder eine Karte auf der Rückseite. Wie es aussieht, führt über den See eine Brücke. Von der aus könnten wir die Krone auch im Wasser versenken.«
»Wenn es funktioniert«, murmelte Simon.
»Wie lange dauert es noch, bis wir den See erreicht haben? Steht da irgendetwas?«
»Er befindet sich direkt am Fuße von Norekrates und die Brücke markiert den Eingang. Etwa zehn Stunden Fußweg ist hier vorgegeben.«
»Das werden wir heute nicht mehr schaffen.«
»Etwa auf der Hälfte des Weges ist ein Ort, an dem wir bleiben können. Er wird als Göttertempel bezeichnet.«
»Dann haben wir unser nächstes Ziel ja schonmal direkt vor Augen«, sagte Simon zuversichtlich.

Etwa fünf Stunden später hatten sie den Göttertempel erreicht. Das imposante Gebäude war schon aus der Ferne zu sehen gewesen. Der Eingang lag hinter einer Baumkrone verdeckt, und der helle Sternenhimmel beleuchtete das Bauwerk von oben. Das Eingangstor lag hinter einer Treppe, neben der zu beiden Seiten Säulen aus dem Boden ragten. An einigen Stellen bröckelte der Stein bereits, der Tempel wirkte, als wäre er vor Jahrhunderten, wenn nicht sogar Jahrtausenden erbaut worden war. Cassie wagte sich als erstes in die unheimliche Dunkelheit des riesigen Bauwerks hinein. Der Boden und die Wände bestanden aus Stein, einige Lücken sorgten dafür, dass das Ster-

Sternenlicht das Innere des Gebäudes spärlich beleuchten konnte. Fünf Treppenstufen führten sie einen Bereich höher, und sie hörte hinter sich die Schritte und den Atem von Nora. Der Gang wurde gefühlt mit jedem Meter enger, und die Passagen, in denen das Licht den Tempel beleuchtete, wurden immer kürzer. Cassie hatte jedoch das Gefühl, dass sich das bald ändern würde. Und sie lag damit goldrichtig. Zwei Minuten später, direkt, nachdem sie den engen Gang überwunden hatte, hatte sie das Innere des Tempels erreicht. Inmitten einer kleinen Halle war eine Art Treppe zu sehen, die zu vier fensterartigen Löchern führte. An jeder Ecke der Decke gab es eins. Auf dem Boden waren zudem noch acht Feldbetten aufgestellt.
»Hier sollen wir also die Nacht verbringen.«
Simon inspizierte die Halle genau und ging auf die Treppe zu. Er wollte seinen Fuß auf die erste Stufe setzen, merkte jedoch, wie diese unter ihm langsam verschwand.
»Die Treppe ist aus Sand«, murmelte er.
Er nahm seine Fuß wieder herunter, und wenige Sekunden später war die Stufe wiederhergestellt. Cassie staunte. So etwas hatte sie noch nie zuvor gesehen – schon jetzt fühlte es sich für sie an, als würde dieser Ort eine gewisse Magie ausstrahlen.
»Lasst uns lieber mal nachsehen, ob wir hier etwas Essbares finden. Ich habe tierischen Hunger«, sagte Lily.
Sie ging zu Simon und legte ihm eine Hand auf die Schulter.
»Wie geht es dir?«, flüsterte sie.
»Geht. Es war schonmal deutlich besser.«
Er grinste verkniffen.
»Wo willst du hier denn etwas zu essen finden?«, fragte er, um wieder auf das ursprüngliche Thema zurückzukommen.
Lily zuckte mit den Schultern.

»Ich weiß es nicht. Aber es wäre einen Versuch wert.«
»Okay, ich komme mit.«
»Wir sollten alle zusammen gehen«, entschied Nora.
»Wir haben diesen Tempel noch nicht vollständig erkundet und wissen nicht, ob es hier sicher ist.«
Cassie nickte. Nora sprach genau das aus, was sie dachte.
»Gut, dann machen wir das. Folgt mir.«
Lily übernahm die Führung und Cassie folgte ihr wieder aus dem Inneren des Tempels in einen angrenzenden Gang. Simon legte den Rucksack auf eines der Feldbetten und trottete dann schließlich auch hinterher. Ein paar Abzweigungen später, Cassie wollte gerade Lily fragen, ob sie sich noch an den Weg zurück erinnern konnte, wurde es plötzlich hell vor ihnen. Sie hatten einen Raum erreicht, der beleuchtet war. Cassie hob den Kopf, und erkannte, dass das Dach hier geöffnet war. Inmitten des Raumes, der etwas kleiner war als die Halle mit den Feldbetten, stand ein Baum, der bis hoch in den Himmel hinausragte. Er wies eine gigantische Größe auf, die Zweige rankten in alle Richtungen und trugen Früchte. Diese hatten einen rötlichen Farbton und glitzerten im Licht der Sterne. Sie hingen jedoch etwa fünf Meter über ihren Köpfen, waren vom Boden aus nicht zu erreichen.
»Ich sagte doch, wir finden hier etwas«, murmelte Lily und grinste.
»Stellt sich nur die Frage, ob diese Früchte essbar sind. Und falls sie dies sein sollten, müssen wir sie erstmal dort herunterbekommen.«
»Das lässt sich leicht erledigen. Pacey, kannst du mir mal kurz helfen?«
Pacey verstand sofort, was Simon von ihm wollte, und half ihm

dabei, einen tiefhängenden Ast zu erreichen. Sie brauchten zwei Versuche, doch dann klappte es. Simon versuchte, sein Gewicht richtig zu verlagern, um nicht den Halt zu verlieren. Der Ast wirkte jedoch stabil, er wackelte nicht und sah auch nicht so aus, als würde er auseinanderbrechen. Simon wagte sich ein paar Schritte nach vorne, ging langsam und streckte seinen Arm aus. Die Früchte wuchsen in der Nähe des Stammes an schmaleren Ästen, auf denen er nicht gehen konnte. Sein Vorhaben gestaltete sich schwieriger, als er mit dem linken Fuß etwas wegrutschte und somit für einen kurzen Moment das Gleichgewicht verlor. Er griff nach zwei Früchten und schaffte es tatsächlich. Dafür musste er jedoch einen Schritt nach vorne machen, rutschte dabei weg und fiel aus der Baumkrone heraus. Keiner der Äste konnte ihn auffangen, und so landete er hart auf dem Boden und stöhnte auf.
»Hast du dich verletzt?«, fragte Lily voller Besorgnis.
»Mein Arm...«
Er reichte ihr die zwei Früchte, die er hatte abpflücken können.
»Wenigstens hatte es einen Sinn.«
»Wir wissen nicht, ob sie essbar sind«, murmelte Lily.
Pacey nahm sich jedoch eine aus ihrer Hand und biss hinein.
»Die schmeckt wunderbar. Probiert mal.«
Cassie nahm als zweite einen Bissen. Die Frucht schmeckte süßlich und war extrem saftig, sie hätte am liebsten ein zweites Mal hineingebissen, wusste jedoch, dass sie nicht mehr als zwei Früchte hatten und diese jetzt bereits zur Hälfte gegessen war. Obwohl ihr Magen knurrte, entschied sie sich dagegen und reichte sie an Nora weiter. Reihum verspeisten sie die beiden Früchte, und es fühlte sich gut an, wenigstens etwas im Magen zu haben. Danach begutachteten sie Simons Verletzung, sein

Arm schien, zumindest auf den ersten Blick, nicht gebrochen zu sein. Sie zogen wieder in die Halle des Göttertempels, dorthin, wo sie die Betten gefunden hatten. Cassie setzte sich auf eines der Feldbetten, legte sich hin und versuchte, etwas zur Ruhe zu kommen. Jeder einzelne schien jetzt mehr oder weniger mit sich selbst beschäftigt zu sein, niemand sagte mehr ein Wort und so wurde es mit der Zeit immer leiser. Cassie zog sich die Decke bis über den Kopf, merkte jedoch, dass sie darunter immer noch fröstelte. Allgemein fühlte sie sich in der großen Halle des Tempels unwohl. Es kam ihr so vor, als würden die anderen gar nicht existieren, so leise war es auf einmal. Sie spürte, wie die Erinnerung an Oskar sich wie eine feste, eiskalte Hand um ihren Körper legte und sie innerlich zerstörte. *Ich werde ihn nie wiedersehen. Niemals. Er ist tot. Und ich muss ihn vergessen.*
Wenig später war sie bereits eingeschlafen.

»Sssssssss...«
Leise. Ein Geräusch, was an eine Schlange erinnerte, stahl sich plötzlich in ihr Bewusstsein. Es schien direkt von der Decke aus zu kommen. Sie blickte hoch und sah die vier dunklen Ecken.
»Sssssssss...«
Sie nutzte die Treppenstufen und bemerkte nebenbei, dass diese unter ihren Füßen einfach wieder verschwanden. Sie kroch in die Ecke, die für sie am einfachsten zu erreichen war. Das Geräusch war mittlerweile wieder abgeklungen, und Cassie hatte keine Ahnung mehr, aus welcher Richtung es gekommen war. *Was war das überhaupt gewesen? Eine Schlange?* Sie konnte es sich nicht erklären, wollte aber auch nicht weiter darüber nachdenken. Das schwarze Loch in der Ecke, auf die sie gerade zuhielt, wurde immer größer.

»Finde den Schatz des Göttertempelssssssssss...«
Die Worte gingen nahtlos wieder in das Züngeln der Schlange über. Cassie wurde übel, ihr Magen verkrampfte sich, doch sie wusste, dass es keine Möglichkeit mehr gab, umzukehren. *Den Schatz des Göttertempels.* Das schwarze Loch öffnete sich, und der Bereich, in den sie eintrat, war von Licht geflutet. Sie fröstelte noch immer und rieb sich an den Armen, da sie hoffte, so sowohl die innerliche als auch die äußerliche Kälte irgendwie vertreiben zu können. Das gelang ihr jedoch überhaupt nicht, sie fühlte sich eher noch mit jeder weiteren Sekunde schlechter. *Verdammt, was ist nur los mit mir?* Sie sah sich nun um und erkundete den neuen Bereich. Dazu hob sie ihren Kopf und blickte direkt in die gefährlichen Augen der Kobra. Sie wies eine enorme Größe auf und wirkte extrem bedrohlich. Sie reckte ihren Hals aus einem blutroten Kelch heraus, der just in diesem Moment in tausend Teile zerbrach. Sand und Blut mischten sich und verteilten sich auf dem Steinboden. Cassie wich vor der Schlange zurück und spürte, wie ihr die Angst in alle Glieder fuhr und sie zusehends lähmte. Das Loch, der Ausweg aus der Hölle, in der sie sich gerade befand, war nicht mehr weit von ihrem Rücken entfernt. Trotzdem schaffte sie keinen weiteren Meter mehr zurück. Gerade, als die Schlange sich mit voller Kraft auf sie stürzen wollte, spürte Cassie einen Arm, der sie heftig nach hinten zerrte.

Monodanus

»Wir sollten uns über unser weiteres Vorhaben unterhalten, denke ich.«
Simon erhob das Wort, als alle sich wieder auf die Feldbetten gesetzt hatten.
»Unser Ziel ist der See«, murmelte Pacey.
»Oder denkst du nicht mehr, dass das die Lösung ist?«
Simon drehte sich einmal um sich selbst, um jeden nacheinander anzusehen. Als er bei Cassie angekommen war, stockte er kurz. Sie lag auf dem Bett und regte sich nicht. Er ging ein paar Schritte auf sie zu und legte ihr eine Hand auf den Rücken.
»Sie scheint schon eingeschlafen zu sein.«
Er rüttelte vorsichtig an ihrem Körper. Cassie regte sich nicht.
»Was ist nur mit ihr los?«
Die anderen sagten nichts, sie konnten sich Cassies Zustand ebenfalls nicht erklären.
»Wir sollten uns langsam aber sicher Sorgen um sie machen. Das ist definitiv nicht mehr normal.«
»Ich glaube, wir sollten sie nicht stören. Sie scheint noch unter Schock zu stehen.«
Nora klang ernst.
»Gut.«
Simon wandte sich wieder an alle.
»Wenn wir den See passiert haben, haben wir den Anfang der Bergkette erreicht.«
»Wir werden auf jeden Fall zu dem Wasserfall gehen müssen.«
Nora unterbrach ihn.
»Wenn das stimmt, was Oskar gesehen hat, hätten wir dort zu-

mindest vielleicht einen Anhaltspunkt auf Tims Verbleib.«
»Wenn er noch lebt...«, wandte Pacey ein.
»Davon sollten wir ausgehen.«
Nora klang plötzlich extrem scharf.
»Unser Weg führt uns auf jeden Fall genau dort hin.«
»Du hast recht«, stimmte Lily ihr zu.
»Allerdings sehe ich es wie Pacey. Wir sollten auch andere Möglichkeiten in Betracht ziehen.«
»Und die wären?«
Lily zuckte mit den Schultern.
»Ich weiß es nicht. Es kann ja sein, dass wir noch eine Botschaft in den nächsten Tagen bekommen.«
»Mich wundert es sowieso, dass wir bisher kaum eine Nachricht erhalten haben. Aber das ist ein anderes Thema«, murmelte Pacey.
»Haben wir noch etwas zu essen?«, fragte Nora.
»Wir hatten die Früchte.«
Simon rieb sich den Arm.
»Ich kann es nochmal probieren, weiß aber nicht, ob das eine gute Idee ist.«
»Ich versuche es selbst.«
Nora lächelte schwach.
»Ich glaube, ich kann ganz gut klettern.«
»Wir beide bleiben hier, Simon«, meinte Lily.
»Pacey, würdest du Nora begleiten?«
Er nickte sofort.
»Okay.«
Pacey erhob sich und folgte Nora, die bereits vorausgegangen war. Er drehte sich um und warf Lily und Simon einen letzten Blick zu.

»Ich mache mir langsam echt Sorgen um Cassie«, murmelte Simon, als Pacey und Nora außer Hörweite waren.
»Was ist nur mit ihr los? Ich kann mir das nicht erklären.«
»Ich mir auch nicht«, stimmte Lily ihm zu.
»Ich weiß nur, dass mir verdammt kalt ist.«
Um ihre Aussage zu unterstreichen, rieb sie ihre Hände an ihren Schultern. Simon stand auf, nahm seine Decke mit und setzte sich direkt neben Lily auf ihr Feldbett. Er breitete die Decke aus und legte sie mitsamt seines Armes um sie.
»So besser?«
»Um einiges.«
Sie lehnte sich zurück und ließ ihren Kopf auf seine Schulter sinken.
»Ich bin so froh, dass du hier bist.«
Simon ließ ihre Worte einen Moment lang unerwidert im Raum stehen. Er wusste nicht, was er darauf antworten konnte, weshalb Schweigen für ihn zunächst die beste Lösung zu sein schien.
»Ich bin auch froh, dass du hier bist.«
Er ärgerte sich direkt nachdem er die Worte ausgesprochen hatte über diesen plumpen Satz. Lily jedoch lächelte bloß.
»Freut mich zu hören.«
So vergingen die weiteren Minuten. Es fühlte sich gut an, Lily so nah bei sich zu wissen, und Simon wünschte sich in diesem Augenblick, dass der Moment ewig halten würde. Für wenige Sekunden verschwand das ganze Grauen um ihn herum, doch als die Zeit vorüber war, kamen die Gedanken wieder ungebremst mit der Geschwindigkeit eines Schnellzugs auf ihn zu. Mit ihnen kehrte auch die innere Kälte zurück. Ein paar Minuten lang saß Simon noch ruhig in der Dunkelheit, bis er

merkte, dass Lily offenbar in seinen Armen eingeschlafen war. Ihr Atem ging leise und regelmäßig, doch er wollte sich jetzt nicht von ihr entfernen da er nicht riskieren wollte, sie dadurch aufzuwecken. Stattdessen strich er ihr sanft übers Haar und schloss ebenfalls die Augen. *Was soll schon passieren?* Es dauerte tatsächlich nicht lange, bis er eingeschlafen war. Allerdings verging wiederum ebenfalls nicht viel Zeit, bis ihn ein tiefer Schrei wieder erwachen ließ.

»Die meisten Früchte hängen sehr weit oben«, meinte Nora.
»Ich weiß nicht, ob ich sie erreichen kann.«
»Versuchs einfach«, sagte Pacey.
»Wir haben nichts zu verlieren.«
Sagt sich so leicht, wenn man das Ganze von unten aus beobachten kann, dachte Nora. Vom Boden aus wirkte der Baum imposant. An den obersten Zweigen sah sie schon die orangenen Früchte, und ihr lief das Wasser im Mund zusammen, als sie an den herrlichen Geschmack dachte. Sie war sich sicher, nie zuvor etwas köstlicheres gegessen zu haben als diese Früchte. *Ich sollte so viele wie möglich holen, damit wir uns daran satt essen können.* Pacey gab ihr eine gute Hilfestellung, und so schaffte sie es, ihren rechten Fuß auf den Ast zu setzen, auf den Simon zuvor ebenfalls geklettert war. Sie stützte sich an einem der oberen Äste ab und zog so nun auch ihren linken Fuß hoch. Der nächste Schritt wurde etwas schwieriger, doch es gelang ihr, sich mit beiden Armen an dem tiefhängenden Ast hoch zu hangeln.
»Du machst das super!«, meinte Pacey von unten.
»Danke«, keuchte sie.
Das Klettern war ziemlich kraftraubend gewesen, doch die

Früchte kamen immer mehr in Sichtweite. Je weiter sie kam, desto rutschiger wurde es allerdings. Das merkte sie zum ersten Mal, als sie gerade ihre Hand nach einer tiefhängenden Frucht ausstreckte und sich dazu einen Schritt nach vorne wagte. Dabei rutschte Nora leicht weg, fing sich jedoch wieder und pflückte die Frucht ab.
»Fang!«, rief sie Pacey zu, und warf ihre Beute nach unten.
»Sehr schön«, lobte er sie und biss in die Frucht hinein.
»Weiter so.«
Du hast gut reden, dachte Nora und grinste. Wenn sie so darüber nachdachte, mochte sie Paceys Art mittlerweile. Er war in den letzten Tagen ein fester Bestandteil der Gruppe geworden und hatte bei schweren Entscheidungen stets einen kühlen Kopf bewahrt. Sie bewunderte ihn sogar etwas für seine Denkweise. Die nächsten beiden Früchte tauchten vor ihrer Nase auf, als sie sich tiefer in die Baumkrone hervorwagte. Es war für sie jetzt ein Leichtes, diese zu pflücken. Pacey fing beide auf, als sie die Früchte erneut hinunterwarf, doch die nächste, die sie von einem weiteren Ast riss, behielt sie bei sich und verspeiste sie selbst. Der Saft schmeckte etwas bitterer als zuvor, die Frucht schien nicht ganz so reif gewesen zu sein wie die anderen. Dennoch war sie köstlich. Nora schaffte es noch, insgesamt sieben weitere Früchte zu pflücken, bis sie sich entschied, dass das erstmal ausreichen würde. Sie stieg die Äste wieder hinunter, was sich als schwieriges Vorhaben erwies, schaffte es dennoch unverletzt auf den Boden zu gelangen und atmete erleichtert auf.
»Das sollte fürs erste reichen. Wir haben ja immer noch die Möglichkeit, zurückzukehren.«
»Stimmt.«

»Lass uns wieder zu den anderen zurück, sie werden uns schon erwarten.«

Der laute Schrei, der Simon geweckt hatte, dröhnte durch die angrenzenden Räume des Gottestempels und hatte nun auch Pacey und Nora erreicht.

Simon schlug die Augen auf und nahm vorsichtig seinen Arm von Lily, die währenddessen auch aufwachte.

»Was ist los?«

Sie klang verschlafen und gähnte. Simon drehte sich um und begutachtete die Betten. Pacey und Nora waren noch nicht wieder zurück, und als sein Blick Cassies Bett erreichte, wurde ihm mulmig. Es war leer. Er versuchte, in der mittlerweile herrschenden Dunkelheit etwas zu erkennen, sah jedoch nur die groben Umrisse der Sandtreppe.

»Warte hier.«

Er drückte Lilys Hand und wagte sich zwei Schritte nach vorne, bevor er vorsichtig die Treppe erklomm. Der Schrei war mittlerweile abgeklungen, doch aufgrund anderer Geräusche hatte Simon die Richtung relativ klar vor Augen. Er robbte sich auf dem sandigen Untergrund ein paar Zentimeter vor, bis er genau vor der Ecke lag, aus der er den Schrei vermutet hatte. Ohne noch weiter darüber nachzudenken und dadurch Zeit zu verlieren, tauchte er durch die Dunkelheit in den angrenzenden Bereich ein. Dort mussten sich seine Augen erstmal an das grelle Licht gewöhnen, bevor er realisieren konnte, was sich dort abspielte. Er entdeckte Cassie, sie kniete direkt neben ihm in der hintersten Ecke. Und sie zitterte. Als er sich etwas weiterdrehte, erkannte er auch den Grund dafür: eine Kobra. Sie schlängelte sich bedrohlich schnell in ihre Richtung und hatte

sie fast erreicht. Er zog Cassie am Ärmel, sie erwachte aus ihrer Schockstarre und versuchte, gemeinsam mit Simon wieder in den angrenzenden Raum des Gottestempels zu gelangen. Die Kobra schien das jedoch mitzubekommen und streckte ihren Kopf in Cassies Richtung. Kurz, bevor sie zubeißen konnte, schaffte Simon es, Cassie in Sicherheit zu bringen. Als er sich wieder im dunklen Teil befand, hörte er Schritte und Stimmen, die von unten aus näherkamen. *Nora und Pacey.*
»Was ist passiert?«, fragte Lily.
»Da war eine Schlange.«
Simon drehte sich zu Cassie.
»Bist du okay?«
»Ja. Ja, danke.«
Sie verschluckte sich beim Sprechen und hustete, Simon klopfte ihr unterdessen auf den Rücken.
»Wieso warst du da oben? Was hattest du vor?«
»Ich habe eine Stimme gehört.«
Cassie war sich zunächst unsicher, ob sie alles erzählen sollte, entschied sich dann jedoch dafür.
»Eine Stimme? Was hat sie dir gesagt?«
»Sie meinte zu mir, ich müsse den Schatz des Gottestempels finden.«
Sie stockte kurz, überlegte sich ihre nächsten Worte genau.
»Es tut mir leid. Alles. Ich glaube, ich habe mich irgendwie nicht mehr richtig unter Kontrolle.«
»Da kannst du ja nichts für.«
Nora umarmte sie.
»Leg dich ins Bett, wir wechseln uns ab und halten Wache. Ich übernehme auch gerne die erste Schicht. Aber vorher können wir alle ein paar Früchte essen.«

Ein paar Stunden später drängte sich auch schon etwas Tageslicht durch die fensterartigen Öffnungen des Göttertempels. Die Nacht war überraschend friedlich verlaufen, Cassie hatte durchgeschlafen und befand sich auch in einem passablen Zustand. Sie klagte zwar über leichte Kopfschmerzen, doch das war auch kein Wunder, bei dem Stress, den sie die letzten Tage hatte durchleiden müssen.

»Fühlst du dich bereit, damit wir in Richtung des Sees aufbrechen können?«, fragte Simon besorgt und setzte sich neben sie auf ihr Bett.

»Ja, ich denke, es geht. Wir sollten weiter, dieser Tempel bereitet mir ziemliches Unbehagen.«

Sie aßen die restlichen Früchte und entschieden sich dazu, vor ihrem Aufbruch noch einmal den Baum aufzusuchen. Nora pflückte noch einige Früchte, die sie in den Rucksack packten. Simon und Pacey wechselten sich immer wieder mit der Krone ab, keiner von beiden wirkte glücklich darüber aber sie wussten, dass sie das tun mussten. Wenige Zeit später hatten sie dann auch den Tempel verlassen, und je weiter sie sich von diesem unheimlichen Gebäude entfernten, desto besser wurde die Stimmung. Cassie fühlte sich zudem wohler, sie war froh, die letzte Nacht endlich hinter sich gebracht zu haben.

Je weiter die Zeit voranschritt, desto steiniger wurde der Weg. Zunächst waren es nur kleine Kiesel, diese wurden jedoch mit der Zeit größer, bis am Ende größere Brocken fast den Weg blockierten. Das Sternenlicht wurde außerdem zunehmend heller. Neben ihnen begann nun eine Grasfläche, jeder einzelne Halm blickte jedoch nur zögerlich aus dem Steinboden heraus. Zwei Stunden später legten sie die erste Pause ein. Mehrere Steinstufen, die zu einer Art Aussichtsplattform führten, bilde-

ten die Grundlage dafür.
»Der perfekte Ort.«
Simon legte den Rucksack ab und reichte Pacey die Krone.
»Du musst sie jetzt aber nicht aufsetzen, wir machen ja erstmal Pause.«
Er ging ein paar Schritte vor und beugte sich über die Kante. Sie befanden sich auf einem kleinen Hügel, und die Aussicht auf das Grasland vor ihnen war atemberaubend. In der Ferne konnte Simon zudem den riesigen See ausmachen, mit der Brücke, die bis nach Norekrates führte. *Die Bergkette der verlorenen Seelen.* Nora reichte Simon eine Frucht, während er weiter nachdachte. *Es muss doch irgendeinen Zusammenhang geben. Verdammt, wie ist der nur?*
»Erzähl mir davon.«
Noras Stimme holte ihn aus seiner eigenen Welt in die Realität zurück.
»Wovon sprichst du?«
»Was denkst du gerade?«
»Nun ja...«
Er wusste nicht wirklich, was er gerade dachte. Als er gerade in Begriff war, etwas zu erzählen, unterbrach ihn Nora jedoch.
»Du musst es mir nicht erzählen.«
Sie grinste.
»Ich würde nur zu gerne wissen, was hier wirklich vor sich geht.«
»Ich glaube, das würden wir alle gerne wissen wollen.«
»Irgendetwas stimmt auf jeden Fall nicht.«
»Es ist in den letzten Stunden um einiges heller geworden. Falls du das meinst.«
Plötzlich legte sich bei Simon im Kopf ein Schalter um.

»Das ist es.«
Er hob seinen Kopf und blickte in den Himmel.
»Die Sterne. Irgendwo her kommt mir das doch bekannt vor.«
Cassie, die die gesamte Zeit über zugehört aber nichts gesagt hatte, murmelte nun etwas Unverständliches vor sich hin.
»Was hast du gesagt?«
»Monodanus. Die Sternenkonstellation des Todes.«
Nora holte währenddessen den Zettel, auf dem die sechs Seiten des Würfels beschrieben waren, aus dem Rucksack und wechselte mit ihrem Blick immer wieder zwischen Blatt und Himmel.
»Sieht definitiv beängstigend aus. Ich wüsste aber auch nicht, was wir dagegen tun können.«
Bei Simon breitete sich plötzlich Unbehagen aus. Es fühlte sich an, als würde sich eine eiskalte Hand um seine Gedärme legen und ihn innerlich zerquetschen. Er begann zu frieren und rieb sich symbolisch über die Arme.
»Wir können rein gar nichts dagegen tun.«
Dann schluckte er den riesigen Kloß, der sich in seinem Hals gebildet hatte, herunter.
»Es muss nicht zwingend etwas zu bedeuten haben.«
Pacey drängte sich nach vorne.
»Außerdem: wir wissen nicht, wie lange diese Formation schon zu sehen ist. Wenn sie länger als zwei Tage schon dort oben am Himmel steht, dann haben wir nichts zu befürchten.«
»Wie meinst du das?«
»Willow. Was, wenn es ihr Tod war, vor dem uns die Sterne warnen sollten?«
»Dann sollte die Formation so langsam zumindest mal verschwinden.«

Simon klang nicht wirklich überzeugt.
»Wir werden es einfach weiter beobachten müssen.«
Damit war niemand so wirklich zufrieden, doch die Gruppe setzte ihren Weg wenig später trotzdem fort. Die beunruhigende Helligkeit nahm indes immer weiter zu. An einigen Stellen war zu sehen, wie sich das Licht in den Grasboden fraß und braune, abgestorbene Stellen hinterließ. Sie liefen nebeneinander her und beobachteten das, was um sie herum geschah. Es war in der Zwischenzeit wärmer geworden. Ein leichter Wind war aufgezogen, er machte die äußerliche Temperatur etwas erträglicher und tat ungemein gut. Simon atmete tief durch und füllte seine Lunge so mit der frischen Luft. Sein Bauchgefühl lenkte ihn in eine ganz andere Richtung, komplett weg von dem Ort, auf den sie zusteuerten. Er musste dieses Gefühl jedoch ignorieren, wusste, dass sie keine andere Wahl hatten als dem vorgegebenen Weg zu folgen.

Ein paar Stunden später hatten sie den See fast erreicht. Die Landschaft um sie herum wurde langsam ebener. Sie waren die letzte Stunde bergab gegangen, das Gefälle wurde nun aber mit jedem Meter gefühlt flacher und das Ufer des Sees kam immer näher. Simon wischte sich den Schweiß von der Stirn und genoss den kühlen Luftzug. Die Krone fühlte sich auf seinem Kopf zwar nicht wirklich gut an, doch es störte ihn auch nicht, sie noch einen Moment länger aufzubehalten. *Pacey ist eigentlich dran.* Er überlegte kurz. *Wobei...*

Als nächstes passierten mehrere Dinge auf einmal. Simon blickte in Cassies Augen, sah, wie ihre Gesichtszüge für einen kurzen Moment entgleisten. Als er ihrem Blick folgte, erkannte er auch schnell die Ursache dafür. Er konnte es nicht glauben und sog die Luft ruckartig ein. *Nein. Das kann nicht sein.* Im nächsten Moment folgte eine riesige Explosion. Die Brücke brach bei der Detonation zusammen, und Simon merkte, wie um ihn herum alles heiß wurde. Er konnte sich nicht bewegen und spürte, wie sein Körper wenige Sekunden später in ein gleißendes Licht getaucht wurde – und danach einfach zu Staub zerfiel, genauso wie die Krone, die sich auf seinem Kopf befunden hatte.

Valupos Körper drückte ihn stark zu Boden. Sein Gewicht blockierte Oskars Lunge, er war nicht in der Lage, zu atmen. Es folgte ein immenser Druck, und er sah um sich herum nur noch Blut. Valupos Schreie ebbten erst dann ab, als die unheimlichen Kreaturen ihn nahezu komplett ausgeweidet hatten. Die scharfen Krallen versuchten auch, sich in Oskars Körper zu versenken, doch sie durchdrangen seine Kleidung nicht. *Wenn ich hier irgendwie rauskommen möchte...* Er stellte jede Bewegung ein, lag still auf dem Boden und wartete. Er schmeckte Blut im Mund, und schätzte, dass es das von Valupo war. *Wo ist Simon?* Durch den winzigen Spalt, durch den Oskar sehen konnte, war Simon nicht zu erkennen. *Hat es ihn auch erwischt?* Dann stahl sich noch ein weiterer Gedankengang in seinen Kopf. *Oder hat er mich zurückgelassen? Nein. Niemals.* Einen Moment lang blieb Oskar noch komplett still, er versuchte sogar, nicht einmal zu atmen. Wenig später ließen die Crethrens dann auch von ihm ab, und schleiften Valupos Körper herüber zu der Höhle. Es dauerte ungefähr zehn weitere Minuten, bis Oskar sich dazu entschied, aufzustehen. Nach kurzer Vergewisserung merkte er, dass sein Körper noch vollständig intakt war und er nicht verletzt worden war. Sein Ellenbogen schmerzte lediglich leicht, doch das war damit zu erklären, dass er sich mit ebendiesem abgestützt hatte, als Valupo ihn zu Boden gerissen hatte. *Und kurz darauf zerfleischt wurde.* Er schüttelte den Kopf und versuchte so, den Gedanken möglichst weit fortzutreiben. Die Bilder übernahmen jedoch bald Überhand und es war, als würde er sich wieder in der ausweglosen Situation befinden. *Der Schleier aus Blut vor meinen Augen, diese gequälten Schreie...* Er hob seinen Kopf wieder und versuchte, sich auf sein nächstes Ziel zu fokussieren. *Wo soll ich hin? Wo ist Simon?* Er konnte eigentlich nur den Weg zurück gegangen sein, eine andere Möglichkeit gab es nicht. *Die anderen warten. Ich muss zu ihnen, bevor sie sich Sorgen machen.* Die Crethrens waren mittlerweile größtenteils aus seiner direkten Umgebung verschwunden und die, die noch da waren, nahmen keine Notiz von ihm. *Die Krone ist weg. Das ist die Erklärung dafür.* Er suchte den Boden hektisch ab, fand sie jedoch nicht. *Simon. Er trägt sie bei sich.* Oskar wurde plötzlich misstrauisch. *Valupo hatte sie auf dem Kopf. Er hat es geschafft, die Krone zu nehmen, hat aber nicht einen Gedanken daran verschwendet, uns zu retten?* Enttäuschung überkam ihn. *Ich hätte mein Leben für ihn riskiert. Aber...* Seine Gedanken schwankten wieder in eine andere Richtung. *Vielleicht sah es ja auch so aus, als wäre es bereits zu spät.* Er wollte da gar nicht weiter drüber nachdenken, es würde sowieso keinen Sinn machen, sich jetzt den Kopf zu zerbrechen. Er musste versuchen, fokussiert zu bleiben. Der Fels, den sie vorhin heruntergeklettert waren, wirkte unfassbar weit weg. Es waren jedoch nur wenige Meter, allerdings war der Weg versperrt. Die Crethrens tummelten sich davor, und Oskar wollte nichts riskieren, weshalb er sich schließlich dazu entschied, einen anderen Weg einzuschlagen.

Der Umweg hatte zwei Stunden seiner Zeit in Anspruch genommen. Oskar hatte über Stock und Stein klettern müssen, um wieder auf den ursprünglichen Weg zurück zu gelangen. Nun war er vollkommen außer Puste und schwitzte. *Das war heftig.* Er ließ seinen Blick schweifen, in die Richtung, in der die Hütte lag. Plötzlich sah er etwas, was dort vorher nicht zu sehen gewesen war. Eine rote Spur schlängelte sich über den Boden und führte zu einer Stelle im Felsen. Sie glitzerte nahezu. Sein Blick folgte der rätselhaften Linie, bis sie schließlich in einer kleinen Einkerbung unterhalb des Felsens, auf dem er gerade stand, verschwand. Was ist das? Er wägte die zwei Möglichkeiten, die er hatte, kurz in seinem Kopf ab. *Entweder ich gehe zu den anderen, oder ich gucke, was es damit auf sich hat.* Er musste nicht lange darüber nachdenken und wählte Option zwei. *Es ist nur ein kurzer Abstecher und ich habe auf Simon eh schon zu viel Zeit verloren. Vielleicht sind sie ja schon weitergegangen, weil sie mich für tot halten.* Er ging also näher an die Felswand heran und machte sich an den Abstieg. Es waren wieder die Stufen, die er zuvor bereits gegangen war. *Die mich mitten in mein Verderben geführt haben...* Er hatte bald den Unterschlupf erreicht und wagte sich weiter ins Innere vor. Hier drin wurde die Dunkelheit nur vom glitzernden Licht der Spur erhellt. Vom Boden sprühten rote Funken in die Luft und erleuchteten die Umgebung so gut, dass es fast schon taghell war. Oskar streifte mit seinen Fingern über die Steinwände. Einige Stellen fühlten sie sich rau an, andere hingegen erinnerten ihn an das weiche Mondgestein. Je weiter er sich in die Höhle hervorwagte, desto beklemmender fühlte er sich. Es wurde zwar nicht dunkler, aber die Wände schienen sich mit jedem weiteren Meter enger zusammenzuschieben. Der Druck auf seinem Brustkorb nahm zu, die Angst legte sich wie eine eisige Faust um ihn und zerdrückte ihn langsam. Er wollte jedoch unbedingt wissen, wohin ihn der Weg führen würde und maß dem Ganzen eine ungeheure Bedeutung bei. *Ein riesiges Höhlensystem.* Oskar schluckte und spürte, wie seine Kehle immer trockener wurde. Er hustete kurz und erhöhte sein Tempo dann etwas. Wenig später endete die Spur plötzlich an einer hohen Wand. Etwas oberhalb von ihm ging sie weiter, und Oskar hörte es dort plätschern. *Wasser.* Er ging etwas näher heran und sah ein kleines Rinnsal, das wie ein Wasserfall die Steinwand herunterfloss. *Der Wasserfall. Da müssen wir unbedingt hin.* Er konnte es gar nicht abwarten, die anderen zu sehen, und dachte sogar kurz darüber nach, wieder umzukehren. *Nein. Es kann nicht mehr allzu weit sein.* Doch wer sagte das? Was, wenn ihn die Spur durch die tiefe Höhle mitten in eine Falle lockte? Er schüttelte den Kopf. *Nein. Wasser ist ein gutes Zeichen.* Ohne darüber nachzudenken ging er noch näher heran und trank einen Schluck. Das Wasser war eiskalt und schmeckte herrlich. Aufgrund der Kälte tat es im ersten Moment an seinen Zähnen weh, doch er gewöhnte sich schnell daran und nahm noch einen weiteren großen Schluck. *Schade, dass ich keine Flasche dabeihabe.* Er ließ seinen Blick schweifen und versuchte, einen Weg zu finden, der ihn die Wand hinaufführen würde. Er fand nichts und entschied sich dazu, die Wand erstmal zu umrunden. Sie war zu steil, als dass er sie so ohne weiteres hätte bewältigen können, und das Wasser erschwerte das Ganze noch. *Ich kann das nicht machen. Da würde ich riskieren, abzustürzen und mich zu verletzen.* Bei dem Gedanken daran, verletzt in den Tiefen der Höhle auf Hilfe zu warten, lief es ihm kalt den Rücken herunter. Ein paar Minuten später ging der Weg tatsächlich bergauf, und schon bald stand er oben und blickte auf die Stelle hinunter, an der er vor bis vor kurzem noch stand. Das leise Plätschern des kleinen Flusses beruhigte ihn etwas und ließ ihn sich zumindest nicht ganz so allein fühlen - obwohl er natürlich wusste, dass das trotzdem der Fall war. Ohne noch weitere Zeit zu verlieren, entschied er sich dazu, der Spur weiter zu folgen. Sie führte ihn die gesamte Zeit am Bachlauf entlang, und irgendwann entschloss er sich dazu, seine Schuhe auszuziehen und mit nackten Füßen im Wasser weiterzulaufen. Als er schon gar nicht mehr damit rechnete, irgendwann überhaupt an sein Ziel zu gelangen, wurde es plötzlich heller. Das rote Licht wirkte von nun an intensiver, und Oskar war sich sicher, dass er die Stelle bald erreicht hatte. Sein Herz klopfte wie wild und sein Mund war vor Aufregung ganz trocken. Er bückte sich, schöpfte noch etwas Wasser ab und trank. Die Spur führte ihn nun in eine kleine Nische und endete kurz darauf. Oskar hob seinen Blick und konnte nicht glauben, was er sah. Im Glanz des roten Lichts funkelte die metallene Klinge eines Schwerts. Es glitzerte in der Flamme eines Feuers und zog ihn nahezu magisch an. Er streckte seine Hand aus, nahm den Griff und begutachtete es genau. Die Oberfläche der Klinge fühlte sich weich an, doch das Schwert an sich war unnachgiebig. *Sowas habe ich noch nie gesehen. Kann man damit diese Wesen töten?* Er ließ seinen Blick nach unten wandern und entdeckte einen eingravierten Text. *Feuer macht mich stark, doch ich kann es nicht töten. Wasser und Eis sind die Elemente, denen ich gewachsen bin.* Er las die Worte erneut, doch auch beim zweiten Mal konnte er sich keinen Reim darauf machen. Die geschliffene Steinklinge fühlte sich kein bisschen warm an, obwohl das Schwert bis vor ein paar Sekunden in glühenden

Flammen gelegen hatte. Einen Augenblick lang stand Oskar noch vor den Flammen und ließ sich aufwärmen, ehe er sich dazu entschied, umzukehren. Das Schwert nahm er natürlich mit, es gab ihm Sicherheit und er fühlte sich wohler als zuvor. Der Weg den Fluss entlang fühlte sich anders an. Die Spur war mittlerweile erloschen, und es gab nur noch wenig Licht, doch er hatte keine Angst mehr, sondern war nur noch aufgeregt und kampfbereit. *Falls hier irgendjemand ist, muss der erstmal an mir vorbeikommen.* Ein paar Sekunden später spürte er, wie es von der Decke zu tropfen begann. Oskar drehte sich um, hob seinen Blick, und sah, dass ein Riss im Gestein entstanden war, der sich stets vergrößerte. Nun nahm die Panik wieder Oberhand und er bekam es mit der Angst zu tun. Zu den Geräuschen, die die bröckelnde Steindecke von sich gab, gesellte sich noch etwas anderes. Es kam von oben und klang so, als würden Knochen brechen. Und... fließendes Wasser. Die Kombination ließ ihn schaudern und er drehte sich wieder nach vorne. Oskar konnte noch zwei Schritte gehen, bis er plötzlich etwas an seinem Bein spürte. Als er nach unten blickte, sah er nur etwas Blaues. Feuchte, eiskalte Hände klammerten sich um sein Schienbein und hinderten ihn daran, weiterzugehen. Er versuchte zunächst, den Angreifer irgendwie abzuschütteln, scheiterte jedoch daran. Als er versehentlich gegen die Wand trat, stöhnte er schmerzverzerrt auf. Das Wesen ließ nicht locker und klammerte sich weiter an seinem Fuß fest. Ein zweites war nun auch zu sehen, es stand direkt hinter ihm und wartete auf den richtigen Moment. Ohne weiter nachzudenken, stieß Oskar das Schwert mit voller Wucht in Richtung der Kreatur. Er hörte und spürte, wie die Klinge in den Körper eindrang. Es klang, als würde sie durch Wasser stoßen. Das Wesen gab einen blubbernden Schrei ab und löste sich von ihm. Die Klinge aus Stein nahm das Wasser auf, und Oskar bemerkte, wie sein Körper von zitternden Impulsen durchzuckt wurde. Es fühlte sich an, als hätte sich sein Körper komplett dem Schwert hingegeben, als wäre er eins mit der tödlichen Waffe. Die nächsten Angriffe kamen jedoch total plötzlich und unangekündigt. Die Wesen waren nun deutlich in der Überzahl und konnten so ihre geringe Körpergröße kompensieren. Wie eine Welle sprangen sie auf seinen Körper und rissen ihn zu Boden. Oskar musste sich irgendwie abstützen und ließ unabsichtlich das Schwert los. Es landete auf dem Steinboden, und das Klirren war so laut, dass es noch meilenweit zu hören sein musste. Seine Fingerknöchel landeten auf dem Boden und er spürte, wie seine Haut aufplatzte. Er biss die Zähne zusammen und legte seine Konzentration auf das, was vor ihm passierte. Die Vielzahl der kleinen Kreaturen hatten sich in eine schwappende Welle aus Wasser verwandelt, die langsam aber sicher in Oskars Mund und Nase eindrang und ihm die Luft zum Atmen nahm. Mit einem Ruck, in den er alle Kraft legte, gelang es ihm, einen halben Meter weiter nach hinten zu rücken und somit das Schwert wieder in Reichweite zu haben. Er stöhnte erleichtert auf, als sich seine Finger um den kalten Griff legten. Er konnte seine Luft nicht mehr lange anhalten, weshalb er die Klinge nach vorne zog und in Richtung des Wassers schlug. Es folgte wieder das Geräusch, was einem Blubbern ähnelte, und nach und nach schwappte die Welle langsam von seinem Gesicht und zog sich zurück. Er nutzte die erste Möglichkeit, die sich bot, um wieder aufzustehen und tief durchzuatmen. Die enorme Last fiel von der einen auf die andere Sekunde von seinen Schultern und er konnte sich wieder frei bewegen. Die Wesen ließen von ihm ab, und mit dem sicheren Gefühl des Schwerts in seiner Hand machte Oskar sich wieder auf den Weg. Seine rechte Hand schmerzte, es war die Hand gewesen, auf der er sich abgestützt hatte. Er tauchte sie in das eiskalte Wasser und drehte sich um. Von seinen Angreifern war nichts mehr zu sehen. Sie waren so schnell wieder verschwunden, wie sie auch gekommen waren. Oskar machte sich wieder an den Abstieg und versuchte, irgendwie den Weg wiederzufinden, den er zuvor gegangen war. Das war nicht so einfach, die rote Spur existierte nämlich nicht mehr und es war somit um einiges dunkler in der Höhle. Das stetige Plätschern des Wassers war das einzige Geräusch, was es nun in der direkten Umgebung gab. Und das führte Oskar zumindest ansatzweise wieder in die richtige Richtung, er hatte kurz darauf die Felswand erreicht, an der das Wasser in schmalen Bahnen hinunterfloss. Gerade, als er einen weiteren Abstieg vornehmen wollte, sah er in dem schwachen Licht, was durch einige Ritzen im Stein drang, etwas Interessantes. Der Weg, den er zuvor gegangen war, war versperrt. Riesige Felsbrocken stoppten sein Vorankommen, und er schaffte es auch nicht, sie zur Seite zu räumen. Dafür waren die Steine zu massiv. *Wie kann das passiert sein?* Er dachte an die kurze Erschütterung, die es gegeben hatte, als er das erste Mal die Wesen gesehen hatte. *Daher muss das gekommen sein.* Er legte all seine Kraft in den nächsten Versuch, und schaffte es tatsächlich, die Steine etwas zu lockern. Das war jedoch unwesentlich, sie bewegten sich nicht voneinander und machten keinen Platz. Irgendwann gab Oskar es dann auf und ließ sich auf den Boden sinken. *Wie soll ich jemals hier rauskommen?* Trotz der Tatsache, dass er das Schwert gefunden hatte, ärgerte er sich darüber, dass er diesen Weg überhaupt gegangen war. Er hätte den Kampf gegen die Wesen aus Wasser fast verloren und war nur knapp und mit Glück letztlich entkommen. Er lehnte sich an den Stein und atmete einen Moment lang durch.

Das Wasser tropfte auch Stunden später noch von der Decke und erzeugte ein leises Plätschern, als es auf den Boden traf. Das war mittlerweile ein eintönig monotones Geräusch geworden, Oskar konnte es nicht mehr hören, es machte ihn nahezu wahnsinnig. Er hatte die letzten Stunden einfach nur in die Dunkelheit gestarrt und gehofft, dass irgendetwas passieren würde. Zwischendurch war er immer mal wieder aufgestanden und hatte vor Frust gegen die Steine getreten, mit dem Resultat, dass sein Fuß nun nach zahlreichen Tritten langsam zu schmerzen begann. *Das bringt doch nichts.* In anderen Augenblicken hatte er das Schwert in die Hand genommen und es einfach nur betrachtet. Die Vibrationen waren immer noch zu spüren gewesen, doch irgendwann hatte er auch aufgegeben darüber nachzudenken. Plötzlich bekam er jedoch einen Einfall. *Das Schwert.* Oskar sah es an. *Es hat mir in der letzten, ausweglosen Situation geholfen. Warum nicht auch jetzt?* Er führte eine saubere Bewegung aus und stieß die Klinge mit voller Wucht gegen die Steinwand. Zunächst passierte allerdings gar nichts, es dauerte eine ganze Minute, bis der Fels langsam zu bröckeln begann. Dann kam alles Schlag auf Schlag: die solide Felswand zerbröselte nach und nach in ihre Einzelteile. Staunend beobachtete Oskar das, was nun vor ihm passierte. Der Weg wurde frei, bis ihn schließlich kein einziger Stein mehr am Weiterkommen hinderte. Er wartete noch ein paar Sekunden um das zu realisieren, was gerade passiert war. Mit jedem weiteren Moment wurde das Schwert in seiner Hand unruhiger. Er trat durch die nun frei gewordene Passage und setzte seinen Weg fort. Es dauerte nicht mehr lange, bis er wieder den Weg erreicht hatte, der ihm bereits bekannt war. Nun kam er in der dunklen Höhle blind zurecht und hatte schon bald den Ausgang erreicht. *Okay, und jetzt nichts wie zurück zu den anderen.* Der Weg nach oben war schwerer als er erwartet hatte, er schaffte ihn nur mit großer Kraft und schweißtreibender Anstrengung. Der Himmel wurde unterdessen noch dunkler als zuvor. Es war tief in der Nacht, das war nicht nur daran zu erkennen, dass das Sternenlicht stärker geworden war. Zudem war ein leichter Wind aufgekommen, der ihn mit jedem Hauch frösteln ließ. Ein paar Minuten später fing es plötzlich an zu regnen. Zunächst waren es nur ein paar Tropfen, und Oskar dachte, es würde bei einem harmlosen Nieselregen bleiben. Dann jedoch prasselte das Wasser in Strömen vom Himmel und ließ ihn sich wie inmitten eines Kugelhagels fühlen. Oskar spürte, wie seine Kleidung mit jedem weiteren Schritt mehr durchnässt wurde und er die Orientierung verlor. Er lief einfach in irgendeine Richtung, das Schwert fest in seiner Hand umklammert. Er wusste nicht, warum er das tat, es fühlte sich einfach richtig an.

Nach mehreren Stunden hatte Oskar den See erreicht. In der Zwischenzeit hatte es immer wieder kurze Pausen vom Regen gegeben, doch genau dann, als er gerade dachte, es hätte komplett aufgehört, ging es wieder los. Als er am Ufer angekommen war, hatte sich das Wetter wieder beruhigt und auch der Wind war abgeflacht. Die Wasseroberfläche wirkte dennoch unruhig und aufgewühlt. In der Ferne war die Bergkette Norekrates zu erkennen, die ersten Ausläufer begannen direkt hinter dem riesigen See. Die überdachte Brücke führte dorthin, doch Oskar beschlich das Gefühl, dass er hier warten sollte. *Sie werden kommen.* In Ufernähe entdeckte er eine Sanddüne, auf der er sich niederließ. Das hohe Gras fühlte sich weich an und diente perfekt als Bett. Die Tatsache, dass der Sand vollkommen durchnässt war, machte ihm nichts aus. Er legte das Schwert neben sich ins Gras und schloss die Augen. Die Anstrengung des Tages übermannte ihn wie eine riesige Welle, und ehe er über alles, was er gesehen hatte, nachdenken konnte, war er bereits eingeschlafen.

Als Oskar ein paar Stunden später wieder aufwachte, spürte er direkt, dass irgendetwas nicht stimmte. Das Wetter war unverändert, es hatte nicht wieder zu regnen begonnen und die Umgebung war mittlerweile etwas abgetrocknet. Er drehte sich um und wollte aus Reflex nach dem Schwert greifen, erkannte allerdings sehr schnell, dass es nicht mehr an der Stelle war, an der er es abgelegt hatte. Erschrocken wühlte er im Gras herum und entdeckte etwas tiefer wieder die Spur. *Macht sich das Schwert selbstständig?* Bei dem Gedanken daran wurde Oskar mulmig. *Ich sollte es nicht suchen.* Doch irgendetwas in seinem Inneren sträubte sich dagegen, vermittelte ihm, dass das Schwert eine ungeheure Wichtigkeit für ihn hatte. Also stand er auf und versuchte der Spur zu folgen. Sie führte direkt zum Wasser hin. Der Sand war nass und es gestaltete sich als schwer, den Weg dorthin zurückzulegen. Mehrfach sank er bis zu den Knöcheln ein, und so dauerte es etwas länger, bis er an der Stelle stand, die ins Wasser führte. Er zögerte kurz und überlegte, ob er das wirklich riskieren sollte. *Ich habe keine andere Wahl.* Er legte seine Klamotten ab und bereitete sich darauf vor, ins Wasser zu steigen. Die ersten Schritte waren die schlimmsten, er fühlte sich bei der Temperatur des Wassers an die erste Aufgabe in der Eiswüste erinnert. Seine Füße fühlten sich nach wenigen Metern bereits taub an, doch er blieb fokussiert und wagte sich immer weiter hinein. Die nächsten Minuten versuchte er, sich nur auf die Spur zu konzentrieren. Er folgte ihr, und sie führte ihn weit hinaus auf den See, bis sie dann irgendwann endete. Er hielt die Luft an, durchbrach mit seinem Kopf die Wasseroberfläche und tauchte unter. Er befand sich nun mit seinem gesamten Körper in dem eiskalten Wasser, doch das fühlte sich schon wenige Augenblicke später gar nicht mehr so schlimm an. Es fiel Oskar schwer, die Augen offen halten zu können, er wusste aber, dass er es tun musste. *Ich darf die Spur nicht aus den Augen verlieren.* Sie führte genau zum Grund des Sees und ging von dort aus noch weiter. Als Oskar den Boden erreicht hatte, spürte er, dass ihm die Luft langsam knapp wurde. Hektisch versuchte er, wieder auftauchen zu können, doch irgendetwas hinderte ihn daran. Sein rechter Fuß hatte sich in einem Algengeflecht verfangen, und er brauchte drei Versuche, um sich wieder zu befreien. Prustend und keuchend schnappte er nach Luft, bis er wieder genug in seiner Lunge hatte. *Okay, das war knapp.* Er wartete ein paar Augenblicke, bis er erneut tief einatmete und untertauchte.

Oskar schlug die Augen auf. Um ihn herum war es dunkel, nur die zahlreichen Sterne erhellten den tiefschwarzen Nachthimmel. *Was ist passiert?* Das letzte, woran er sich erinnern konnte, war, dass er ein zweites Mal unter die Wasseroberfläche getaucht war. Danach war da nur noch Dunkelheit. Er versuchte angestrengt, darüber nachzudenken, doch es klappte nicht. Oskar stand aus dem nassen Sand auf und klopfte ihn sich von der Hose. *Wie lange...* Als er seinen Blick in Richtung des Bodens senkte, fiel ihm etwas auf seiner Hand auf. Er hielt sie etwas mehr ins Licht und blinzelte mehrmals. Auf seinem Handrücken waren mehrere, kleine rote Stellen zu sehen, aus denen teilweise noch Blut tropfte. Schmerzen verspürte er keine, was ihn allerdings nur einen kurzen Moment lang wunderte, ehe er nicht mehr darüber nachdachte. *Was, wenn ich die anderen verpasst habe?* Er hob das Schwert auf, was direkt neben ihm im Sand lag. Die Klinge fühlte sich noch nass an, es konnte also gar nicht so lange her sein, dass er das Wasser verlassen hatte. Erleichterung machte sich in seinem Körper breit und er wurde entspannter. Irgendetwas quälte ihn jedoch, es schien aus der hintersten Ecke seines Verstands zu kommen. *Was, verdammt nochmal, ist eben passiert?* Er konnte es sich einfach nicht erklären. Oskar setzte sich in das Dünengras und wartete. So lange, bis er nicht mehr daran glaubte, dass noch etwas passieren würde. Doch genau in diesem Moment hörte er von weitem eine Stimme, die ihm sehr bekannt vorkam.

Cassie konnte nicht glauben, dass Oskar in diesem Moment genau auf sie zu ging. Sie blinzelte mehrmals, und glaubte erst, dass das alles eine Illusion war. Das lodernde Feuer, was nach der Explosion die Brücke in Brand gesetzt hatte, bildete den perfekten Hintergrund dafür.
»Oskar? Was...«
Cassie lief ihm entgegen und ließ sich in seine Arme fallen. Sie schloss die Augen und versuchte, den Moment einfach zu genießen. Auch, wenn sie nicht wusste, was sie gerade fühlte und ihr tausend Fragen im Kopf herumspukten. Lily, Pacey und Nora blickten währenddessen auf die Stelle, an der Simon vor

wenigen Augenblicken noch gestanden hatte. Dort war nun nichts mehr zu sehen außer verbrannter Boden.

»Monodanus«, murmelte Nora.

»Die Sternenkonstellation, die uns den Tod vorausgesagt hat. Es hat Simon getroffen.«

Ihre Stimme klang leer. Sie hob ihren Kopf und ging auf Oskar und Cassie zu.

»Wo warst du?«

Auch sie umarmte Oskar und war unfassbar froh, ihn wieder bei sich zu haben.

»Wir dachten, du wärst tot.«

»Ich habe sehr knapp überlebt. Aber ich erzähle euch das alles, wenn wir mehr Zeit haben. Bevor hier alles in die Luft fliegt, sollten wir den See überqueren.«

»Wir wissen nicht, wie tief das Wasser ist. Außerdem ist die Brücke zerstört.«

»Ich habe hier einige Zeit verbracht. Ich habe eine flache Stelle gesehen, die uns herüberführt.«

Oskar musterte die Gruppe.

»Wo ist Willow?«

Bei der Erwähnung von Willows Namen spürte Cassie wieder die Trauer der letzten Tage. Wie eine Welle schlug sie an die Hafenmauer ihres Gemüts, und sie konnte ihre Tränen nicht mehr zurückhalten. Sie ließ dem ganzen freien Lauf, und es fühlte sich gut an, wie Oskar sie dabei in den Armen hielt.

»Ich bin so unfassbar froh, dass du wieder da bist.«

Sie musste tief Luft holen, um nicht an ihren Tränen zu ersticken, und war kurz davor zu hyperventilieren.

»Wie ist das passiert?«

»Später«, flüsterte Nora ihm so zu, dass Cassie das nicht hören

konnte.
Oskar nickte einfach nur und gab sich mit der Antwort zufrieden.
»Falls ihr jetzt irgendwas denken solltet, ihr dürft Simon keinen Vorwurf machen. Ich habe sehr lange über die Situation nachgedacht, und bin zu dem Schluss gekommen, dass ich genauso gehandelt hätte. Wir waren hinter ihm ja zu zweit, und es ist ein Wunder, dass ich die Attacke überlebt habe.«
»Ich bin so froh, dass du es geschafft hast.«
Cassie hatte sich mittlerweile wieder etwas beruhigt.
»Lasst uns den See überqueren und diesen Ort einfach nur hinter uns lassen.«

Oskar führte Cassie, Nora, Pacey und Lily etwas weiter am Ufer entlang. Sie liefen im Sand und sahen hinter sich eine kleine Fläche Dünen. Wenig später zog Oskar seine Schuhe aus und tauchte seine Füße in das Wasser. Cassie und später auch die anderen taten es ihm gleich, es fühlte sich viel besser an als zuvor. Der weiche, kühle Sand und die rauchfreie Luft fernab vom Feuer der Explosion waren eine Wohltat. Etwa fünfzehn Minuten später hatten sie die Stelle erreicht, die Oskar angekündigt hatte. Die Dünen waren während der letzten Minuten immer weiter abgeflacht und hatten schließlich aufgehört. Aus dem Sand waren Kieselsteine geworden und das Wasser fühlte sich etwas kälter an.
»Hier ist es.«
Oskar zeigte auf eine Stelle, an der mehrere große Steine aus dem flachen Wasser ragten. Sie bildeten einen Weg über die Wasseroberfläche und führten bis an das am Horizont zu sehende andere Ufer, hinter dem die riesige Bergkette lag.

»Kommt mit.«
Oskar übernahm die Führung, Cassie folgte ihm nur wenige Schritte entfernt. Die anderen hielten etwas mehr Abstand, doch alle blieben in Reichweite. Das Wasser war die meiste Zeit über nur knöcheltief. Als es schließlich etwas tiefer wurde, verschwanden die Steine bis unter die Oberfläche, was jedoch auch kein größeres Problem darstellte. Als Oskar seinen rechten Fuß auf das Ufer der anderen Seite setzte und auf die brennende Brücke zurückblickte, fühlte er sich schlecht. *Simon. Willow. Tim. Wir haben so viele verloren.* Er wusste jedoch, dass jetzt der falsche Zeitpunkt war, um daran zu denken. Er musste jetzt voll fokussiert sein und seine Rolle als Anführer der Gruppe ausfüllen.

Gruppendynamik

»Wir sollten zum Wasserfall, oder was meint ihr?«
Alle nickten.
»Das hatten wir auch schon so abgesprochen. Wenn es eine Möglichkeit gibt, Tim zu finden...«
Nora hörte einfach mitten im Satz auf.
»Dann wird es genau dort sein«, beendete Pacey schließlich.
Lily hatte während der letzten Minuten nichts gesagt. Sie war immer noch zu sehr davon geschockt, was während der Explosion passiert war. Es schien ganz so, als hätte sie die Situation noch nicht ganz verstanden und realisiert. Ihr Blick wirkte leer.
Oskar drehte sich wieder um und sah auf das, was vor ihnen lag. Der Weg schlängelte sich durch die ersten Ausläufer des Gebirges, hinter der nächsten Biegung verlor sich jedoch bereits die Spur. Die Gipfel direkt vor ihm wirkten gigantisch und reichten bis tief in den klaren Nachthimmel. *Bis zu den Sternen*, dachte er.
»Wow«, meinte Cassie erstaunt.
Auch sie schien die fantastische Aussicht zur Kenntnis genommen zu haben.
»Wir müssen dem Weg jetzt folgen. Er führt uns direkt zum Wasserfall.«

Die Zeit verging, während die Gruppe von einer merkwürdigen Stimmung überschattet wurde. Keiner sagte etwas, und so hüllte sich schon bald Schweigen über alle. Es dauerte etwa zwei Stunden, bis sie ein Landhaus erreicht hatten, welches ganz und gar nicht in die Umgebung passte. Die Fassade wurde vom

Licht der Sterne hell angeleuchtet. Die brennende Brücke und den See hatten sie mittlerweile komplett hinter sich gelassen und Oskar versuchte auch, alles, was eben geschehen war, zu vergessen. Er hatte seine Hand die gesamte Zeit über um den Griff des Schwertes verkrampft, da er Angst hatte, es erneut verlieren zu können. Ab und zu musste er die Hand wechseln, da sich das Kribbeln mit der Zeit immer weiter in seinem Körper ausbreitete und unangenehmer wurde.
»Hier können wir eine Pause einlegen.«
Pacey deutete auf das Landhaus.
»Einverstanden«, murmelte Oskar.
Zu dem merkwürdigen Gefühl in seinen Fingern gesellte sich noch das Zittern in seinen Beinen. Er fühlte sich nicht wohl dabei, das Schwert in der Hand zu tragen, hatte Respekt und auch Angst vor dem mysteriösen Gegenstand. Er folgte Pacey, der vorgegangen war, in das Haus hinein. Der Himmel über ihnen verdunkelte sich immer weiter, die Sterne wurden zunehmend von Wolken verdeckt und es sah danach aus, als würde es bald erneut anfangen zu regnen. Oskar wollte jetzt jedoch keine Gedanken an das Wetter verschwenden, sondern versuchte viel mehr, Pacey zu folgen. Dieser war bereits in der Hütte verschwunden, die anderen standen neben Oskar und warteten.
»Dann wollen wir mal.«
Cassie brachte ein halbherziges Lächeln zustande. Oskar fühlte sich dadurch direkt besser und nickte. Wenig später folgten er, Cassie, Nora und Lily Pacey in die Hütte hinein. Im Inneren war es zunächst dunkel, doch aus irgendeiner Ecke schien etwas Licht zu kommen.
»Kommt hier her!«
Sie folgten der Stimme und hatten Pacey bald gefunden.

»Ich heiße euch herzlich Willkommen.«
Eine fremde Stimme, die aus einer verborgenen Ecke gekommen war, erschrak Oskar so, dass er automatisch ein paar Schritte zurückwich und dabei mit Cassie zusammenstieß.
»Tut mir leid«, murmelte er.
»Kein Problem.«
Was war das für eine Stimme gewesen?
»Kommt ruhig näher.«
Nun waren auch Schritte zu hören. Ein paar Augenblicke später sah Oskar dann auch, wie jemand aus der Dunkelheit näher kam.
»Hallo.«
Die Person, die plötzlich vor ihnen erschien, war etwa einen Kopf größer als Oskar. Der schwache Lichtschein reichte bloß dazu aus, das erkennen zu können – mehr konnte er nicht sehen.
»Wer sind Sie?«
Oskar ärgerte sich im Nachhinein über diese Frage, da er sich dumm vorkam. Die unbekannte Person jedoch sagte nichts dazu und lachte ihn auch nicht aus.
»Mein Name ist Lord Raigner. Kommt rein, ich habe euch so einiges zu erzählen.«

Ein paar Minuten später saßen sie alle um einen großen Tisch herum. Der Mann, der sich ihnen als Lord Raigner vorgestellt hatte, hatte Tee gekocht und zudem auch etwas Essbares bereit gestellt. Dabei handelte es sich um gebratenes Fleisch, frisch gebackenes Brot und Zwiebelsuppe.
»Schlagt zu, ihr könnt so viel essen, wie ihr wollt. Währenddessen erzähle ich euch gerne etwas über mich.«
Oskar wusste nicht, ob er dem Mann trauen konnte. Da dieser

ihm jedoch nicht so vorkam, als würde er lügen, entschied er sich dazu, ihm zu glauben. Er nahm als erstes ein Stück von dem Brot und danach auch etwas Fleisch. Kurz darauf machten sich alle über das her, was auf dem Tisch stand. Lord Raigner füllte jedem etwas Suppe in eine Schüssel, die er auf den Tisch gestellt hatte.

»Also erst einmal… ich lebe hier nicht allein. Mein Sohn Aaron hat ein Zimmer im hinteren Teil des Hauses. Doch er ist eher abgeneigt gegenüber anderen Menschen, was ich ihm nicht verübeln kann. Er hat schon viele, schlimme Dinge erlebt… aber das ist eine andere Geschichte.

Er wandte sich nun direkt an Oskar.

»Wie ich sehe, hast du das Schwert gefunden«, meinte der Mann und sah Oskar an. Er konnte diesen Blick nicht deuten und fühlte sich etwas unsicher. Trotzdem entschied er sich dazu, zu reden. Er erzählte alles, was ihm in den letzten Tagen passiert war, angefangen mit seinem knappen Überleben in der Masse der Crethrens. Alle hörten gespannt zu, und als Oskar erzählte, wie er das Schwert gefunden hatte, mischte sich zusehends erstaunen unter die Gesichter der Gruppe. Lord Raigner blieb von allem jedoch gänzlich unbeeindruckt und verzog nicht eine Miene.

»Das Schwert hilft dir gegen fast alles, was du noch erleben wirst.«

Oskar nahm gerade einen Schluck von seiner Zwiebelsuppe, und als er ihn heruntergeschluckt hatte, fragte er:

»Fast alles?«

»Ja. Nun gut, ich nehme an, ihr kennt die Geschichte dieses Planeten nicht, oder?«

Mittlerweile hatte es draußen angefangen zu regnen. Anfangs

prasselten die Tropfen sanft auf das Holzdach, bis es sich nach wenigen Minuten schließlich so anhörte, als würde die Welt untergehen. Es war so laut geworden, dass es schwer war, das zu verstehen, was ihnen der Lord jetzt erzählte.

»Früher herrschte hier noch das Leben. Dieser Planet war voll besiedelt und so reich an Wachstum, dass es hier alles gab, was das Herz begehrte. Von tropischen Früchten bis hin zu Erdöl, Gold und Diamanten. Ein riesiger Palast, weite Wiesen, rauschende Flüsse... Ehygea war in seiner besten Blütezeit, als das große Unglück passierte.«

Oskar nahm einen Schluck von der Zwiebelsuppe und blickte kurz das Schwert an. *Was ist passiert?* Er spürte, dass das Schwert noch eine ganz große Bedeutung bekommen würde und spürte eine Gänsehaut aufkommen.

»Eines Tages wurden durch ein Ritual finstere Mächte beschworen. Diese hatten ein so enormes Ausmaß, dass sie den gesamten Planeten zerstörten und bis auf wenige Ausnahmen die Bevölkerung und die Rohstoffe komplett auslöschten und vernichteten. Ehygea ist heutzutage nur noch Brachland, mal abgesehen vom See der verlorenen Seelen. Dann gibt es noch etwa alle fünfzig Jahre die Sternenexplosion. Sie deutet sich durch die Konstellation Monodanus an. Aber ich nehme an, das wisst ihr bereits – es ist ja vorhin passiert.«

Oskar nickte.

»Was sind das für finstere Mächte?«, fragte er mit zittriger Stimme.

»Und...«

Seine nächsten Worte wurden zunächst vom lauten Prasseln des sintflutartigen Regens verschluckt. Er musste sich wiederholen, damit die Gruppe ihn verstehen konnte.

»Wo wurde das Ritual abgehalten?«
»Die finsteren Mächte beziehen sich auf die vier Elemente. Erde, Wasser, Feuer und Luft. Der Feuerdämon ist der stärkste von allen, er zeigt sich jedoch auch nur sehr selten und ist nahezu unbesiegbar.«
»Woher wissen Sie das alles?«
»Ich wohne sehr lange an diesem Ort. Aber um auf deine andere Frage zurückzukommen:«
Er legte eine kurze Pause ein.
»Das Ritual wurde damals in der Höhle des großen Wasserfalls durchgeführt.«
Der Wasserfall. Oskar schluckte. *Da, wo ich Tim in meiner Vision gesehen habe.*
»Erzählen Sie uns bitte mehr darüber!«, meinte er gespannt.
»Mehr weiß ich leider selber kaum. Ich kann euch nur dringendst davon abraten, den Ort aufzusuchen. Heute wird etwas schreckliches passieren.«
»Ist vor uns schonmal jemand hier aufgetaucht? Die letzten Tage?«
Es waren die ersten Worte, die Nora sagte. Und mit diesen glomm wieder Hoffnung in ihren Augen auf. Oskar wusste direkt, auf was sie hinauswollte.
»Ja. Ein Jugendlicher, wie ihr, war hier. Sein Name ist Tim, er war bis vor kurzem bei mir. Jetzt ist er beim Wasserfall und will das Portal erneut öffnen.«
Tim ist beim Wasserfall. Er lebt! Oskar dachte über das nach, was er gesehen hatte, nachdem er das letzte Mal etwas von der mysteriösen Flüssigkeit getrunken hatte.
»Er lebt!«, stieß Nora aus.
»Wir müssen dringend zu ihm.«

Sie wollte aufstehen, doch Lord Raigner hielt sie zurück.
»Bei dem Wetter kommt ihr definitiv nicht weit. Außerdem ist es viel zu gefährlich. Ihr ruht euch heute etwas aus, und ich begleite euch morgen zu dem Wasserfall. Ich rate euch jedoch davon ab, irgendwelche Dummheiten dort zu begehen. Das kann verheerend enden. Seid ihr damit einverstanden?«
Oskar nickte stellvertretend für alle.
»Ihr solltet aber nicht davon ausgehen, dass er noch am Leben ist.«
»Wieso?«, fragte Nora direkt.
»Sie haben doch gerade erzählt, dass Sie ihn letztens gesehen haben.«
»Aber das Gebirge und der Wasserfall sind gefährliche Orte.«
Er legte eine kurze Pause ein.
»Vorallem, da hier das Wetter so schnell umschlägt.«
»Wir haben trotzdem eine Chance.«
Nora klang wieder ziemlich motiviert.
»Wir sollten uns direkt nach dem Unwetter auf die Suche begeben.«
»Ihr solltet erstmal die Nacht über hierbleiben, ich habe genug Schlafplätze für alle. Morgen früh begleite ich euch dann.«
Oskar war mit diesem Vorschlag weiterhin mehr als einverstanden, er war froh darüber, dass es jemanden gab, der sich hier auskannte. Er entschied sich zumindest vorerst dazu, dem Lord zu vertrauen. Nora hingegen wirkte nicht ganz so zufrieden, und er nahm sich vor, sie später mal zu sprechen und sie zu fragen, was sie belastete. Er hatte das Gefühl, dass sie bereits plante, mitten in der Nacht abzuhauen. Sie schien in Tim verliebt zu sein, das sah Oskar an ihrem Gesichtsausdruck. Sie hatte nicht im normalen Maße Angst, dass ihm etwas passiert sein könnte,

sondern war fast krank vor Sorge. *Es wäre doch viel zu unlogisch, wenn er noch am Leben wäre...* Dann musste Oskar jedoch an das denken, was ihm passiert war, und entschied sich dazu, alles für möglich zu halten. *Sie haben mich alle auch für tot gehalten.*
»Genau so machen wir das«, sagte er daher und warf Nora einen vielsagenden Blick zu.
Lord Raigner zeigte ihnen die restlichen Räume der Hütte und brachte sie anschließend in den kleinen Zimmern unter. Von innen war das Landhaus größer, als es von außen den Anschein gemacht hatte. Ihr Gastgeber führte sie durch einen engen Gang, sie stiegen fünf Treppenstufen hinunter und der Abstand zur Decke wurde immer geringer.
»Hier wäre das erste Zimmer. Es ist das einzige mit zwei Schlafplätzen.«
Cassie griff in dem schummrigen Licht nach Oskars Hand und drückte sie fest.
»Wir nehmen es.«
Entschieden ging sie ein paar Schritte vor, direkt in den Raum hinein. Oskar folgte ihr zögerlich.
»Ihr könnt hierbleiben. Ich führe die anderen zu den restlichen Schlafräumen.«
»Schlaft gut!«, rief Oskar hinterher, bevor Lord Raigner sie in einen anderen Teil der Hütte führte.
»Es ist alles so unwirklich«, murmelte Cassie.
»Ich bin schuld am Tod von einem Menschen.«
»Wie meinst du das?«
Cassie fing langsam an und erzählte ihm dann alles, was in den letzten Tagen passiert war. Sie ließ kein einziges Detail aus und versuchte auch ihre Visionen genauestens zu schildern. Als sie

an der Stelle ankam, an der sie Willow ermordet hatte, konnte sie ihre Tränen nicht mehr zurückhalten. Oskar nahm sie in die Arme und hielt sie einfach nur fest. Sie schwiegen, starrten in die Dunkelheit und hörten auf dem Flur der Hütte Schritte. Sie verhielten sich so lange ruhig, bis das Geräusch abgeklungen war.
»Ich bin so froh, dass du wieder da bist. Ich würde das nicht nochmal schaffen. Ich kann ohne dich nicht leben.«
Cassie blickte ihn in der Dunkelheit an. Ihre Stimme zitterte.
»Lass uns jetzt nicht darüber nachdenken. Das zieht uns nur runter.«
»Du hast ja recht.«
Oskar spürte Cassies Atem und merkte, wie sie sich nach und nach in seinen Armen entspannte. Er fuhr mit seiner Hand durch ihre Haare und wurde dadurch selbst auch etwas lockerer. Bald lagen sie nebeneinander in dem engen Bett und starrten für eine Weile nur in die Dunkelheit.
»Mir ist kalt«, murmelte Cassie.
Oskar zog die Decke etwas höher und rutschte noch näher an sie heran.
»Schon besser.«
Cassie lächelte. Sie wirkte das erste Mal am heutigen Tage total unbeschwert, frei von jeglichen Sorgen. Sie beugte sich ein Stück nach vorne und küsste Oskar auf die Stirn.
»Ich glaube, wir sind allein.«
Sie lauschten einen Moment lang, doch auf dem Flur war nichts zu hören. Sowohl Nora, Lily und Pacey als auch Lord Raigner schienen sich in diesem Moment außer Hörweite zu befinden.
»Ich denke auch.«
Cassie schlüpfte unter die Decke und Oskar spürte, wie sie ihm

wenige Sekunden später das T-Shirt auszog. Das Herz schien ihm aus der Brust springen zu wollen und seine Hände kribbelten. Sein gesamter Körper stand unter Spannung. *Ist jetzt wirklich der richtige Zeitpunkt dafür?* Er wollte sich dem Gefühl ganz hingeben, doch irgendetwas hinderte ihn daran. Die Geschehnisse der letzten Tage stahlen sich genau jetzt in seinen Kopf und setzten sich dort wie ein bösartiger Parasit fest. Cassie fuhr mit ihrer Hand über seinen Bauch, bis sie schließlich den Bund seiner Hose erreicht hatte.
»Wir sind allein«, flüsterte sie.
Sie öffnete den ersten Knopf und zog dann vorsichtig den Reißverschluss seiner Hose herunter. Mit ihrer rechten Hand strich sie leicht über seine Unterhose, und Oskar spürte direkt, wie das Kribbeln in seinen Intimbereich übersprang. Cassie beugte sich über ihn und flüsterte:
»Zieh mich aus. Jetzt.«
Ihr warmer Atem und der wunderbare Duft, den sie ausstrahlte, machten ihn fast wahnsinnig. Er verspürte plötzlich ein unheimliches Verlangen, küsste sie auf den Mund und streifte ihr dann das T-Shirt vom Oberkörper. Seine Finger zitterten, er war zu nervös. Cassie jedoch schmunzelte nur und erledigte das, was er gerade machen wollte, selbst. Sie öffnete den Reißverschluss ihrer Hose und schlüpfte aus dieser heraus. Ihre Körper strahlten unter der Decke eine solche Wärme aus, dass Oskar bereits nach wenigen Sekunden anfing, zu schwitzen. Sie verhielten sich noch einen Augenblick lang ruhig, um sicherzugehen, dass niemand sie stören würde. Als auch nach zwei Minuten keine Schritte vor der Tür zu hören waren, ließ Cassie ihre Hand tief unter die Decke wandern.
Ein paar Minuten später lagen sie wieder nebeneinander in der

Dunkelheit und versuchten, den Moment vollkommen zu genießen. Oskar war sich sicher, dass das die schönsten Minuten seines bisherigen Lebens gewesen waren.
»Du warst gut«, hauchte sie ihm ins Ohr und lächelte.
»Du auch.«
Plötzlich näherten sich Schritte der Tür. Panisch versuchte Oskar, seine Klamotten wieder zusammenzusuchen, doch er war nicht schnell genug. Noch bevor er es schaffte, sich unter der Decke seine Unterhose wieder anzuziehen, hörte er, dass es an der Tür klopfte. Zwei Mal, leise und zögernd.
»Ja?«
Er fühlte sich noch immer außer Atem und schwitzte. Zudem hoffte er, dass ihm jetzt keine Peinlichkeit passierte. *Ich darf nichts riskieren.* Die Tür wurde langsam geöffnet und schleifte über den Holzboden, was ein nervtötendes Quietschen erzeugte. Er zuckte zusammen und sah in dem schwachen Licht, was von außerhalb kam, wie Nora ins Zimmer trat. In ihrer Hand hielt sie eine glimmende Petroleumlampe.
»Hey. Ich hoffe, ich...«
Sie stockte und blickte in die Gesichter von Oskar und Cassie. Dann verzog sie ihr Gesicht zu einem Grinsen.
»Sag einfach nichts«, meinte Oskar.
Cassie stupste ihn an und lächelte.
»Ist doch nichts dabei.«
»Ich weiß, aber...«
Er kam nicht dazu, seinen Satz auszusprechen, da Nora ihn unterbrach.
»Wie dem auch sei. Ich habe Tims Stimme gehört. Hier im Haus.«
»Wann hast du sie gehört? Und von wo kam sie?«

Oskar spürte, wie die Peinlichkeit des Moments von ihm abfiel und der Aufregung breitmachte, die Nora mit ihren Worten erzeugt hatte.
»Ich schätze, aus dem Keller. Auf jeden Fall von unten. Ich habe mich aber alleine nicht getraut, Pacey und Lily haben schon geschlafen und deswegen kam ich zu euch.«
Nora blickte beschämt zu Boden.
»Kein Problem, Nora.«
Cassie lachte, doch Oskar sah, dass auch ihr die Situation etwas unangenehm war. Dennoch schaffte sie es, den Humor zu bewahren. Einer der vielen Gründe, weshalb er sie einfach liebte. Er musste grinsen.
»Du hast wirklich Tims Stimme gehört?«
»Ja. Wirklich...«
Sie wirkte etwas zögerlich und nicht gerade fest entschlossen. *Vielleicht hat sie sich das nur eingebildet?*
»Okay, dann lasst uns mal nachschauen. Ich glaube zwar nicht, dass er hier ist, aber wir sollten es trotzdem riskieren.«
»Oskar, ich habe ihn gehört...«
»Ich glaube es dir!«
Er sah Nora ernst an.
»Allerdings kann ich mir nicht vorstellen, dass er hier ist.«
Nora ging vor und hielt die Petroleumlampe in ihren Händen. Sie führte Oskar und Cassie durch ein paar verwinkelte Gänge immer tiefer ins Innere des Hauses, bis sie sich schließlich vor einer Tür wiederfanden.
»Ich glaube, hier geht es in den Keller.«
Sie schob die Tür langsam auf. Cassie stand dicht hinter Nora und drückte ihre Hand, während Oskar abwartete, was passierte. Die Tür glitt mit einem Quietschen auf. In der allgemeinen

Stille klang es fast ohrenbetäubend laut. Oskar musste husten, denn als sich die Tür öffnete und die dahinter liegende Treppe offenbarte, schlug ihm eine dicke Staubwolke entgegen. Nora leuchtete in die Dunkelheit hinein. Vor ihnen lag ein Raum, der eine relativ niedrige Deckenhöhe hatte. Es schien fast so, als wenn der Herr des Hauses schon jahrelang nicht mehr dort gewesen wäre. Spinnweben zierten jede einzelne Ecke und es war unfassbar stickig.

»Hier unten war schon seit verdammt langer Zeit keine Menschenseele mehr«, murmelte Oskar.

Nora sagte nichts. Sie wirkte irgendwie abwesend. *Vielleicht hat sie das ja auch nur geträumt?* Oskar wusste, dass Träume manchmal ziemlich realistisch sein konnten, gerade in den letzten Nächten hatte er oftmals lebhafte Traumbilder vor seinem inneren Auge gesehen.

»Umso interessanter«, flüsterte Cassie.

Sie hatte ihre Stimmlage vollkommen der Umgebung angepasst, und Oskar spürte, wie er eine Gänsehaut bekam.

»Kommt.«

Nora ging vor, die Petroleumlampe in ihren zitternden Händen haltend. Jede einzelne Stufe knarzte unter ihren Schuhen, und auch dieses Geräusch kam Oskar so unfassbar laut vor. *Wir haben die anderen doch bestimmt schon längst aufgeweckt.* Er schluckte. *Und wenn uns der Hausherr erwischt, wie wir seinen Keller durchstöbern, wird er bestimmt auch nicht gerade begeistert sein.*

»Meint ihr wirklich, dass wir...«

»Pssst.«

Cassie legte einen Finger auf ihre Lippen.

»Nicht so laut, sonst weckst du die anderen noch auf.«

»Okay.«
Er gab sich mit ihrer Antwort zufrieden, wusste, dass er sie jetzt nicht mehr umstimmen konnte. Nora hatte als erstes den Boden erreicht. Sie stellte die Petroleumlampe auf ein Holzfass, so, dass zumindest der Teil beleuchtet war, in dem sie sich gerade befanden. Auf den ersten Blick wirkte der Raum relativ übersichtlich. In einem Regal an der Wand standen einige Lebensmittelkonserven. Oskar schluckte, als er plötzlich eine Art Flashback bekam. Die Regale kamen ihm bekannt vor. Dann fiel ihm wieder ein, wo er sie zuerst gesehen hatte. *Im Keller von der Herberge, in der wir in der Eiswüste unsere erste Nacht verbracht hatten.* Die Erkenntnis ließ ihn erzittern. Er hatte zwar schon daran gedacht, diese Möglichkeit in Betracht zu ziehen, doch trotzdem fühlte er sich in diesem Moment sehr enttäuscht.
»Er gehört zu denen.«
Oskar sprach das aus, was er dachte.
»Das ist doch alles erlogen. Er gehört genauso zu den Leuten wie Ruby, Abigail und alle anderen.«
»Wieso denkst du das?«, fragte Cassie.
Sie sieht immer zuerst das Gute im Menschen. Oskar konnte ihr ihre Naivität nicht verübeln, dennoch musste er seine Meinung mit ihr und Nora teilen.
»Die Regale. Wir haben damals in der Eiswüste dieselben entdeckt, als wir nachts in den Keller geschlichen sind. Vom Aufbau her sind das die gleichen.«
»Ist ja auch das Einzige, was Sinn ergibt«, murmelte Nora.
»Oder denkst du, er kauft die Lebensmittel beim Supermarkt um die Ecke?«
Sie lächelte verkniffen - und hatte damit natürlich recht.

»Stimmt.«

»Ich habe es aber schon die gesamte Zeit über gewusst. Wie reserviert er über Tim gesprochen hatte... mir kam das direkt komisch vor. Ich wollte einfach mal nachgucken, was es damit auf sich hat.«

»Du hast also gar nicht seine Stimme gehört?«

Oskar sah sie an und versuchte, einen ernsten Blick zu wahren. Sie hielt diesem nicht lange stand und senkte ihren Kopf wenige Sekunden später zu Boden.

»Nein. Es tut mir leid. Aber ich habe mich einfach nicht getraut, alleine hier hin zu gehen. Ich hoffe, ihr seid mir nicht böse.«

»Ach was.«

Cassie klopfte ihr aufmunternd auf die Schulter.

»Wirklich kein Problem, Nora. Und... ich danke dir vielmals.«

Nora sah sie irritiert an.

»Wofür?«

»Dafür, dass du mir in den letzten Tagen stets zur Seite standest. Ohne dich hätte ich es nicht geschafft.«

»Einer für alle und alle für einen.«

Nora lächelte schwach.

»So ist das doch, oder?«

Oskar nickte. Er konnte ihren aktuellen Blick nur schlecht deuten. Sie versuchte einerseits, die Fassade aufrecht zu erhalten, andererseits aber konnte er ihr ansehen, dass in ihrem Inneren eine unfassbare Unruhe herrschte. *Sie empfindet mehr für Tim.*

»Lasst uns jetzt nicht noch mehr Zeit verlieren, es kann sein, dass wir jeden Moment entdeckt werden.«

Der kleine Kellerraum war gut zu überblicken. Neben den ganzen Lebensmittelkonserven stand ein Regal mit ein paar verein-

zelten Büchern. Cassie entdeckte darunter auch *Die Geschichte von Ghiron Nagh*, das Buch, was sie mit Oskar in der unterirdischen Stadt gefunden hatte. Dieser Einband war es jedoch nicht, der ihr Interesse weckte. Es war das Buch daneben, ein schwarzes, abgegriffenes Heft mit einem roten Umschlag. Sie ging zu dem Fass zurück und versuchte, im Licht der Petroleumlampe zu erkennen, was auf den Seiten geschrieben stand.
»Klingt ja interessant«, murmelte sie.
»Kommt mal her.«
Oskar und Nora gingen zu ihr, und gemeinsam blickten sie in das Heft.
»Das Ritual von Flemerzult«, meinte Oskar.
»Was soll das denn sein?«
»Ich denke, so heißt der Wasserfall und sein angrenzendes Höhlensystem.«
»Macht Sinn, wenn man nach der Zeichnung geht«, warf Nora ein und deutete auf eine Karikatur auf dem unteren Teil der Seite. Zu sehen war der Wasserfall, den Oskar aus seiner Vision bereits kannte. Daneben war eine Karte aufgezeichnet, die im kleinen Maßstab die verwinkelten Gänge der Höhle zeigte. Eine rote Linie schlängelte sich durch den Komplex, der an ein Labyrinth erinnerte. Oskar hielt gespannt die Luft an und verfolgte die Spur mit seinen Augen.
»Wir sollten das Buch auf jeden Fall mitnehmen. Das ist eine Karte, die uns aus der Höhle herausführt.«
»Dazu müssen wir aber erstmal den Wasserfall erreichen.«
Nora stockte kurz.
»Moment, was ist das?«
Auf dem unteren Teil der Seite war ein Tropfen vertrocknetes Blut zu sehen.

»Blätter mal bitte weiter.«
Ihre Stimme zitterte, als Cassie die nächste Seite aufschlug.

Blut von meinem Blut. Lebenssaft, das Elixier der Toten.
Erwachet, ihr dunklen Mächte. Zeigt euch.

Kurz darauf wurde die Hütte von einem ohrenbetäubenden Donnerschlag erschüttert. Die Petroleumlampe fiel zu Boden, zerbrach, und ließ Oskar, Cassie und Nora in der Dunkelheit allein.

Der unfassbar laute Donnerschlag weckte Lily aus ihrem Schlaf. Sie lag einen Moment lang auf ihrem Bett, ihr Herz raste vor Aufregung.
»Pacey?«
Keine Antwort. Er lag im Nebenzimmer, sie hatten die Tür allerdings offen gelassen um vor dem Schlafen noch eine Weile miteinander reden zu können. Nun war es jedoch komplett still geworden, und auch der laute Donner schien Pacey nicht aus seinen Träumen gerissen zu haben. Sie setzte sich auf, verließ das Bett und schlich auf Zehenspitzen so leise sie konnte über den Holzboden.
»Pacey?«
Noch immer keine Antwort. Mittlerweile kam ihr das alles sehr merkwürdig vor, und ihr Herz schlug noch schneller als zuvor. Ihre Hände waren schweißnass und zitterten. Vorsichtig passierte sie den Türrahmen und versuchte in der Dunkelheit erkennen zu können, ob Pacey überhaupt in seinem Bett lag. Sie tastete sich nach vorne, stieß jedoch auf ein leeres Bettlaken.
Scheiße. Wo ist Nora? Sie muss im Nebenzimmer liegen.

»Nora?«
Sie versuchte es zunächst zögernd, als sie jedoch wie erwartet keine Antwort bekam, wurde sie um einiges lauter.
»Nora?«
Nichts. Sie hörte jedoch aus der Ferne, dass die Bodendielen knarzten. Bei dem Gedanken daran rutschte ihr das Herz in die Hose. *Wenn das irgendjemand von uns wäre, würde sich derjenige doch niemals so anschleichen.* Die Angst legte sich wie eine eiskalte Hand um ihren Körper und lähmte sie. Die Schritte kamen näher, bis sie nach ein paar Treppenstufen vor der Zimmertür verharrten. Lily blickte sich panisch um, doch da sie in der Dunkelheit nichts erkennen konnte, gab es auch nichts, womit sie sich zur Wehr setzen konnte. Plötzlich wurde es hell. Es schien so, als hätte derjenige, der vor der Tür stand, eine Lampe angeschaltet. Lily überlegte nicht lange, ging direkt auf die Tür zu und öffnete sie. Im nächsten Moment zuckte sie zusammen, als sie sah, wer vor ihr stand. Ein Mann, der etwa dieselbe Größe hatte wie sie, trat in den Raum hinein. Er trug eine Totenkopfmaske, das konnte Lily im Licht der Petroleumlampe erkennen. Ohne noch ein weiteres Mal nachzudenken und die Situation überhaupt zu begreifen, hechtete Lily an ihrem Gegenüber vorbei und schlug die Tür hinter sich zu. Diese prallte von dessen Körper ab und schwang einen Augenblick lang hin und her. Das bekam Lily jedoch nicht mehr mit. Sie sprintete die Treppenstufen hinunter und hörte wenig später hinter sich schwere Schritte. Auf der vorletzten Stufe verlor sie den Halt und fiel auf den Boden. Sie konnte sich nicht mehr rechtzeitig mit den Händen abstützen und spürte, wie ihr beim Aufprall die Luft aus dem Brustkorb gedrückt wurde. Außerdem bemerkte sie direkt einen stechenden Schmerz.

»Pacey! Nora! Oskar! Cassie!«
Sie schrie, doch es kam ihr niemand zur Hilfe. Der Mann bückte sich und lachte, das hörte Lily durch die Maske hindurch. Es klang krächzend, er hatte eine sehr hohe Stimme.
»Dir kommt keiner zur Hilfe.«
Das Landhaus wurde in diesem Moment von einem zweiten, noch heftigeren Ruckeln erschüttert. Das Holz unter ihnen brach, was den Mann jedoch nicht davon abhielt, sein scharfes Messer hervorzuholen und es Lily direkt vor das Gesicht zu halten. Sie fühlte sich in diesem Moment nicht einmal mehr in der Lage zu schreien. Seine Faust senkte sich rasend schnell, doch bevor er zustechen konnte, hörte Lily einen lauten Schrei. Etwas fiel auf den Boden und erzeugte einen Höllenlärm.

»Wir müssen hier so schnell wie möglich raus«, meinte Nora.
»Wir können Lily und Pacey nicht zurücklassen«, entgegnete Cassie entschieden.
»Das Haus stürzt gleich ein!«, schrie Oskar.
»Kommt mit!«
Sie sprinteten die Treppe hoch, und Oskar spürte, wie er über die Scherben der Lampe lief. Erleichtert stellte er fest, dass kein scharfkantiges Stück Glas in seiner Sohle steckenblieb. *Das wäre jetzt auch im gänzlich ungünstigsten Moment passiert.* Er schaffte es auch, nicht über die Treppenstufen zu stolpern und stieß die Kellertür wieder auf. Das nächste kleine Beben erschütterte das Haus. Kurz darauf war ein lauter Schrei von oberhalb zu hören.
»Das war Lily!«
Cassie drängte sich an Oskar vorbei und lief in die Richtung, aus der der Schrei gekommen war.

»Warte doch...!«
Sie verringerte ihr Tempo nicht und blickte auch nicht zurück.
»Was denkt sie sich dabei nur?«, fragte Nora und schüttelte den Kopf.
Dann lief sie hinterher, und Oskar folgte ihr. Als sie ein paar Treppenstufen bezwungen hatten, standen sie vor einer angelehnten Tür. Cassie trat sie auf und stürmte als Erstes in den Raum.
»Lily? Ist alles okay?«
Lily lag am Boden, über ihr stand jemand gebeugt. Als Oskar jedoch genauer hinsah, bemerkte er, dass der Person der Kopf fehlte.
»Dein Schwert.«
Pacey reichte Oskar besagtes Schwert und wischte über die Klinge.
»Danke, Pacey.«
»Das war wirklich in allerletzter Sekunde. Er hatte das Messer in der Hand und war kurz davor, zuzustechen.«
»Wir müssen jetzt hier raus.«
Das Haus wurde erneut von einem starken Beben erschüttert. Oskar sah sich um und blickte dabei unbeabsichtigt auf den abgeschlagenen Kopf. Der Mann hatte eine Totenkopfmaske auf dem Gesicht getragen, er bückte sich und streifte diese ab.
»Was hast du vor?«
»Ich will mir ansehen, wen du da gerade getötet hast.«
Die Augen des Toten waren leer. Es handelte sich nicht um Lord Raigner, Oskar vermutete, dass es der erwähnte Sohn Aaron war. Einen kurzen Moment, bevor er die Maske abgestreift hatte, hatte er gedacht, dass es sich ebenso um Tim hätte handeln können. Nun war er extrem erleichtert, dass das nicht der Fall

gewesen war. Oskar umklammerte das Schwert in seiner Hand und ging vor. Die anderen folgten ihm ohne auch nur eine Sekunde zu zögern. Das Haus brach derweil immer mehr in sich zusammen und sank tiefer in den Morast.

Es dauerte keine zwei Minuten, bis Oskar, Cassie, Nora, Lily und Pacey den Ort des Geschehens unbeschadet verlassen hatten. Aus sicherer Entfernung konnten sie beobachten, wie sich die Erde direkt unter dem Haus langsam öffnete. Das Holz ging in Flammen auf, die in den wolkenverhangenen Nachthim-mel loderten. Bei dem Anblick wurde Oskar mulmig. *Was ist da nur passiert?* Er spürte, wie Cassie nach seiner Faust griff, und öffnete seine Hand.
»Ich habe das Buch mitgenommen«, flüsterte sie.
Er konnte nicht glauben, was er gerade gehört hatte. Hoffnung machte sich in ihm breit.
»Ernsthaft?«
Cassie nickte.
»Ja.«
»Das ist super! So haben wir einen genauen Plan darüber, wie wir beim Wasserfall vorgehen müssen.«
»Was für ein Buch?«, fragte Lily.
Oskar erzählte daraufhin, was sie im Keller gefunden hatten. Als er gerade an der Stelle angekommen war, an der die Petroleumlampe zu Boden gefallen war und sie sich in kompletter Dunkelheit hatten zurechtfinden müssen, gab es einen lauten Knall. Es folgte ein kreischender Schrei, der so laut war, dass Oskar sich die Ohren zuhalten musste. Aus den Flammen stieg tiefschwarzer Rauch auf. Die Erde unter dem Haus öffnete sich langsam, und als Oskar nochmal genauer hinblickte, erkannte

er die Ursache für den fürchterlichen Schrei kurz zuvor. Ohne noch eine weitere Sekunde zu verlieren, rannte er in Richtung der Flammen und hielt das Schwert fest in seiner Hand umklammert.

»Was machst du denn da?«

Aus der Ferne vernahm er Cassies fragende Worte. Er konnte darauf jetzt jedoch nicht eingehen, war zu konzentriert auf das, was er vorhatte. Er schwang das Schwert und stieß die Spitze in den sich öffnenden Erdboden. Das Haus sackte währenddessen immer weiter in die Erde hinab, wenige Augenblicke später ragten nur noch vereinzelte Überreste des brennenden Gebäudes heraus. Oskar spürte, wie ihm der schwarze Rauch ins Gesicht zog und ihn für ein paar Sekunden am Atmen hinderte. Neben sich sah er den toten Körper des Lords – eine klaffende Platzwunde, die bereits abgetrocknet war, zierte seinen Hals. Um ihn herum wurde es immer unruhiger, der Boden vibrierte und alles wackelte. Es folgte eine laute und riesige Explosion. Oskar verlor den Boden unter den Füßen, wurde durch einen riesigen Ruck zurückgeworfen und landete hart auf dem Rücken.

»Ist alles okay?«

Halb benommen vernahm er Cassies ängstliche Stimme.

»Ja.«

Er hustete.

»Was hattest du vor?«, fragte Nora besorgt.

»Ich musste es tun.«

»Was?«

»Den Dämon töten.«

»Wovon sprichst du?«, fragte Pacey.

Während hinter ihnen nun die letzten Reste des Hauses im Bo-

den versanken und der schwarze Rauch gen Nachthimmel stieg, erzählte Oskar, was sie in dem Buch gelesen hatten.
»Wir müssen als nächstes zum Wasserfall«, meinte er abschließend.
»Das war ja schon die gesamte Zeit über unser Ziel«, murmelte Nora.
»Wir müssen auf alle Fälle dieses Tor finden, an dem das Ritual stattgefunden hat. Und vielleicht werden wir es erneut öffnen müssen, um der Wahrheit auf die Spur zu kommen.«
»Wenn Tim das nicht bereits getan hat«, murmelte Oskar.
»Immerhin hat dieser Lord davon gesprochen.«
Der zuvor steinige Boden wurde nun mehr und mehr von schwarzer Erde abgelöst. Sowohl vor und hinter als auch links und rechts von ihnen schossen die Gipfel der einzelnen Berge in die Höhe. Ein Ende des ganzen war nicht abzusehen. Oskar kam diese Umgebung bekannt vor, er konnte sich noch exakt an die Details erinnern, die er in seiner Vision gesehen hatte. Der Wind wurde zunehmend kälter, und der Himmel gefühlt mit jedem Meter etwas dunkler. Das Licht der Sterne wurde immer schwächer. Oskar drehte sich um und konnte in der Ferne noch immer die Reste der Rauchwolke sehen.
»Du musst wirklich aufpassen«, flüsterte Cassie ihm irgendwann zu.
»Hast du dich vorhin verletzt?«
Oskar schüttelte den Kopf, obwohl er von dem Aufprall noch leichte Rückenschmerzen hatte. Das war für ihn allerdings nicht erwähnenswert.
»Ich musste es tun. Das Schwert hat mir den Weg geleitet.«
»Dir hätte etwas passieren können.«
Oskar schüttelte den Kopf.

»Lass uns darüber jetzt nicht nachdenken.«

Er merkte, dass Cassie mit diesem Schlusswort überhaupt nicht zufrieden war. Sie sagte zwar nichts mehr, doch ihr Blick sprach Bände, das konnte er sogar in der Dunkelheit erkennen.

Als Cassie in den nächsten Minuten dann gar nichts mehr sagte, bekam er ein schlechtes Gewissen. Bevor er sie jedoch ansprechen und die Situation etwas beuhigen konnte, rief Pacey:

»Seht euch das mal an.«

Er, Lily und Nora waren bereits ein Stück vorausgegangen und warteten vor einer Felswand.

»Was ist denn?«

»Hier steht etwas Interessantes drauf.«

Pacey machte Platz, so dass Oskar und Cassie sehen konnten, was er meinte. Es handelte sich um eine Steintafel, die in die Felswand gehauen war.

»Flemerzult«, las Oskar laut vor.

»Okay, das ist der Wasserfall und das Höhlensystem. Was noch?«

Direkt unter dem Namen war eine Karte zu sehen. Es war exakt dieselbe Karte, die sie auch schon in dem Buch entdeckt hatten. Pacey jedoch deutete auf einen Text hin, der unter der Karte stand. Es sah aus, als hätte jemand etwas mit einem Messer in das Mondgestein geritzt.

Ihr findet mich beim Wasserfall. Ich werde dort das Ritual aussprechen und das alles beenden. Tim.

Der Weg ging nun über einige Zeit lang steil bergauf. Oskar hatte die Führung übernommen, Cassie folgte ihm auf dem Fuß. Direkt dahinter kam Nora, direkt vor Lily und Pacey, die den Schluss bildeten. Der Anstieg war enorm kraftraubend. Oskar

spürte, wie seine Schuhe über den Boden rutschten und er immer mehr an Halt verlor. Cassie hielt seine Hand festgedrückt, schien ihn nicht mehr loslassen zu wollen. Der Himmel war weiterhin komplett dunkel – es waren wieder die Sterne, die ihnen den Weg leiteten. Ein paar Minuten später hatten sie eine Felsspalte erreicht. Sie war ungefähr zwei Meter breit – ein großer Sprung reichte also aus, um sie überqueren zu können. Oskar zögerte einen Moment und wandte sich den anderen zu.
»Es gibt keinen Weg daran vorbei. Wir müssen hier entlang.«
Pacey drängte sich vor und sprang als erster, ohne etwas zu sagen. Er kam gut auf der anderen Seite auf und sagte:
»Es ist gar nicht so schwer.«
Lily wartete kurz, sah Oskar, Cassie und Nora an.
»Du schaffst das!«, meinte Nora.
»Ich glaube an dich.«
Lily rang sich ein schwaches Lächeln ab – das erste Mal, seit Simon gestorben war, zeigte sie sich so. Oskar dachte über alles nach, was die letzten Tage passiert war. *Wir haben nur Niederlagen erlebt. Verdammt, kann nicht mal etwas Positives passieren?* Oskar glaubte da nicht mehr dran. Der Botschaft, die Tim ihnen hinterlassen hatte, konnte er bisher auch keinen Glauben schenken. *Es wäre zu schön, wenn er noch leben würde.* Nun wagte Lily den nächsten Schritt, holte tief Luft und sprang ebenfalls über die Spalte. Pacey kam ihr entgegen und half ihr, gut auf der anderen Seite zu landen.
Cassie setzte nun ihrerseits zum Sprung an. Auch sie schaffte es, unversehrt auf der anderen Seite zu landen. Oskar überlegte nicht lange und sprang als nächstes – nun fehlte nur noch Nora. Sie wirkte selbstsicher und blickte die anderen ein letztes Mal an. Dann jedoch passierte etwas Unvorhergesehenes. Im Anlauf

rutschte sie weg, verlor in der Luft den Halt und fiel nach vorne. Ihre Hände erreichten gerade so die Felsspalte, während ihr restlicher Körper im Abgrund hängenblieb.
»Nora!«
Ohne zu zögern kam Cassie zwei Schritte näher und bückte sich.
»Nimm meine Hand!«
Sie streckte ihre Hand aus und Nora ergriff diese. Es gestaltete sich als schweres Vorhaben, doch zwei Minuten später hatten sie es geschafft und Nora lag keuchend auf dem staubigen Boden.
»Danke.«
Sie stand auf und umarmte Cassie.
»Du hast mir das Leben gerettet.«

Aus weiter Ferne war das laute Rauschen des Wasserfalls irgendwann zu hören gewesen. Je näher sie dann der Stelle kamen, desto deutlicher wurde das Geräusch.
»Wir sind auf dem richtigen Weg.«
Pacey klang optimistisch. Hinter dem nächsten Felsen konnte Oskar dann endlich einen Blick auf den riesigen Wasserfall werfen. Das Bild, was sich ihm bot, war einfach gigantisch. Von hoch oben, aus einer steinigen Felswand, kam der enorme Wasserschwall. Direkt davor lag ein kleiner See, an einem Steg war ein Ruderboot vertäut. Das Licht der Sterne war an diesem Ort wieder besonders hell, zudem glänzte das Wasser auf unnatürliche Art und Weise.
»Es ist bald so weit.«
Oskar griff nach hinten und bekam Cassies Hand zu fassen. Sie zog sie nicht zurück und zuckte nicht einmal.

»Es tut mir leid. Wegen vorhin.«
»Ist schon okay.«
Oskar spürte, dass immer noch Unzufriedenheit in ihrer Stimme lag. *Sie hat sich berechtigte Sorgen um mich gemacht. Ich glaube, ich habe vollständig den Verstand verloren.* Er schwenkte seinen Blick nun wieder in die Richtung, in die sie gingen. Vor ihnen lag ein steiniger Weg, der sie direkt zum Ufer des kleinen Sees führte. Oskar spürte, wie das Schwert in seiner Hand anfing zu vibrieren. Sein ganzer Körper begann zu kribbeln.
»Wir müssen los. Kommt.«
Tief in seinem Inneren wusste er, dass er dem Schwert folgen musste. Er wusste zwar nicht, ob das der richtige Weg war, doch er hatte im Gefühl, dass es ihn zu einem wichtigen Ort führen würde. *Vielleicht direkt zu Tim?* Je mehr er über alles nachdachte, desto weniger Zweifel hatte er, dass Tim noch lebte. Die Nachrichten sowohl in dem Buch als auch auf der Steintafel waren eindeutig gewesen. *Andererseits ist es verdammt unlogisch.* Unfreiwillig dachte Oskar wieder an seine Vision. *Was, wenn das, was ich gesehen habe, stimmt? Aber... das war vor drei Tagen. Oder?* Er war sich nicht sicher, konnte die Zeit nicht mehr einschätzen. Die Stunden, die er gezwungenermaßen allein verbracht hatte, war er die meiste Zeit über wach gewesen. So hatte er sein Zeitgefühl irgendwo in den Dünen am Ufer des großen Sees verloren. *Wenn die Vision stimmt*, fuhr Oskar seinen Gedankengang fort, *dann ist er bereits tot und wir haben keine Chance, ihn zu retten.* Er spürte hinter sich, wie die Gruppe immer dichter zusammenrückte. Er drehte sich um, und versuchte, in die Gesichter jedes einzelnen zu blicken. Cassie stand direkt hinter ihm, und in ihren Augen stand die blanke Angst.

Nicht ein einziger Funke Hoffnung war zu sehen. Die Haare hingen ihr in Strähnen über die Stirn, zudem atmete sie in unruhigen Abständen. *Sie ist nervöser als ich, kann das aber nicht so zeigen.* Oskars Blick schwenkte weiter. In Noras Augen spiegelte sich das komplette Gegenteil zu Cassie wider. Die Nachricht, die Tim hinterlassen hatte, schien alles in ihr rehabilitiert zu haben. *Sie hat ihr einen kompletten Neustart versetzt. Hoffentlich verkraftet sie es, wenn das hier nicht gut ausgehen sollte.* Pacey wirkte auf Oskar einfach nur fokussiert. Er verzog keine einzige Miene, in seinem Gesicht regte sich nichts. Er registrierte Oskars Blick und sah fragend zurück. Direkt neben Pacey endete sein Blick dann bei Lily. Ihre schwarzen Haare sahen verschwitzt aus, in ihrem Gesicht war noch immer der Schock zu sehen. *Sie denkt noch über das nach, was vorhin in dem Haus passiert ist.* Pacey hatte den Blickkontakt zu Oskar mittlerweile wieder abgebrochen, und so wagte Oskar einen weiteren Blick zu ihm. Nichts. Totale Emotionslosigkeit. Oskar schüttelte innerlich den Kopf. *Er hat eben einen Menschen getötet. Was geht in seinem Kopf vor? Hat er das Hanze noch nicht realisiert?*

»Wir nehmen das Boot«, meinte Nora, als sie den Steg erreicht hatten.

Sie klang genauso, wie sie auf Oskar den Eindruck gemacht hatte. Hoffnungsvoll. Oskar sah sich das Boot genauer an. Es wirkte ziemlich instabil und morsch. Eines der beiden Ruder war bereits etwas zerbrochen, und vom Griff fehlte ein kleines Stück.

»Es passen nur zwei in das Boot hinein. Es wäre viel zu riskant, wenn wir alle uns dort hineinsetzen. Es wirkt auf mich nicht wirklich stabil.«

»Ich muss auf jeden Fall dort hin«, meinte Nora.
Ihre Stimme war voller Entschlossenheit.
»Ich begleite dich«, sagte Oskar.
Er warf Cassie direkt einen Blick zu, weil er wusste, dass ihr das ganz und gar nicht gefallen würde.
»Wir werden uns nur eben umschauen und euch dann nach und nach ebenfalls auf die andere Seite befördern.«
»Pass einfach nur auf dich auf.«
Sie umarmte ihn und drückte ihm einen Kuss auf die Stirn. In diesem Moment bemerkte Oskar, wie eine Menge Gewicht von seinen und auch von ihren Schultern abfiel. *Erleichterung. Wir haben uns, und das soll auch für immer so bleiben.*
»Achtet auf das Wasser«, mahnte Pacey und deutete auf ein vermoostes Holzschild am Ufer.
Auf diesem war ein Xoparahm zu sehen. Oskar spürte plötzlich, wie ihn eine eiskalte Welle einhüllte. *Schwertfische.* Er schluckte und dachte wieder an das, was in dem Schiffswrack in der Eiswüste passiert war. *Sophia.* Er sah vor seinem inneren Auge wieder, wie sich das Schwert quälend langsam in ihren Hals bohrte.
»Wir schaffen das schon.«
Nora wandte sich ihm mit einem Lächeln im Gesicht zu. Es erleichterte ihn und gab ihm die Kraft, die er in diesem Moment brauchte.
»Selbstverständlich. Sobald wir uns drüben umgesehen und die Umgebung gecheckt haben, kommen wir zurück und holen euch nach und nach rüber.«
Fünf Minuten später schlug Oskar bereits zum zehnten Mal das Paddel ins Wasser. Sie entfernten sich immer weiter vom Ufer und näherten sich dem Wasserfall. Dennoch war es ein Kraftakt,

das Ruderboot überhaupt voranzubringen. Auf der unruhigen Wasseroberfläche schwankte das Gefährt hin und her.
»Danke, dass du direkt mitgekommen bist«, sagte Nora.
»Selbstverständlich. Tim ist genauso mein Freund wie er deiner auch ist.«
Während Oskar sprach senkte Nora ihren Kopf zu Boden. Nach zwei weiteren Paddelschlägen fragte Oskar:
»Ist alles okay?«
»Ja. Ich weiß nur nicht, wie ich ihm gegenübertreten soll, wenn es so weit ist.«
»Was meinst du?«
»Ich habe ein schlechtes Gewissen.«
Je näher sie dem Wasserfall kamen, desto nachdenklicher und zurückgezogener wirkte Nora.
»Erzähl.«
»Nun ja, als wir auf dem Weg zur Festung waren ist etwas passiert, was nicht hätte passieren dürfen.«
Sie schluckte.
»Ich habe die Kontrolle über mich selbst verloren. Es war einfach so... es hat sich so gut angefühlt. Ich habe ihn geküsst.«
»Was ist mit...?«
Oskar wusste nicht, wie er es ansprechen sollte, doch Nora konnte aus seinen Augen lesen, was er ihr sagen wollte.
»Willow? Nun ja, es ist in der Nacht passiert. Ich habe ihn unter einem Vorwand in den Wald gelockt und dann ist es passiert.«
»Liebst du ihn?«
Der Wasserfall kam immer mehr in Reichweite und es wurde stetig lauter. Nora nickte nur, sie sagte nichts mehr. Es dauerte ein paar Sekunden, bis sie schließlich das Schweigen brach.
»Das, was mit Willow im Garten der Finsternis passiert ist, ist

ganz furchtbar. Ich vermisse sie wirklich, sie war eine gute Freundin. Und genau deswegen habe ich wegen dieser unüberlegten Aktion jetzt auch solche Gewissensbisse.«
Oskar nahm ihr ab, dass sie wirklich sehr unter dem Verlust von Willow litt. Nora war bisher immer ehrlich gewesen, und er konnte in ihren Augen erkennen, dass es dieses Mal nicht anders war.

Flemerzult

»Wenn wir ihm erzählen müssen, dass sie tot ist, wie machen wir das?«
Noras Stimme brach, sie war den Tränen nahe.
»Ich weiß es nicht.«
Oskar ließ das Paddel etwas lockerer und beugte sich zu Nora nach vorne. Cassie, Lily und Pacey waren nur noch in weiter Ferne als Schatten zu erkennen.
»Wir finden ihn, und danach denken wir über alles andere nach. Okay?«
»Einverstanden.«
Nora nickte und wischte sich die Tränen aus den Augen. Plötzlich begann das Boot komplett unvermittelt zu wackeln. Kaltes Wasser schwappte ins Innere.
»Halt dich fest!«
Etwas schlug gegen das Holz und durchbohrte es fast. Oskar wusste direkt, dass es sich um einen der Schwertfische handelte, vor denen das Schild am Ufer gewarnt hatte.
»Pass auf!«
Rechts neben dem kleinen Boot tauchte ein großer Schatten auf. Ein größeres Exemplar der Schwertfische schlug die scharfe Spitze gegen die Flanke des Boots. Noch mehr Wasser flutete den Innenraum, und das Boot wackelte so heftig, dass Oskar Mühe damit hatte, nicht herauszufallen. Nora rutschte vorsichtig nach links, um das Gleichgewicht etwas wiederherzustellen. Damit bewirkte sie jedoch genau das Gegenteil. Das Boot kippte, sie schlug wild mit den Armen um sich und landete im kalten Wasser. Oskar beugte sich ohne zu zögern nach vorne,

und versuchte, Nora mit aller Kraft wieder ins Boot zu hieven. Sie schrie auf als direkt neben ihr ein Schatten auftauchte. Bevor der Schwertfisch angreifen konnte, hatte Oskar es jedoch geschafft, sie wieder in das instabile Ruderboot zu befördern.
»Danke!«, keuchte sie und spuckte etwas Wasser auf den Boden.
»Das war verdammt knapp.«
Oskar konnte ihr nicht antworten, er war zu sehr damit beschäftigt, das Boot auf Kurs zu halten. Es schwankte nun nicht mehr ganz so stark wie zuvor, und auch das Gewässer war etwas ruhiger. Einige Minuten später hatten sie ohne weitere Vorfälle den Wasserfall erreicht. Oskar ließ Nora als Erstes aus dem Boot aussteigen und war erleichtert, dass sie beide es unverletzt geschafft hatten. In der Höhle war es nicht ganz dunkel, durch einige Ritzen im Stein drang Sternenlicht und erhellte die Umgebung. Oskar fühlte sich sofort wieder in seine Vision zurückversetzt und konnte den Weg, den sie jetzt gehen mussten, blind voraussagen.
»Folge mir, ich weiß, wo wir lang müssen.«
Nora sagte nichts, sie versuchte bloß, Schritt mit ihm halten zu können. Das fiel ihr jedoch schwer, Oskar lief immer ein paar Meter voraus und Nora musste durch die Dunkelheit stolpern.
»Warte mal«, sagte sie dann irgendwann keuchend.
»Ich kann dein Tempo nicht halten.«
Oskar verlangsamte seinen Schritt und hielt das Schwert fest in den Händen. Während sie auf dem Boot gewesen waren, hatte es die gesamte Zeit über im Innenraum gelegen und war wie durch ein Wunder nicht über Bord gegangen. *Es hat den Strapazen standgehalten und wird uns auch jetzt weiterhelfen.* Oskar spürte seine Hände kaum noch. Das Wasser war so kalt

gewesen, dass sie für einen Moment taub gewesen sein mussten. Da es in der Höhle auch nicht sonderlich warm war, dauerte es umso länger, bis sie wärmer wurden. Die Klinge des Schwertes hingegen fing fast an zu glühen und strahlte plötzlich ein rotes Licht aus.
»Das habe ich schonmal gesehen. Wir müssen dem Licht folgen.«
Nora stellte keine Fragen, sie fügte sich dem, was Oskar sagte. Gemeinsam wagten sie sich tiefer hinein in die Grotte des Wasserfalls. Das Wasser floss stetig neben ihnen, doch das Rauschen des riesigen Wasserfalls wurde mit jedem weiterem Meter leiser, da sie sich immer weiter davon entfernten. Der rote Lichtstrahl führte sie zu einer Abzweigung.
»Hier war ich in meiner Vision«, meinte Oskar.
»Ich konnte dort hoch. Allerdings ist jetzt alles versperrt.«
Er deutete auf einen zugeschütteten Durchgang. Felsbrocken jeder Größe hatten sich aus der Decke gelöst, und es war zwar möglich, sie zu passieren, doch Oskar wollte kein Risiko eingehen. Die Steine sahen ziemlich rutschig aus.
»Was machen wir jetzt?«
»Wir müssen einen anderen Weg gehen.«
»Und wo willst du lang?«
»Geradeaus ist immer eine gute Lösung.«

Je weiter die Zeit voranschritt, desto unruhiger wurde Cassie. Als Oskar und Nora schon über fünf Minuten nicht mehr zu sehen waren, sagte sie:
»Wir müssen ihnen folgen. Es führt kein Weg daran vorbei.«
»Wie willst du den See überqueren?«, fragte Pacey.
Cassie war unterdessen schon vorausgegangen. Sie hatte den

Steg verlassen und stand nun wieder auf dem steinigen Boden vor dem Ufer.

»Es gibt sicherlich einen Weg, der außenherumführt.«

Pacey und Lily warfen sich einen kurzen Blick zu und folgten Cassie dann. Der Weg führte in einem großen Bogen um den See. Sie ließen den Wasserfall erstmal hinter sich und umrundeten das Gewässer. Cassie war Lily und Pacey ein paar Schritte voraus. Sie sagte nichts und ging ihren eigenen Weg.

»Glaubst du, sie sind in Gefahr?«, flüsterte Lily an Pacey gewandt.

»Nein. Wir hätten einfach warten sollen.«

Er rollte mit den Augen.

»Aber ich möchte sie auch nicht allein gehen lassen.«

»Cassie!«, rief Lily.

Keine Reaktion. Sie schien tief in sich versunken und fokussiert zu sein.

»Warte doch mal auf uns!«

Sie verlangsamte jedoch nicht, sondern erwartete, dass Pacey ihr direkt folgte. Das tat er auch, obwohl er währenddessen laut aufstöhnte. Eine halbe Stunde später hatten sie die östliche Seite des Felskomplexes erreicht. Auch hier gab es wieder einen Steg, an dem allerdings kein Boot vertäut war. In der Ferne war der große Wasserfall gut zu erkennen.

»Schaut mal!«

Cassie schien vollständig aus ihrer Lethargie erwacht zu sein.

»Hier ist ein Eingang.«

Sie deutete auf einen engen Spalt im Felsen, der einen Durchgang bildete. Pacey und Lily folgten ihr. Alle mussten sich ducken, da der Gang etwas zu niedrig war um aufrecht gehen zu können. Das hielt jedoch nicht lange an, ein paar Meter spä-

ter hatten sie bereits eine Stelle erreicht, an der sich die Decke immer weiter entfernte. Es war in der Höhle nicht komplett dunkel. Das Sternenlicht von außerhalb bildete die einzige Beleuchtung, doch es reichte aus, um sich ohne Probleme orientieren zu können. Vor ihnen war das beständige Rauschen des Wasserfalls zu hören. Mit der Zeit wurde der Gang wieder schmaler. Der Abstand von der Decke zum Boden und auch der von den beiden Wänden zueinander wurde immer geringer. Irgendwann konnten sie nur noch hintereinander gehen. Cassie ging vor, Lily folgte ihr und Pacey bildete den Schluss. Von der Decke tropfte schmutziges Wasser in regelmäßigen Abständen herunter und benetzte Cassies Haare. Sie ließ sich davon jedoch nicht aus der Ruhe bringen. Der Steinboden wurde mehr und mehr von einer Schlammschicht bedeckt, die das Vorankommen erschwerte. Gerade, als Cassie dabei war, ihren Fuß wieder aus der dreckigen Erde zu ziehen und dabei ihren Schuh nicht zu verlieren, spürte sie, wie eine eiskalte Hand ihren Knöchel ergriff. Erschrocken trat sie um sich, versuchte, sich aus dem Griff zu befreien. Dieser blieb jedoch eisern um ihren Knöchel verankert. Lily holte mit ihrem Fuß aus und trat gegen die Hand, was dazu führte, dass sich der Griff für einen kurzen Moment lockerte. Diesen Moment nutzte Cassie und befreite ihren Fuß wieder. Es blieb jedoch nicht bei einer einzigen Hand. Mit jeder weiteren Sekunde schossen immer mehr aus dem Boden und schienen die Gruppe regelrecht einkesseln zu wollen.
»Kommt, lasst uns hier raus!«
Cassie rannte voraus, Lily und Pacey versuchten, mit ihr Schritt halten zu können. Der Schlamm floss in die Richtung, in die sie liefen, und endete erst auf Höhe eines Schachtes, der etwa einen Durchmesser von einem Meter hatte. Dahinter lag wieder nor-

maler Steinboden, auch von den Händen gab es hier keine Spur mehr.
»Wir müssen nur noch die Stelle da vorne überqueren, dann haben wir es erstmal geschafft.«
Cassie deutete auf den Schacht, aus dem es ziemlich übel roch. *Verwesung. Tod.* Das war jedoch nicht das einzige, und mit einem weiteren undefinierbaren Geruch sorgte die Mischung dafür, dass Cassie übel wurde. *Da müssen wir jetzt nun mal durch*, dachte sie, und sprang, ohne ein weiteres Wort zu verlieren, über die Öffnung. Mit beiden Füßen voraus landete sie sicher auf der anderen Seite. Sie drehte sich sofort um und streckte ihre Hand aus.
»Kommt!«
Lily sprang als nächstes. Sie konnte dem Angriff einer Hand gerade so ausweichen und hielt sich an Cassie fest.
»Danke«, murmelte sie.
Pacey war gerade mit den Angreifern beschäftigt, er konnte sich nicht von der Stelle bewegen. Die Hände waren nun ausschließlich auf ihn fokussiert, und er schaffte es nicht, sie abzuschütteln.
»Ich helfe dir!«
Lily wollte wieder auf die andere Seite, doch Cassie hielt sie zurück.
»Begib dich nicht auch noch in Gefahr.«
»Pacey braucht unsere Hilfe!«
Pacey schüttelte den Kopf.
»Es geht schon. Scheiße.«
Er drehte sich im Kreis und trat wild durch die Gegend, versuchte so, sich etwas Luft zu verschaffen. Die meisten Tritte endeten jedoch in der Leere. Er probierte es ein weiteres Mal und nahm

dann Anlauf.
»Tretet zur Seite!«
In dem Moment, in dem er abspringen wollte, sah Cassie das Unheil schon kommen. Die letzte Hand, das letzte Hindernis, was ihm vor dem Schacht noch im Weg stand, griff nach seinem Fuß und erwischte ihn. Sein Schuh löste sich, und Pacey verlor in der Luft den Halt. Er schaffte es nicht, sich am Rand des Schachtes festzuhalten - und stürzte in die Tiefe.

Der Weg führte Oskar und Nora immer tiefer in die Grotte des Wasserfalls. Der Fluss war ihr stetiger Begleiter, sie folgten ihm bis tief ins Innere der Höhle.
»Wir müssen nach oben«, murmelte Nora.
»Du hast ihn in deiner Vision dort gesehen, oder?«
»Das stimmt. Aber das muss nichts heißen...«
Nora sah ihn fragend an.
»Es muss erstmal einen Weg geben.«
Oskar deutete nach vorne. Vor ihnen war erstmal nichts zu sehen, die Passage führte nur geradeaus.
»Es gibt aktuell keinen, der uns nach oben führt.«
Der Flusslauf führte genau in die Richtung, in die sie unterwegs waren.
»Lass uns einfach fürs erste dem Wasser folgen. Es ist die einzige Möglichkeit die wir haben.«
»Okay, du hast recht.«
Nora fasste sich plötzlich ans Schienbein.
»Scheiße.«
»Was ist los?«
»Ich wurde vorhin von einem Schwertfisch getroffen.«
»Zeig mal.«

Mit zusammengebissenen Zähnen krempelte sie das Bein ihrer Hose hoch. Oskar bückte sich und begutachtete die Stelle. Etwas oberhalb ihres Knöchels entdeckte er den Einstich. Aus der Wunde war bereits einiges an Blut in ihre Socke gelaufen. Oskar zog sie ihr aus und presste sie auf die verletzte Stelle.
»Geht es?«
»Ja.«
Sie verzog schmerzverzerrt das Gesicht, nickte aber trotzdem.
»Wir können weiter.«
Sie krempelte die Socke einmal um und zog sie sich dann wieder über.
»Es ist zum Glück wirklich nicht dramatisch, der Schwertfisch hat mich nur gestreift.«
Oskar half Nora wieder auf die Beine.
»Kannst du gehen?«
»Ich versuche es.«
Oskar ging etwas langsamer und versuchte, Nora zu stützen. So kamen sie zwar nicht wirklich schnell, aber dafür ohne Schmerzen voran. Ein paar Minuten später hatten sie etwa die Mitte der Passage erreicht. Die Decke war bloß wenige Zentimeter von ihren Köpfen entfernt. *Immerhin können wir aufrecht gehen.* An dieser Stelle war es besonders hell, ein Lichtstrahl hatte sich seinen Weg durch ein Loch in der Wand gebahnt. Oskar hockte sich auf die Knie und versuchte, durch das Loch zu schauen. Er kniff sein linkes Auge zu und sah sich das an, was draußen passierte.
»Guck dir das mal an!«, sagte er nach wenigen Sekunden. Bevor er für Nora Platz machte, ließ er die ganze Szenerie ein letztes Mal auf sich wirken. Durch das Loch bot sich ihm ein unglaubliches Bild. Etwas in der Ferne war ein blauer Planet zu

sehen. *Die Erde!* Im strahlenden Licht des anderen, fernen Planeten wirkte Ehygea grau und trist. *Ausgestorben.* Vor ihnen war es allerdings nicht dunkel, sondern hell. Ein verlassenes Feld im grauen Nebel, beleuchtet durch das Licht des anderen Planeten. *Ist das vielleicht unsere Rettung?* Er wurde plötzlich ganz nervös.

»Schaut nach unserer nächsten Aufgabe aus«, murmelte Nora.

»Dann passt das Schild ja perfekt.«

Sie deutete auf ein altes, an die Höhlenwand gehängtes Holzschild.

»Die helle Seite von Ehygea«, las Oskar vor.

»Einen Tagesmarsch entfernt«, ergänzte Nora und deutete auf etwas klein geschriebenes direkt darunter.

»Der Pfeil führt genau in diese Richtung.«

»Wir sind also auf dem richtigen Weg.«

Oskar legte ihr eine Hand auf die Schulter.

»Vertraue mir, ich habe ein gutes Gefühl.«

Sie setzten ihren Weg fort. Nun hatten sie endlich wieder ein Ziel vor Augen. Oskar war sich bisher unsicher gewesen, was sie tun sollten, nachdem sie den Ort am Wasserfall erreicht hatten, an dem er Tim gesehen hatte. Jetzt gab es wieder etwas, was ihn motivierte, weiterzumachen. *Vielleicht.* Er mahnte sich selbst noch zur Vorsicht, wollte trotzdem unbedingt die besagte Stelle erreichen. Er nahm das Schwert in die andere Hand und ging weiter, Nora folgte ihm. Etwas später endete der Durchgang, und es folgte eine Abzweigung. Es gab nun zwei Möglichkeiten: ein Weg führte nach links, und eine Art Durchgang in der Decke, ein Loch, welches sie höher führte.

»Lass uns nach oben. So kommen wir der Stelle, die ich gesehen habe, zumindest etwas näher.«

Nora verneinte das nicht. Sie wirkte aufgeregt und gleichzeitig auch nervös. Es gestaltete sich als enorm anstrengend, an den Wänden hochzuklettern. Oskar versuchte es als erstes, brauchte jedoch insgesamt drei fehlgeschlagene Anläufe, bevor er es schaffte. Seine Finger waren aufgekratzt von den harten Steinwänden, doch er spürte den Schmerz kaum, war froh, es endlich geschafft zu haben. Um Nora etwas zu helfen, streckte er seine Hand aus und konnte sie so ohne Probleme zu sich heraufziehen. Vor ihnen lag jetzt links eine schmale Passage, bevor es am Ende des Ganges wieder in eine untere Ebene ging.
»Da lag ich wohl doch falsch«, murmelte Oskar.
»Ich glaube trotzdem noch, dass wir auf dem richtigen Weg sind.«
Wenige Augenblicke später waren sie bei dem Schacht angekommen. Bevor Oskar sich an den Abstieg machen konnte, sagte Nora:
»Sieh mal!«
Sie zeigte auf etwas an der Innenseite des Schachtes. Oskar musste kurz blinzeln, er konnte nicht glauben, was er gerade sah. Passend zu dem blutigen Handabdruck ertönte eine bekannte Stimme tief unter ihnen.

Cassie dachte nicht lange darüber nach und nutzte die Leiter, die sie an der Seite des Schachtes entdeckte, um hinunter zu gelangen.
»Pacey?«
Lily folgte ihr und rief laut seinen Namen. Er gab keine Antwort.
»Scheiße, wie konnte das passieren?«, fragte Lily.
»Wir waren zu langsam«, murmelte Cassie und setzte ihren

Weg fort.
Der Gestank wurde mit jedem weiterem Schritt unerträglicher. Die Luft im Schacht war schwülwarm, was das Ganze noch zusätzlich verschlimmerte. Cassies Augen begannen zu tränen.
»Pacey?«
Nun erklang ein dumpfes Stöhnen. Flaches Atmen, unregelmäßig, aber definitiv vorhanden. *Er lebt!* Cassie wurde deswegen etwas schneller und hatte wenig später den Boden erreicht. Dieser war, wie schon oberhalb des Schachtes, vollständig mit Schlamm bedeckt, der von den Schachtwänden nach unten floss. Sie sank bis zu den Knien im Schlamm ein. Ohne zu zögern bückte sie sich und durchwühlte den Schlamm, versuchte so, Pacey irgendwie zu finden. Sie musste würgen, schaffte es jedoch vorerst, den Brechreiz zurückzuhalten. Ein paar Zentimeter weiter links stieß sie auf etwas, was sich wie ein Arm anfühlte. Sie wühlte etwas tiefer und fand dann auch noch Paceys Oberkörper.
»Ich habe ihn!«
Lily watete durch den Schlamm zu ihr und versuchte, den Körper freizulegen.
»Lebt er noch?«
»Er atmet. Aber er scheint nicht bei Bewusstsein zu sein.«
Es gestaltete sich als sehr schwer, Pacey durch den Schlamm nach oben zu ziehen. Sie versuchten es beide an einem Arm, doch der Körper sackte immer wieder in sich zusammen. Er war zu schwer.
»Pacey?«
Lily rüttelte ihn an der Schulter.
»Wir müssen sein Gesicht freilegen, sonst erstickt er.«
Sie tasteten unterhalb des Schlammes nach seinem Gesicht und

versuchten so irgendwie, ihm das Atmen zu ermöglichen. Aus dem schummrig beleuchteten Teil hinter ihnen tauchten plötzlich Geräusche auf. Cassie spürte, wie ihr vom einen auf den anderen Moment eiskalt wurde.
»Pacey, wach auf!«
Verzweifelt half sie Lily dabei, Pacey irgendwie wieder an die Oberfläche zu holen.
»Ich... ich...«
Seine Stimme war zu schwach. Er hustete und spuckte etwas Schlamm aus.
»Kannst du aufstehen?«
»Ich spüre meine Beine nicht.«
Lily bückte sich nach unten und versuchte, Pacey unter den Armen zu greifen und ihn irgendwie aufrecht ziehen zu können.
»Hilf mir doch!«
»Er ist zu schwer verletzt. Wir kriegen ihn nicht von der Stelle.«
»Willst du ihn hier zurücklassen oder was?«
Lily drehte sich zu Cassie. Ihr Gesicht war feuerrot.
»Wir haben keine andere Wahl.«
»Verdammt! Würdest du das auch sagen, wenn statt Pacey Oskar vor uns liegen würde?«
Im selben Moment schlug sich Lily die Hand vor den Mund. Sie wusste, dass sie gerade etwas gesagt hatte, was nicht okay war. Bevor Cassie jedoch etwas entgegnen konnte, beendete Pacey die Diskussion.
»Lily, sie hat recht. Ich schaffe es nicht.«
»Aber wir können doch nicht...«
»Wir müssen!«
Cassie sah sie ernst an, Lily senkte den Blick.
Von der Decke begann es plötzlich zu tropfen. Im nächsten Mo-

ment wurden die Geräusche wieder lauter, und auf einmal wurde die schummrige Umgebung in ein weißes, helles Licht getaucht. Etwas traf Cassie an der Stirn und streckte sie nieder. Sie verlor den Halt und landete mitten im Schlamm. Sie spürte, wie die eklige Flüssigkeit in ihren Mund lief und schluckte sogar etwas davon, bevor sie wieder aufstehen konnte. Lily stand direkt vor ihr und hatte ihr auf die Beine geholfen.
»Was war das eben?«
Cassie drehte sich um. Was sie erblickte, ließ sie erschaudern.

»Hallo?«
Schwach. Oskar erkannte diese Stimme jedoch sofort und war in diesem Moment so erleichtert wie nie zuvor in den letzten Tagen.
»Tim?«
»Oskar?«
»Warte, wir kommen runter zu dir.«
An den Schachtwänden gab es eine Leiter, die Oskar nutzte, um eine Etage tiefer zu gelangen. Ein paar Sekunden später endete diese jedoch, und er musste die letzten beiden Meter auf den Boden springen. Im glitzernden Licht des sprudelnden Wassers stand Tim. Er sah abgekämpft und erschöpft aus und machte einen verwirrten Eindruck. Oskar ging auf ihn zu und nahm ihn in die Arme.
»Hey, wo warst du?«
»Ich habe mich verlaufen. Irgendwann bin ich dann hier gelandet.«
»Was ist passiert?«
In diesem Moment hatte Nora ebenfalls den Boden erreicht. Sie lief auf Tim zu und umarmte ihn. Tim reagierte unsicher, aber

nicht zurückweisend. Er ließ sie gewähren und sprach erst wieter, als sich die Umarmung gelöst hatte.
»Wo sind die anderen?«
»Willow und Simon haben es nicht geschafft.«
Oskar sprach über alles, was passiert war, bis er von Simon getrennt worden war und beinahe gestorben wäre. Danach übernahm Nora und erzählte alles, was sie erlebt hatten. Sie ließ keine Details aus.
»Wahnsinn«, meinte Tim.
Seine Stimme klang tonlos. Er wirkte unfassbar traurig, wollte jedoch nicht zulassen, dass Oskar und Nora das mitbekommen könnten.
»Als die Wirkung dieser Flüssigkeit irgendwann nachgelassen hatte wusste ich, was für einen Fehler ich gemacht hatte. Dann war es jedoch schon viel zu spät, und ich bin einfach weitergelaufen.«
Er legte eine kurze Pause ein.
»Den Rest erzähle ich euch allen später. Ich habe viele interessante Dinge erlebt. Wisst ihr, wo Cassie, Lily und Pacey sind?«
»Wir haben sie am Ufer zurückgelassen. Wir sind aber schon ziemlich lange weg... ich glaube, sie sind uns bereits gefolgt. Wir sollten sie suchen.«
»Ihr müsst mir bei einer Sache helfen.«
Tim war unklar, wie er sich am besten ausdrücken konnte.
»Wir müssen das Tor zur Hölle öffnen, und ich brauche dazu etwas Blut von euch beiden.«
In dem Moment, in dem er seinen Satz ausgesprochen hatte, wurde die Höhle von einem Beben erschüttert. Wenige Sekunden später schwappte eine riesige Welle durch den Raum und

riss Oskar, Tim und Nora von den Beinen.

Cassie musste einem weiteren Angriff ausweichen, bevor sie die Situation überhaupt begreifen konnte. Aus dem knietiefen Schlamm hatten sich weiße Wesen erhoben. Sie bestanden aus scharfen Knochen und sahen aus wie lebende Skelette. Pacey blieb weiterhin regungslos am Boden liegen. Die Angreifer hatten ihn binnen weniger Sekunden vollständig belagert und machten sich über seinen Körper her. Seine schwachen Schreie erstickten im Schlamm, in dem auch sein Gesicht immer tiefer versank.
»Komm!«
Cassie spürte, wie Lily an ihrer Schulter zog.
»Wir können jetzt nichts mehr für ihn tun.«
Sie klang sehr traurig. Cassie reagierte schnell und folgte Lily die Leiter hinauf. Eine der untoten Kreaturen griff nach ihrem Knöchel und bekam diesen tatsächlich zu fassen. Die Hand blieb am Schlamm kleben, und Cassie versuchte, sie irgendwie wieder loswerden zu können. Dabei verlor sie jedoch das Gleichgewicht und fiel von der zweiten Stufe der Leiter wieder auf den Boden. Lily sprang ohne zu zögern hinterher und half ihr dabei, die Angreifer loszuwerden. Das war ein schweres Vorhaben, sie konnten ihre Füße im knietiefen Schlamm kaum bewegen. Zudem wurden die Wesen immer mehr, belagerten sie nahezu.
»Du musst dich in Sicherheit bringen!«, rief Cassie.
Lily schüttelte den Kopf.
»Auf gar keinen Fall.«
Sie wandte eine enorme Kraft auf und zerstörte zwei Gegner mit einem Tritt. Die Knochen zerbrachen einfach und versanken

im Schlamm. Cassie hatte so wieder etwas Luft und konnte sich besser bewegen. Sie versuchte, mit derselben Vorgehensweise wie Lily zu verfahren, und hatte so tatsächlich Erfolg. Bevor sie die Treppen erklomm, warf sie unfreiwillig nochmal einen letzten Blick auf Paceys Körper. An einigen Stellen waren nur noch blanke Knochen zu sehen, die Wesen hatten ihm dort komplett die Haut vom Körper gerissen. Der Rest wurde vom braunen Schlamm verdeckt. Lily half Cassie die letzten Meter hoch, zog sie aus der Schachtöffnung auf den harten Boden.
»Danke«, keuchte Cassie.
»Wir müssen wirklich verdammt aufpassen.«
Sie schluckte und versuchte, die Tränen zurückzuhalten. Das gelang ihr jedoch nur für wenige Sekunden. Cassie nahm sie in den Arm.
»Wir konnten nichts für ihn tun. Es war ein Unglück.«
»Es tut mir leid, dass ich das vorhin gesagt habe.«
Cassie wusste, was sie meinte.
»Ist schon gut. Du hast mich eben gerettet, darauf kommt es an. Danke.«
Sie klopfte Lily beruhigend auf die Schulter.
»Wir dürfen nicht daran denken, wen wir alles schon verloren haben. Das würde uns nur deprimieren und uns sämtliche Kräfte rauben.«
Als sie diese Worte aussprach, geschah genau das. Sie spürte, wie sie sich exakt so fühlte, als wäre von einen auf den anderen Moment jede Hoffnung verschwunden. *Leer. Ausgelaugt.* Sie setzte sich neben Lily auf den Boden und versuchte, ihre Arme zumindest etwas von dem stinkenden Schlamm zu befreien. Es dauerte ein paar Minuten, bis sie sich dazu entschieden, ihren Weg fortzusetzen. Das grausame Geräusch aus dem Schacht

verfolgte sie noch lange Zeit. Es klang so, als würden die Knochenkrallen der untoten Wesen auf Fleisch stoßen und es langsam zerreißen. Sie versuchte, den Gedanken auszublenden, dass es sich hierbei um Pacey handelte, schaffte das allerdings nicht. Immer wieder sah sie vor ihrem inneren Auge sein Gesicht. *Oskar und Nora. Wir müssen die beiden finden.* Der Boden wurde wieder steiniger, der Schlamm verschwand nach und nach. Der Geruch besserte sich jedoch kaum, es klebte noch zu viel Schlamm an beiden. Cassie hatte sich allerdings mittlerweile daran gewöhnt und fand es nicht mehr so schlimm wie am Anfang. Die Decke rückte nun immer näher an den Boden heran, der Abstand verringerte sich mit jedem Meter. Zudem wurde es etwas kälter. Cassie wischte sich eine Mischung aus Schweiß und Schlamm von der Stirn und drehte sich um.
»Meinst du, wir sind hier richtig?«
»Ich denke schon. Wir bewegen uns immer näher auf den Wasserfall zu, und in die Richtung sind Oskar und Nora ja unterwegs gewesen.«
Der Weg nahm langsam eine kleine Steigung an. Cassie wertete dies als gutes Zeichen. Immerhin lag der Punkt, von dem Oskar gesprochen hatte, auf der Höhe aus der der Wasserfall entsprang. Ein paar Öffnungen führten wieder in Schächte unterhalb des Ganges, doch sie dachten nicht einmal mehr darüber nach, den Weg zu ändern. Das Geräusch von den zerberstenden Knochen verfolgte Cassie während der gesamten Zeit, sie bekam es nicht aus ihrem Kopf heraus. Es hatte sich wie ein Parasit festgesetzt und nährte sich von ihrem Verstand.
»Die Stille macht mich nervös«, murmelte Cassie.
»Geht mir genauso«, stimmte Lily zu.
»Aber viel zu erzählen haben wir uns nicht.«

Es folgte eine kurze Pause.
»Wir sollten froh sein, dass diese Wesen nicht hier oben leben.«
»Da unten hat es fürchterlich gerochen«, meinte Lily.
»So etwas abartiges habe ich noch nie erlebt.«
»Das stimmt. Komm, lass uns weiter. Ich kann es kaum erwarten, Oskar und Nora wiederzusehen.«

Es geschah so schnell und unerwartet, dass Oskar nicht in der Lage gewesen war, rechtzeitig zu reagieren. Er bemerkte, wie das Schwert aus seiner Hand rutschte und mit dem Wasser fortgespült wurde. Er legte all seine Kraft in die beiden Schwimmzüge, die er machte, es wieder erreichen zu können. Er bekam es zu fassen und versuchte, so schnell wie möglich aufzutauchen, um Luft zu holen. Dazu musste er sich durchschlagen, und spürte, wie er die Wasserdämonen mit seinem Schwert erledigte. Er musste für ein paar Sekunden Wasser atmen, hustete und erreichte dann endlich die Oberfläche. Wild um sich schlagend versuchte er, seine Gegner etwas in Schach zu halten. Das gelang ihm auch ganz gut, wenig später hatte er eine kleine Gasse geschlagen, durch die er sich seinen Weg zu Tim und Nora bahnen konnte. Er erledigte noch viele weitere Wasserdämonen mit seinem Schwert, bevor er die beiden zu fassen bekam. Prustend tauchten sie auf und keuchten.
»Was zur Hölle war das?«, fragte Nora.
Sie spuckte etwas Wasser zur Seite.
»Dämonen«, murmelte Tim.
»Wir sind hier schließlich in der Nähe der Quelle.«
Es dauerte ein paar Minuten, bis Oskar ihre Gegner so weit dezimiert hatte, dass das Wasser bloß noch knietief war. Tim watete als erster hindurch und bestimmte die Richtung. Er führ-

te sie tiefer in den Bereich, den sie zuvor erst betreten hatten, bis hin zu einem Becken.
»Da müssen wir durch, um von hier zu entkommen.«
Er zeigte auf einen Deckel am Boden des Beckens.
»Woher weißt du das?«
»Ich habe es schon ausprobiert. Allerdings müsst ihr sehr aufmerksam sein. Dort unten gibt es einen unangenehmen Gegner.«
Oskar und Nora folgten Tim, der nun in das Becken tauchte und den Deckel zur Seite schob. Es öffnete sich eine Passage, aus der helles Licht kam. Das Wasser strömte in den Raum, doch bevor es das gesamte Areal unter Wasser setzen konnte, schloss Tim das Tor wieder. Oskar und Nora hatten die Passage in der Zwischenzeit ebenfalls betreten. Oskar sah sich genauestens um. In dem Schacht war es warm. So warm, dass das Wasser, was bisher reingekommen war, direkt wieder verdunstete. Auf seiner Haut mischte sich das Wasser mit seinem Schweiß.
»Wir müssen hier so schnell wie möglich wieder weg«, meinte Tim.
»Beeilt euch, gleich wird es unangenehm.«

Etwa zehn Minuten später hatten Cassie und Lily eine Hängebrücke erreicht. Diese erstreckte sich im Inneren der Höhle über einen Abgrund, aus dem wieder die Geräusche der Skelette kamen. Cassie spürte, wie ihr plötzlich kalt wurde. Sie rümpfte die Nase, der ekelhafte Geruch des Schlammes aus dem Schacht war hier wieder voll präsent.
»Scheint so, als hätten wir uns genau auf die Quelle des Übels zubewegt.«
Sie setzte ihren rechten Fuß vorsichtig auf das erste Brett der

Brücke. Sie schwankte stark und wirkte zudem enorm instabil. Als Cassie das Holz berührte, brach direkt ein Stück ab und fiel in die Tiefe, wo es mitten in der Masse der untoten Skelette landete. Ein Geräusch, welches Cassie einen kalten Schauder über den Rücken schickte, entstand, als die Kreaturen das Holz zerrissen. Sie versuchte trotz alledem, ihren linken Fuß auf die nächste Stufe zu setzen.

»Wir müssen auf die andere Seite«, murmelte sie, als Lily ihre Hand ausstreckte und sie zurückhalten wollte.

»Ansonsten laufen wir zurück und stehen wieder am Anfang.« Sie legte eine kurze Pause ein.

»So gesehen sind wir hier gefangen und haben keine andere Wahl.«

Cassie schloss ihre Hände fest um das Seil, was zu beiden Seiten gespannt war, die Stufen hielt, und zudem als Geländer diente. Sie ging nicht davon aus, dass das Holz ihrem Gewicht standhalten würde, weshalb sie sich direkt darum kümmerte, wie sie es am besten schaffen konnte, nicht abzustürzen. Die Brücke knackte laut unter ihren Füßen, obwohl sie diese wirklich nur minimal mit ihrem Gewicht belastete. Sie stütze sich nun mit ihren Armen noch mehr ab, und schaffte es so, für einen Moment das Holz zu entlasten. Als sie die Brücke zur Hälfte überquert hatte, atmete sie tief durch.

»Du hast es gleich geschafft!«, rief Lily ihr zu.

Sie versuchte, optimistisch zu klingen, doch Cassie bemerkte die Unsicherheit in ihrer Stimme. Unsicherheit und Angst. Sie versuchte, alle Gedanken auszublenden, und schaffte es so, die Brücke zu überqueren.

»Mach es am besten so, wie ich eben«, sagte sie zu Lily. »Verlagere dein Gewicht eher auf die Seile, die wirken recht

stabil.«
Lily zögerte, überlegte genau, ob sie den ersten Schritt überhaupt wagen konnte. Tausend Gedanken schossen ihr im selben Moment durch den Kopf, diese halfen ihr jedoch nicht, sondern verunsicherten sie noch mehr. Langsam ging sie nach vorne, brauchte zwei kleinere Schritte, bis sie schließlich auf dem ersten Brett stand, was Cassie zuvor betreten hatte. Alles wackelte. Lily wäre am liebsten direkt wieder umgekehrt, wusste jedoch, dass sie Cassie folgen musste. *Verdammt, in was bin ich nur hineingeraten.* Das Holz gab wieder merkwürdige Geräusche von sich, und gerade, als Lily sich auf ihre Arme stützen wollte, brach es komplett in sich zusammen. Das zersplitterte Brett fiel in die Tiefe und landete zwei Sekunden später im Schlamm. Lily rutschte mit ihrem Fuß in das Loch und versuchte, sich irgendwie hochzuziehen.
»Ich schaffe das nicht!«
Sie keuchte panisch.
»Ich kann mich nicht mehr lange halten!«
Nun ließ sie mit einer Hand das Seil los und blickte Cassie an.
»Bleib wo du bist.«
Ihre Freundin schüttelte den Kopf.
»Auf gar keinen Fall.«
Sie betrat ohne zu zögern die Brücke. Es wackelte immer weiter und immer heftiger, doch das war Cassie egal. Es ging für sie jetzt nur darum, Lily zu retten. Sie hatte die Stelle wenig später wieder erreicht, spürte jedoch, dass die Brücke von Sekunde zu Sekunde noch instabiler und brüchiger wurde. Einen Moment später passierte dann genau das, was passieren musste. Cassie hatte noch zwei Schritte nach vorne gemacht und streckte ihre Hand aus. Als Lily diese entgegennahm und nun das doppelte

Gewicht auf die zweite Stufe wirkte, brach diese auch aus ihrer Verankerung- was auslöste, dass beide den Halt verloren und in die schwarze Finsternis fielen.

Die Passage war für Oskar eine reine Tortur. Sie mussten enge Wände hinaufklettern, und er verlor öfter den Anschluss an Tim. Er bewunderte, wie schnell Tim sich zwischen den Wänden bewegen konnte und wie gut er sich zurechtfand. Nora hing noch weiter zurück als er, schaffte es jedoch, zumindest den Anschluss zu ihm zu behalten. Einen Moment später wurde es plötzlich so hell, dass Oskar seine Augen schließen musste. Er versuchte, blind den Schacht hinaufzuklettern, spürte jedoch, wie er langsam abrutschte.
»Verdammt, Tim, wie lange geht das noch?«
»Wir haben es gleich geschafft! Pass aber auf, gleich zeigen sich die Feuerdämonen.«
In dem Moment, in dem Tim die Worte aussprach, wurde es noch wärmer. Oskar spürte, wie ihm mit jedem weiterem Schritt die Luft schwand. Er keuchte und schwitzte, als wäre er gerade einen Marathon gelaufen. Dann kam die erste Attacke. Flammen schossen in dem engen Schacht umher und verfehlten Oskar nur um Haaresbreite. Tim hatte mittlerweile die Oberfläche erreicht, Oskar versuchte, sich nur noch an seiner Stimme zu orientieren. Sein Kopf schmerzte aufgrund der enormen Helligkeit, und es schien so, als würde ihm plötzlich jegliche Kraft aus dem Körper weichen. Er kämpfte jedoch dagegen an und mobilisierte alle Reserven, die er in diesem Moment aufbieten konnte.
»Ein paar Meter noch!«, rief Tim.
»Nora, alles klar?«, fragte Oskar.

»Ja!«
Es beruhigte ihn, dass die beiden in seiner Nähe waren. *Jetzt müssen wir nur noch Cassie, Lily und Pacey finden.* Blind versuchte er, Meter für Meter zu erklimmen und hoffte, dass es ihm gelingen würde. *Wenn ich jetzt falle, würde ich Nora mit in den Tod reißen.*
»Nimm meine Hand!«, sagte Tim.
Oskar löste seine rechte Hand von der Steinwand des Schachtes. Seine Kopfschmerzen wurden immer stechender und unerträglicher. *Gleich ist es geschafft.* Er erreichte Tims Hand und ließ sich auf den festen Boden ziehen. Erleichtert atmete er auf, während Tim nun auch Nora half. Diese fiel ihm erleichtert in die Arme.
»Danke!«
»Keine Ursache...«
Nora drückte ihm einen Kuss auf den Mund. Tim ließ es geschehen und wehrte sich nicht dagegen.
»Wir müssen hier raus. Kommt.«
Er öffnete den Deckel des Schachtes. Oskar blinzelte währenddessen, versuchte, seine Augen wieder an das schummrige Licht zu gewöhnen, was sie auf der anderen Seite erwarten würde. Das Schwert, welches er sich zwischenzeitlich zwischen seinen Gürtel und seine Hose gesteckt hatte, glühte förmlich. Der Griff war zu heiß, er konnte ihn nicht anfassen. Oskar drehte sich nochmal um, bevor er den engen Schacht verließ. Hinter ihm loderten die Flammen auf und er fragte sich, wie sie es geschafft hatten, die Passage lebend zu durchqueren.
»Was war das eben?«, fragte er an Tim gewandt.
»Es ist schwer zu erklären. Ich habe das alles in den letzten Tagen erfahren.«

Er legte eine kurze Pause ein.
»Der Feuerdämon ist das mächtigste Wesen von Ehygea und ist maßgeblich an der Entstehung des Planeten beteiligt. Er ist nahezu unbesiegbar, es gibt noch keinen, der es jemals geschafft hat, ihn auszulöschen.«
»Was passiert, wenn er ausgelöscht wird?«
»Dann haben wir unsere Aufgabe vermutlich erfolgreich abgeschlossen.«
Oskar stand auf und ging ein paar Schritte durch das knöcheltiefe Wasser über den Schachtdeckel. Von links kam etwas Licht, und als Oskar sich umblickte, wusste er direkt, wo sie gelandet waren. Ihm kam die Umgebung aus seiner Vision bekannt vor, er wusste, dass er hier schonmal gewesen war.
»Hier ist der Wasserfall, oder?«
»Richtig«, meinte Tim.
»Wir sind ganz oben.«
»Ich schaue mal eben kurz, ob die anderen noch am Ufer stehen. Ich glaube aber, sie sind längst durch einen anderen Weg in die Höhle gelangt.«
Oskar ließ Tim und Nora alleine und bewegte sich in die Richtung, in die das Wasser floss. Keiner von beiden folgte ihm, er hatte es allerdings auch nicht erwartet. *Nora steckt vollkommen im Gefühlschaos, und Tim war eben der Auslöser dafür. Er muss erstmal irgendwie den Verlust von Willow verkraften. Schwierige Situation.* Oskar wünschte sich, dass das die einzigen Probleme wären, die sie momentan hätten. *Aber nein, es geht für jeden von uns tagtäglich um Leben und Tod. Niemand ist sicher und es kann alles schneller vorbei sein, als man denkt.* Mit jedem weiteren Schritt auf die Öffnung Wasserfalls zu spukten mehr Gedanken durch seinen Kopf. *Was hat der*

Feuerdämon zu bedeuten? Wie hoch ist seine Macht? Er schüttelte symbolisch den Kopf, versuchte so, alles, was ihn verwirrte, zu vertreiben. *Ich kann es sowieso nicht beeinflussen.* Er stellte sich auf eine Steinplatte neben dem Wasserfall und blickte hinaus. Das Wasser draußen glitzerte, der klare Sternenhimmel spiegelte sich auf der Oberfläche und verteilte seine Helligkeit auf dem dunklen Ufer. Oskar ließ seinen Blick schweifen. An der Stelle, an der sie zuvor das Boot und den Steg gefunden hatten, war nichts mehr zu sehen. Auch am Ufer entdeckte Oskar nirgends die Silhouetten von Cassie, Lily und Pacey. *Okay, es war klar, dass sie nicht auf uns warten. Hoffentlich ist ihnen nichts passiert.* Beim Gedanken daran, Cassie hilflos durch die Höhle irren zu sehen, wurde ihm flau im Magen. *Wir müssen uns auf den Weg machen und sie suchen.*
»Sie sind nicht mehr da, aber das habe ich auch nicht erwartet«, sagte er an Tim und Nora gewandt, als er sie wieder erreicht hatte.
Beide saßen nebeneinander auf einem Stein und ließen ihre Füße im Wasser treiben. Nora war dicht an Tim herangerückt und wirkte viel erleichterter, als das noch vorm Betreten der Höhle der Fall gewesen war. Aus Tims Gesicht konnte Oskar nicht viel lesen. Seine Miene wirkte versteinert und fast eingefroren.
»Wir müssen sie suchen. Welchen Weg schlägst du vor?«
»Zurück können wir nicht. Aber ich glaube, es gibt einen ähnlichen Weg, den wir nehmen können. Kommt mit, ich kann ihn euch zeigen. Ich habe die Karte noch genau im Kopf.«

Der Aufprall war härter als Cassie gedacht hatte. Sie landete als erstes im Schlamm und versank mit ihrem Gesicht in der stinkenden Masse. Die Skelettmonster waren direkt auf sie aufmerksam geworden, als Lily auch auf dem Boden angekommen war.

»Versuch, sie mit deinen Tritten irgendwie auf Abstand zu halten!«, rief Lily und verteilte ein paar Attacken an die Gegner, die sich in unmittelbarer Nähe zu ihr aufhielten.

Im Schlamm war das alles nochmal schwerer. Während sich die Wesen auf Lily konzentrierten und sie vollends belagerten, versuchte Cassie in wenigen Sekunden, sich kurz einen Überblick über die Lage zu verschaffen. Sie waren von den Skeletten so ziemlich eingekesselt, doch etwas weiter rechts gab es einen Felsvorsprung, der wieder tiefer in die Höhle führte. Das konnte Cassie in dem schummrigen Licht erkennen, zu mehr reichte es allerdings nicht aus. In der nächsten Sekunde trat sie gegen eine herausschießende Knochenhand, die versucht hatte, sie anzugreifen. Lily hatte sich in der Zwischenzeit schon etwas frei geschlagen und stand kurz vor dem Felsvorsprung. Cassie konnte ihr folgen, musste jedoch aufpassen, dass ihre Gegner sie nicht überwältigten. Wenig später standen beide auf dem Steinboden und waren somit zunächst in Sicherheit.

»Es gibt nur einen Weg für uns«, meinte Lily.

Sie zeigte auf einen engen Durchgang, durch den der Schlamm immer tiefer in die Höhle floss.

»Kommen wir so wieder nach oben?«

»Ich weiß es nicht. Aber wir müssen es versuchen.«

Lily ging vor, Cassie folgte ihr so dicht es ging.

»Bist du verletzt?«

»Ja, aber nur ein bisschen.«

Lily zeigte ihren Arm. Cassie schlug sich die Hand vor den Mund. Auf ihrem Unterarm war eine tiefe Furche, aus der noch

immer Blut tropfte.
»Hast du starke Schmerzen?«
»Es geht. Wirklich.«
Cassie spürte, wie sich ihr Magen zusammenzog. Es war, als würde sich eine eiskalte Faust um ihre inneren Organe schließen. *Was, wenn diese Wesen dasselbe Gift in sich tragen wie auch die Crethrens?*
»Wie fühlst du dich?«
»Mir geht es gut, Cassie.«
Lily zwang sich ein Lächeln ab.
»Es ist bloß eine kleine Wunde. Zudem schmerzt sie nicht einmal. Du brauchst dir keine Sorgen zu machen.«
»Wenn du meinst.«
Cassie bewunderte in diesem Moment Lilys Optimismus. *Sagt sie das nur, um mich zu beruhigen?* Die Körpersprache ihrer Freundin war anders als das, was sie sagte, das hatte Cassie sofort bemerkt. Sie entschied sich jedoch dazu, das Thema erstmal nicht mehr anzusprechen. *Später vielleicht, jetzt haben wir definitiv andere Probleme.*
Sie wateten gemeinsam durch den Schlamm und trafen nur noch vereinzelt auf die knochigen Hände. Der größte Teil der Wesen hielt sich weiterhin direkt unter der Brücke auf, es war ihnen entgangen, dass Cassie und Lily einen anderen Weg eingeschlagen hatten. Der Weg, den sie gerade gingen, führte durch eine enge Röhre. Der Schlamm stand immer noch bis zu den Knien und der Geruch wurde gefühlt immer unerträglicher. Mit der Zeit wurde es auch wärmer, was das Ganze noch verschlimmerte. Cassie wischte sich den Schweiß von der Stirn und blickte nach vorne. Sie liefen mitten auf eine Öffnung zu, die sie wieder herausbringen sollte.

»Ist das die Stelle, an der wir vorhin waren? An der Pacey...«
Sie brach den Satz ab und ärgerte sich, dass sie das Thema überhaupt angeschnitten hatte. *Sie hätte sicherlich auch so mitbekommen, was ich gemeint habe.*
»Ja, das muss hier gewesen sein.«
Ihre Stimme klang ganz normal und Cassie atmete erleichtert auf. Die enge Röhre endete und sie befanden sich bald wieder in dem Schlammbecken, in dem sie zuvor bereits gewesen waren. Kurz bevor Cassie die Leiter erklimmen und aus dem Schacht heraussteigen konnte, fiel ihr etwas ins Auge. Etwas, was sie nicht hatte sehen wollen. Es handelte sich um einen toten Körper. Das Gesicht war bis zur Unkenntlichkeit zerkratzt, doch anhand des Körperbaus und der Kleidung wusste Cassie, dass es sich um Pacey handelte. Sie wandte ihren Blick wieder ab. Lily war bereits vorausgegangen und am oberen Ende des Schachtes angekommen.
»Alles okay?«, rief sie.
»Ja, ich komme.«
Cassie schüttelte den Kopf und versuchte so, die Bilder so gut es ging zu vergessen. Doch vor ihrem inneren Auge sah sie weiterhin Paceys totes Gesicht, egal, was sie tat. Die letzte Leitersprosse war eine Wohltat und Cassie fühlte sich extrem erleichtert, als sie wieder festen Boden unter den Füßen hatte.
»Wir werden jetzt denselben Weg gehen müssen wie zuvor«, murmelte Lily.
»Nur, dass wir irgendwie die Brücke umgehen müssen.«
Lily ging vor, und es legte sich wieder Stille über den Abschnitt der Höhle, in dem sie sich befanden. Es war komplett ruhig. Cassie spürte ihren eigenen Herzschlag, es war fast so, als könne sie ihn hören. *Wo sind die anderen nur? Werden wir sie je-*

mals finden? Sie dachte an Oskar und Nora, und auch daran, wie wenig sie bloß noch waren. *Willow, Simon, Pacey und... Tim.* Sie rechnete ihm keine großen Überlebenschancen mehr aus, sie konnte sich einfach nicht vorstellen, dass er sich den gesamten Zeitraum über komplett alleine durchgeschlagen hatte. Die Botschaften könnten genauso eine Falle gewesen sein. Sie senkte den Kopf und spürte, wie in diesem Moment alle negativen Dinge wie eine Welle über sie schwappten. Sie fühlte sich kraftlos, entmutigt und leer. Das schummrige Licht und die schlechte Luft trug noch seinen Teil dazu bei, dass sie kurz davor war, durchzudrehen.

»Ich hoffe, wir finden die anderen und kommen bald hier raus. Ich bekomme langsam Platzangst.«

Cassie spürte, wie ihr plötzlich schwarz vor Augen wurde. Sie wollte sich an den Wänden abstützen um sich auf den Boden zu setzen, doch bevor sie das konnte, verlor sie das Bewusstsein und landete auf dem harten Steinboden.

Tim führte Nora und Oskar ein paar verzweigte Gänge entlang, die noch tiefer in das Höhlensystem zu führen schienen.

»Weißt du, wo du uns hinführst?«

»Natürlich. Wir gehen jetzt genau in die Richtung, aus der die anderen kommen müssten.«

»Und warum geht es nicht abwärts? Wir mussten doch ein ganz schönes Stück klettern, um auf Höhe des Wasserfalls zu sein.«

»Kommt noch.«

Tim antwortete nur in kurzen Sätzen, er schien seine Konzentration voll und ganz auf den Weg vor ihnen gelegt zu haben. *Okay, ich sollte ihn besser erstmal nicht stören. Solange er uns hier rausführt, ist mir das nur recht.* Stattdessen tippte er Nora,

die einen halben Meter vor ihm war, auf die Schulter.
»Was ist denn?«
Sie wirkte abgehetzt, ihr Gesicht war feuerrot. Die Anstrengung der letzten Minuten war ihr anzusehen.
»Alles in Ordnung?«
Oskar versuchte, zumindest sie irgendwie in ein Gespräch verwickeln zu können. Er fühlte sich unwohl.
»Klar. Ich hoffe, wir finden jetzt schnell Cassie, Lily und Pacey und machen uns dann vom Acker.«
Nora machte eine kurze Pause.
»Hast du mal die Karte?«
»Moment.«
Oskar setzte den durchnässten Rucksack ab und kramte das Buch hervor. Die Seiten waren durchweicht, es gelang ihm trotzdem, es aufzuschlagen und auf die Seite mit der Karte zu blättern. Er verfolgte den Weg, den sie bisher gegangen waren, mit seinem Zeigefinger und fand daraufhin ihren derzeitigen Standort.
»Wir sind hier«, murmelte er.

Früher

Tim hatte mitbekommen, dass Oskar und Nora eine Pause eingelegt hatten. Er kam ein paar Schritte zurück und setzte sich neben sie.
»Zeig mal bitte.«
Oskar reichte Tim die Karte.
»Dort müssen wir hin. Das ist nämlich die helle Seite von Ehygea.«
»Zu der man einen Tagesmarsch braucht«, murmelte Nora.
»Oder etwa nicht?«
Tim schüttelte den Kopf.
»Auf regulärem Weg vielleicht. Aber durch die Höhle sind wir schon in wenigen Stunden da. Allerdings sollten wir erstmal die anderen finden, dazu müssen wir aber leider tiefer in die Höhle hinein.«
Sie entschieden sich dazu, ihren Weg fortzusetzen. Gerade, als Oskar sich fragte, wann der Weg sich mal ändern würde, passierte genau das. Sie begaben sich mit jedem Meter tiefer in die Höhle hinein, und der Boden wurde immer schlammiger.
»Was ist das denn für ein Gestank?«, fragte Nora.
Dann drang plötzlich eine leise Stimme zu ihnen hervor. Diese kam aus der Ferne, war jedoch deutlich zu hören.
»Nora?«
»Lily?«
Oskar spürte, wie ihm eine tonnenschwere Last von den Schultern fiel.
»Kommt schnell her!«
Ihm wurde plötzlich wieder eiskalt.

»Ist etwas passiert?«
»Cassie hat das Bewusstsein verloren.«

Ein paar Minuten später saßen sie alle neben Cassie auf dem Boden. Sie war mittlerweile wieder bei Bewusstsein, wirkte jedoch noch etwas zittrig. Sie sah ganz blass und abgekämpft aus. Oskar umarmte sie, der Tatsache zum Trotz, dass sie voller Schlamm war.
»Ich schätze mal, du bist dehydriert«, mutmaßte Tim.
»Wie geht es dir sonst?«
»Tim?«
Cassie wirkte plötzlich wieder hellwach.
»Du lebst!«
Sie erhob sich, spürte jedoch, dass sie noch etwas wackelig auf den Beinen war. Das alles ignorierte sie aber für einen kurzen Moment, ging auf Tim zu und nahm ihn in ihre Arme.
»Wo hast du gesteckt?«
»Das erzähle ich euch später. Wie geht es dir?«
»Eigentlich alles okay, ich fühle mich nur ziemlich schwach. Was ist denn passiert?«
»Du hast plötzlich das Bewusstsein verloren«, meinte Lily.
»Und durch einen Zufall waren Oskar, Tim und Nora gerade in der Nähe.«
»Wo ist Pacey?«, fragte Oskar.
»Er hat es nicht geschafft.«
»Verdammt.«
Oskar hatte Pacey zwar nicht wirklich gemocht, doch er hatte die letzten Tage die gesamte Zeit über genauso zur Gruppe gehört, wie jeder andere auch. *Selbst ich habe zur Gruppe gehört, obwohl sie alle gedacht haben, ich wäre tot.*

»Es werden immer weniger«, murmelte Nora.
»Am Anfang waren wir zwanzig, und das ohne Simon, Pacey und dich.«
Sie sah Lily an.
»Von diesen zwanzig sind somit nur noch wir vier übrig.«
»Wir schaffen das«, meinte Tim.
»Ich habe es die letzten Tage auch geschafft. Wir schlagen uns durch und überleben. Alle.«
Nacheinander sah er jeden in der Runde an. Oskar nickte und stimmte mit ein.
»Wir schützen uns gegenseitig und kämpfen bis aufs Blut.«
Ein paar Minuten später entschieden sie sich dazu, ihren Weg fortzusetzen. Tim führte sie alle durch die Höhle und wusste genau, welche Richtung sie einschlagen mussten. Sie kamen an verschiedenen Abzweigungen vorbei und blieben immer dicht zusammen. Cassie ging direkt hinter Oskar und hielt die gesamte Zeit über seine Hand. Sie fühlte sich wieder etwas besser, war jedoch immer noch etwas schwach und wackelig auf den Beinen. Die Umgebung tat ihr Übriges dazu, die Höhle wurde gefühlt immer enger und unübersichtlicher. Etwa eine Stunde ging das so, bis Tim plötzlich sagte:
»Hier können wir uns ausruhen. Bis zum Ausgang ist es nicht mehr weit und ich finde, wir sollten erstmal eine Runde schlafen und neue Kräfte sammeln.«
Oskar nickte. Er war einverstanden mit dem Vorschlag, blickte sich um und untersuchte die Umgebung. Sie befanden sich in einem größeren Abschnitt der Höhle. Zu ihrer Rechten floss ein kleiner Bach, dessen Wasser ungefähr knietief war. *Das ist das Wasser, was zum Wasserfall fließt. Hier ist neben der Quelle der zweite Ursprung.* Am Ufer lagen ein paar größere Steine,

der Boden war mit einer feinen Schicht staubiger Erde überdeckt.

»Ich habe schrecklichen Durst«, meinte Cassie und ging auf den Bach zu.

Sie schöpfte sich etwas davon in die Hand und trank von dem eiskalten Wasser. Es tat so gut, dass sie dies noch zwei Mal wiederholte. Ihre Zähne begannen von dem kalten Wasser zu schmerzen, doch es war trotzdem eine Wohltat. Die anderen taten es ihr wenig später gleich. Danach legte Oskar den Rucksack ab und setzte sich auf den sandigen Boden. Seine Beine schmerzten, zudem wiesen seine Hände einige raue, aufgeschürfte Stellen von der Steinwand des Schachtes auf, die er gemeinsam mit Nora und Tim hochgeklettert war. Cassie und Lily wuschen sich im Wasser und legten die schmutzigen Klamotten ab. Oskar warf Cassie ein paar Blicke zu, versuchte jedoch, dies möglichst unauffällig zu tun. Als sie ihn dabei erwischte und ihre Blicke sich trafen, lächelte sie.

»Du kannst dich ja gar nicht sattsehen«, sagte sie neckend.

»Nein, das kann ich wirklich nicht«, antwortete Oskar.

Er dachte wieder an die Nacht, die sie gemeinsam in der Hütte des Lords verbracht hatten, und wünschte sich den Moment der Zweisamkeit zurück.

Tim und Nora waren gerade dabei, ein Feuer zu entfachen. Dazu suchten sie in der Höhle die nötigen Materialien zusammen. Bis auf etwas trockenes Holz gab es jedoch nichts, was sie nutzen konnten.

»Seht mal!«

Tim, der die Suche nicht aufgegeben hatte und sich gerade an der hinteren Wand des Raumes befand, deutete auf etwas, was sich genau dort zu befinden schien.

»Was ist denn?«
»Habt ihr eine Flasche?«
Oskar durchsuchte seinen Rucksack und stieß auf die Glasflasche, in der zuvor die Flüssigkeit gewesen war. Der Deckel war geöffnet, sie schien während der letzten Tage ausgelaufen zu sein. Er nahm sie und ging zu Tim.
»Hier.«
Tim hielt die Flasche unter ein Loch in der Wand, aus dem Wasser floss. Oskar fühlte sich bei diesem Anblick an den Baum erinnert, den er vor der Festung entdeckt hatte.
»Ist das dieses... gefährliche Zeug?«
»Korrekt, das ist das Silberwasser.«
»Woher weißt du das?«
»Auch das habe ich alles während der letzten Tage gelernt.« Er zuckte mit den Schultern.
»Wozu ist das Silberwasser denn nützlich?«
»Den wahren Nutzen hat man nie wirklich herausgefunden. Allerdings ist es eine brennbare Flüssigkeit, somit können wir es nutzen um ein Feuer zu entfachen. Ich habe sogar Streichhölzer aus dem Haus mitgehen lassen.«
Er kramte in seiner Hosentasche herum und holte die mittlerweile wieder getrocknete Packung Streichhölzer heraus. Der Inhalt wirkte einwandfrei, und Oskar atmete auf. Er füllte die Flasche voll und folgte Tim dann wieder, als dieser den Weg zurück zu Cassie, Nora und Lily eingeschlagen hatte. Tim wartete vor dem kleinen Holzhaufen auf ihn.
»Schütte mal etwas rüber.«
Oskar tat genau das und wartete ab, was passierte. Tim entzündete währenddessen ein Streichholz und legte es auf den Haufen. Es folgte eine lodernde Stichflamme, die nach wenigen

Sekunden etwas schwächer wurde und schließlich vor sich hin brannte. Sie rückten näher an die Feuerstelle heran und wärmten sich auf. Besonders Cassie und Lily, die ihre Klamotten im Bach ausgewaschen hatten, benötigen die Wärme. Eine Weile später wurde es wieder ruhiger.

»Erzähl doch mal, was dir passiert ist«, sagte Oskar an Tim gewandt.

»Da gibt es so einiges«, murmelte er.

»Aber wichtig ist erstmal, dass wir jetzt zur hellen Seite von Ehygea müssen. Diese stellt einen Ausweg dar.«

»Das, was wir gesehen haben!«, sagte Nora euphorisch und blickte Oskar an.

»Die Brücke und den anderen Planeten.«

Oskar erinnerte sich wieder an den Aussichtspunkt in der Höhle.

»Ja, ich erinnere mich. Das war die helle Seite von Ehygea.«

»Wir werden sie, denke ich, morgen erreichen. Wir brauchen bloß noch ein paar Stunden bis wir da sind.«

»Dann ist es genau die richtige Entscheidung, dass wir uns jetzt erstmal ausruhen.«

Cassie gähnte. Oskar blickte ihr ins Gesicht. Die Strapazen der letzten Stunden waren ihr deutlich anzusehen. Sie wirkte geplättet und müde.

»Schlaf gut«, sagte sie zu Oskar und drückte ihm einen Kuss auf den Mund.

Es war für Oskar der schönste Moment der letzten Stunden, auch wenn dieser leider viel zu schnell wieder vergangen war.

Sie suchte sich eine geeignete Stelle etwas abseits der Feuerstelle und legte sich auf die Seite. Oskar fühlte sich noch nicht wirklich müde und entschied, sich später zu ihr zu legen. Da

Nora und Lily Cassie begleitet hatten, waren nach ein paar Minuten nur noch er und Tim wach.
Oskar rutschte ein Stück näher an Tim heran und legte ihm eine Hand auf die Schulter.
»Wie gehts dir?«
»Es geht. Es fällt mir schwer, zu begreifen, dass alles vom einen auf den anderen Moment vorbei sein kann. Ich habe mich noch nicht damit abgefunden, dass Willow gestorben ist.«
»Das tut mir wirklich leid für dich«, versuchte Oskar, ihn zu ermutigen.
Er spürte, wie mit jedem weiteren Wort die traurige Seite von Tim hervorkam, eine Seite, die er bisher nicht gezeigt hatte. Oskar erzählte alles, was in den letzten Tagen passiert war. Tim hörte ihm gespannt zu und stellte keine Zwischenfragen.
»Wir beide galten als tot und wir leben immer noch. Wir haben dem Tod ins Auge gesehen und sind verdammt nochmal sowas von souverän entkommen.«
Tim nickte.
»Damit magst du recht haben. Allerdings haben wir sehr viel verloren... Das belastet mich ungemein.«
»Das verstehe ich, wirklich. Mir geht es da kaum anders.«
Stille legte sich über die Höhle. Das einzige Geräusch war das Knistern des Lagerfeuers. Die Glut schwebte in der Luft herum und erzeugte ein atemberaubendes Bild.
»Sie haben damals von drei Testphasen gesprochen. Erinnerst du dich an den ersten Brief?«, fragte Tim und Oskar war erleichtert, dass er wieder das Wort übernommen hatte. Für den Moment verschwand die bedrückende Stille.
»Ja klar.«
»Wir befinden uns wahrscheinlich mitten in der dritten Testpha-

se. Nur, was kommt danach? Hast du dir da jemals schonmal Gedanken drüber gemacht? Ich hatte die letzten Tage viel Zeit zum Nachdenken und habe mir darüber den Kopf zerbrochen.«
Oskar schüttelte den Kopf.
»Nein. Ich denke generell wenig an alles, was passieren kann und passieren wird. Ich lebe im Jetzt, konzentriere mich auf das, was zur Zeit vor sich geht. Über das, was kommt, mache ich mir generell erst sehr spät Gedanken.«
Seine Stimme war mit jedem Wort leiser geworden. Er wollte nicht Cassie, Lily und Nora aufwecken, weshalb er seinen Ton etwas senkte.
»Immer eine gute Einstellung.«
Tim grinste schwach.
»Auch, wenn das Hier und Jetzt wahrlich kein schöner Zustand ist.«
»Da sagst du was.«
»Ich muss dir noch was erzählen«, murmelte Tim.
»Es geht um Nora.«
»Was denn?«
Tim erzählte, was im Dornenwald vor der Festung passiert war.
»Ich hatte damals ein total schlechtes Gewissen«, setzte er seine Erläuterung fort.
»Doch es hat sich nicht schlecht angefühlt. Zwar falsch, aber nicht schlecht. Verstehst du?«
Oskar nickte. Er hatte die Geschichte bereits von Nora gehört, es war jedoch durchaus interessant, auch Tims Perspektive zu erfahren.
»Ich kann es mir zumindest vorstellen.«
Das war zwar gelogen, doch er wollte nicht weiter auf das Thema eingehen. Es fühlte sich nicht richtig an, darüber zu

sprechen.
»Wir müssen die drei beschützen«, murmelte Tim.
»Sowohl Nora, Cassie als auch Lily. Sie müssen überleben.«
Oskar nickte.
»Was auch immer kommen mag, ich werde mein Leben für sie riskieren.«
Tim klopfte ihm auf die Schulter.
»Das ist die richtige Einstellung, man. Trotzdem sollten wir auch für uns kämpfen.«
»Bis aufs Blut.«

Die Nacht verlief unruhig. Oskar konnte auf dem Steinboden nicht lange schlafen, er wachte immer mal wieder auf und spürte Schmerzen im Rücken. Er drehte sich mehrmals, fand jedoch nie eine bequeme Position. Deswegen entschied er sich irgendwann dazu, sich auf den Rücken zu legen und in die Feuerstelle zu blicken. Tausend Gedanken spukten ihm im Kopf herum, hinderten ihn daran, zur Ruhe zu kommen. Doch weil alle anderen zumindest so taten, als würden sie schlafen, wollte er sich leise verhalten und selber versuchen, etwas zur Ruhe zu kommen. *Der ferne Planet... ist dort alles besser? Ist das die Rettung für uns alle?* Er konnte es sich nicht vorstellen. Als er vorhin mit Tim über den ersten Brief gesprochen hatte, hatte er sofort daran gedacht, dass etwas Unvorhergesehenes passiert war. Sie hatten seit der Ankunft auf Ehygea keinen Brief vorgefunden und konnten sich an diesem mysteriösen Ort frei bewegen. Einen Moment später, er war gerade so weit, dass er sich nun endlich entspannen konnte und eine halbwegs bequeme Position gefunden hatte, spürte er plötzlich, wie die Müdigkeit ihn dann doch überwältigte. Es dauerte nicht mehr lange, bis er eingeschlafen war.

Am Morgen wurde er durch Stimmen geweckt. Er öffnete seine Augen, und es fühlte sich an, als würde sich eine tonnenschwere Last auf seinen Lidern befinden. Cassie und Nora saßen am Feuer und unterhielten sich leise. Lily und Tim waren nicht zu sehen, es schien so, als würden sie noch schlafen. Oskar blinzelte, er fühlte sich noch nicht wirklich wach. Zudem schmerzte sein Rücken, und er wünschte sich sehnlichst ein bequemes Bett. Es dauerte nicht lange, bis Cassie bemerkte, dass er aufgewacht war. Sie stand auf und setzte sich zu ihm.
»Gut geschlafen?«
»Es geht. Immerhin habe ich mich etwas ausruhen können.«
Es dauerte etwas, bis auch Lily und Tim aufwachten. Beide setzten sich ebenfalls ans Feuer und wärmten sich auf.
»Wir sollten weiterziehen«, meinte Tim dann irgendwann.
»Wir wissen nicht genau, was uns jetzt noch erwartet und sollten von daher möglichst schnell von hier weg.«
Er legte eine kurze Pause ein.
»Okay, jetzt ist es denke ich an der Zeit, dass ich euch allen erzähle, was ich in den letzten Tagen erlebt habe. Hört gut zu.«

Graue Nebelschwaden schwebten wie eisige Hände über den steinigen Boden. Sie umschlangen seinen Körper und schienen ihm die Luft zum Atmen nehmen zu wollen. Als sich das Geschehen etwas gelegt hatte, hustete Tim und füllte seine Lunge direkt danach mit frischer Luft. Sein Blick war verschwommen, er wusste nicht, wo er war und sah sich in den kommenden Sekunden genauer um. Es war dunkel – die Umgebung wurde nur vom Sternenlicht erleuchtet. Sein Kopf schmerzte, er legte sich die Hand auf die Stirn und spürte ein langsames Pochen. Er kannte diesen Ort nicht, das wurde ihm nach und nach bewusst. Vorsichtig ging er ein paar Schritte vorwärts und erkundete mit weiteren, prüfenden Blicken die eintönige Umgebung. Nichts als karges Ödland. Doch dann... *Was war das?* Hinter einem Hügel in der Ferne hatte er einen Schatten ausmachen können. Dieser war nun jedoch wieder verschwunden – so schnell, wie er gekommen war. Ohne noch ein weiteres Mal über das nachzudenken, was er da eben gesehen hatte, stapfte Tim über den staubigen Boden und steuerte den Hügel an. Es dauerte lange, bis er ihn erreicht hatte. Der Weg war derart schwierig zu bewältigen, dass er mehrmals eine kurze Pause hatte einlegen müssen. Keuchend und völlig außer Atem lehnte er sich gegen den Stein. *Was ist nur passiert?* Der Nebel, der den Boden bei seiner Ankunft fast schon gänzlich eingenommen hatte, war nun verzogen. *Er hat sich scheinbar in meinem Kopf eingenistet.* Tim versuchte, mit seinem Gedankendickicht zurechtzukommen, scheiterte jedoch. Es strengte ihn enorm an, überhaupt nachzudenken – er fühlte sich dazu aktuell nicht in der Lage. Dazu kamen dann noch stechende Kopfschmerzen, die das alles noch etwas verschlimmerten. Er fühlte sich schlecht und wusste nicht, was er als nächstes tun konnte. Er begutachtete den Stein näher und entdeckte ein paar Abdrücke. Sie sahen aus wie große, zackenartige Krallen und hatten einen nachtschwarzen Farbton. *Was zur Hölle ist das?* Er fuhr mit seinen Fingern über die Einkerbungen und spürte, wie die Vibrationen des Steins auf ihn übergingen. Sein gesamter Körper fühlte sich an, als würde er über den Boden schweben. Es wirkte alles irgendwie surreal, und die Umgebung tat ihr Übriges dazu. Einen Moment später entschied er sich dazu, weiterzugehen. Von dem Felsen hatte er fürs erste genug gesehen. Er hob seinen Blick und sah durch einen Tränenschleier einen Sternenteppich, dessen Ausmaße er nie für möglich gehalten hätte – wenn er sie jetzt nicht selbst sehen würde. Abermillionen Himmelskörper beleuchteten den schwarzen Himmel und die Umgebung. *Wo ist der Schatten hin?* Tim versuchte, sich wieder aufs Wesentliche konzentrieren zu können. Er blickte zu Boden und erkannte Fußspuren. Sie führten vom Felsen weg, etwas abseits des normalen Weges den er hatte beschreiten wollen. Es waren dieselben Spuren, die er bereits auf dem Felsen gesehen hatte. Er wusste nicht warum das geschah, aber er bekam urplötzlich eine Gänsehaut. Sein gesamter Körper spannte sich an und er wusste, dass er den Spuren folgen musste.

Sein innerer Antrieb leitete ihn die folgenden Minuten. Irgendwann, er konnte nicht sagen, wie viel Zeit vergangen war, hatte er eine Mauer erreicht, die er aus der Ferne bereits gesehen hatte. Sie wirkte gigantisch und erstreckte sich bis zum Ende des Horizonts. Tim lehnte sich gegen die Mauer und spürte, wie die Steine in seinem Rücken leicht wackelten. Plötzlich, es war, als würde eine Erschütterung durch die gesamte Wand gehen, löste sich ein Stein und eine messerscharfe Kralle schoss hervor. Tim konnte gerade noch ausweichen, verlor dabei jedoch das Gleichgewicht und taumelte zu Boden. Sein Fuß blieb in der Lücke des herausgefallenen Steins stecken, und er konnte ihn nicht mehr rechtzeitig herausziehen. Der zweite Krallenhieb bohrte sich in das Fleisch seines rechten Unterschenkels. Tim spürte einen unfassbaren Schmerz, der die Nebelschwaden in seinem Kopf mit einem Ruck vertrieb. Plötzlich lichtete sich das Gedankendickicht wieder und er konnte wieder klar denken. Zumindest für ein paar Sekunden, denn dann hatte der Schmerz sein Gehirn erreicht ihn komplett gelähmt. Es gelang ihm gerade noch, seinen Fuß zu befreien, bevor ihn die scharfe Kralle ein weiteres Mal traf. Er begutachtete für einen kurzen Moment seine Wunde und merkte, wie ihm sofort schwindelig wurde. An seiner Wade lief Blut hinunter. Die Kralle hatte sich tiefer hineingebohrt, als er gedacht hatte. Er versuchte, sich wieder aufzurichten, scheiterte jedoch. Der Schmerz überwältigte ihn. Für einen Moment schien es so, als wolle sein Herz aus seiner Brust herausspringen. Es hämmerte in ihm wie ein Presslufthammer. Tim stützte sich an der Mauer ab und versuchte so, irgendwie den Weg bewältigen zu können. Es dauerte verdammt lange, bis er ein paar Meter geschafft hatte. Die Wesen gaben dieses schreckliche, aber vertraute Stöhnen von sich. Darum kümmerte Tim sich jedoch nicht, er hatte aktuell andere Sorgen. Er blieb kurz stehen und zog sein T-Shirt aus. Er fröstelte, als sein Oberkörper von einem kühlen Luftzug gestreift wurde. Er streckte sein Bein aus und band den Stoff um die blutende Wunde. Er zitterte und spürte das schwache, aber beharrliche Pochen, als er das T-Shirt um seine Wade wickelte. Er hoffte, so zumindest etwas den Schmerz eindämmen zu können. Das klappte anfangs auch ganz gut, doch als er ein paar Meter gegangen war, hatte sich der Stoff bereits komplett mit Blut vollgesogen. Er fühlte sich noch schlechter als zuvor, weshalb er den notdürftigen Verband abnahm und das T-Shirt wieder anzog. Das Blut vermischte sich mit dem Schweißfilm und schon bald klebte der Stoff auf seiner Haut. Es fühlte sich ekelerregend an, doch der Schmerz schaffte es, auch dieses Gefühl zu unterdrücken. Er kam nun bloß schwerlich voran. Mit jedem Meter wurde der Blutfluss aus seiner Wunde zwar gefühlt weniger, die Schmerzen hingegen schienen immer weiter zuzunehmen. Und vor allem zu pochen. Tim keuchte. Sein Verstand lenkte ihn noch immer, er hatte weiterhin kaum die Kontrolle über sich selbst. Ihm war alles egal. Er hoffte nur, bald angekommen zu sein – das signalisierte ihm zumindest sein Verstand. Seine Füße hinterließen schmale Spuren in den großen, dunklen Abdrücken, die er auf dem Felsen entdeckt hatte. Es fühlte sich einerseits richtig an, ihnen zu folgen – doch andererseits total falsch. Tim spürte, dass zum einen Hoffnung in diesen Abdrücken lauerte, zum anderen jedoch eine tödliche Gefahr. Ihm wurde mulmig wenn er daran dachte, wie das Wesen wohl aussehen mochte, was diese Spuren erzeugt hatte. *Die Konturen vor dem Felsen, der nachtschwarze Schatten...* Er hatte noch nie so etwas grauenerregendes gesehen. In diesem Moment überwog jedoch die Hoffnung darauf, irgendwo Hilfe zu finden. Tim legte seine rechte Hand vorsichtig auf die tiefe Wunde und spürte erneut das Pochen. Er kannte das bereits – wusste aber nicht, woher. Als er sich dann darauf besann, nachzudenken, wie er an diesen Ort gekommen war, wurde er noch verwirrter. In seinem Kopf herrschte absolute Schwärze. Das Letzte, woran er sich erinnern konnte, war, dass er mit dem Kopf auf dem steinigen Boden aufgeschlagen war. Vorsichtig fühlte er sich über die Stirn und ertastete eine blutverkrustete Stelle. *Verdammt.* Er beugte sich hinunter und stützte sich mit seinen Händen auf den Knien ab. *Meine körperliche Verfassung ist dermaßen schlecht.* Sein innerer Antrieb jedoch signalisierte ihm, dass er darauf nicht Acht geben sollte. *Weiter, immer weiter.*

Einen beschwerlichen Marsch später, Tim hatte sein Zeitgefühl komplett verloren und konnte nicht sagen, wie lange seine

Ankunft her gewesen war, hatte er eine riesige Höhle erreicht. Sie lag hinter einem hohen Felsen, weit abseits der Mauer und des normalen Weges. Er konnte das Stöhnen zwar hören, die Wesen aber nicht mehr sehen, weshalb er versuchte, das Geräusch zu ignorieren. Das Innere der Höhle vor ihm war in tiefe Dunkelheit getaucht. Er konnte nichts sehen. Das Sternenlicht reichte nur bis zum Eingang und wurde von einem hervorstehenden Felsen abgeschirmt. Kühle Luft drang zu ihm hervor und sorgte dafür, dass sich die Haare an seinen Armen aufstellten. Die gesamte Umgebung wirkte unheilvoll. Dennoch setzte er den ersten Schritt hinein in die nachtschwarze Dunkelheit. Der Kies unter seinen Füßen knirschte, als er sich tiefer hervorwagte. Er tastete sich an den Wänden entlang und versuchte so, möglichen Hindernissen früh genug ausweichen zu können. Schon bald jedoch veränderte sich der Stein an den Wänden: er wurde weicher. Anfangs hatte es sich angefühlt, als würde er über scharfkantigen, rauen Stein fassen. Seine Hände waren an einigen Stellen bereits aufgerissen und bluteten, weshalb er diese Veränderung für gut befand. Etwas später hatte er eine Stelle erreicht, an der es geradeaus nicht weiterging. Sowohl links als auch rechts gab es jeweils einen Gang – sein Instinkt führte ihn nach links. Hier gab es zumindest etwas Licht, die Steine an den Wänden schienen fast zu leuchten. Tim begutachtete sie näher und entdeckte feine Linien auf der Oberfläche, die Zeichnungen darstellten. Seine Finger folgten den sanften Einkerbungen, und im schwachen Lichtschein konnte er dann erkennen, dass das aktuelle Bild eine prunkvolle Krone darstellte. Er ging ein paar Schritte weiter und sah, wie die Zeichnungen immer edler wurden. Es folgte ein Schloss mit gigantischen Ausmaßen – es nahm fast die gesamte Wand zu seiner Rechten ein. Er drehte sich um und versuchte nun, zu erkennen, ob es auch auf der linken Seite diese abstrakten Bilder gab. Er spürte, wie sich ein Kloß in seinem Hals ausbreitete. Die andere Wand war weniger beleuchtet als die mit den prunkvollen Zeichnungen. Und die Zeichnungen dort zeigten das genaue Gegenteil. Die Gesichter finsterer Wesen, die nicht aus dieser Welt zu stammen schienen... dazu ein weiterer Abdruck von der Kralle, die ihn überhaupt erst in diese Höhle geführt hatte. Blut, tote Menschen und ganz viel Feuer. *Was ist das für ein Ort hier?* Die Frage ging ihm nicht aus dem Kopf. Der Schmerz in seinem Fuß war zudem kaum besser geworden, und als er einen erneuten Blick auf die Wunde warf, musste er würgen. Sie sah verdammt schlimm und ekelerregend aus. Das flaue Gefühl aus seinem Magen verschwand nicht, und als er spürte, wie dann noch die Galle in seinem Hals hochstieg, wandte er sich ab und erbrach sich auf den Boden. Er spuckte, hustete und keuchte so lange, bis er das Gefühl hatte, seinen kompletten Mageninhalt entleert zu haben. Den ekligen, sauren Geschmack aus seinem Mund konnte er damit nicht vertreiben, weshalb er versuchte, ihn zu ignorieren. Er fühlte sich noch schlechter als zuvor, lehnte sich an die Wand und schloss nur für einen kurzen Moment die Augen...

Als er wieder aufwachte, fühlte er sich etwas besser als zuvor. Der Schmerz in seiner Wade war abgeebbt, das Pochen hingegen weiterhin vorhanden. Er spürte einen kühlen Luftzug, und als er die Augen öffnete, sah er ein Licht. Er stand auf und ging in die beleuchtete Richtung. Die Quelle dessen war eine kleine Nische in der vor ihm liegenden Felswand. Sie war gerade so breit, dass Tim dort hindurchpasste. Das Licht kam von der Decke – das sah er, als er in den Raum hineintrat. Die Höhle hatte hier eine offene Stelle, und als Tim seinen Blick hob, sah er den riesigen Mond am Himmel thronen. Die Menge an Licht, die er ausstrahlte, wirkte irgendwie surreal. Er sah sich weiter um, und was er entdeckte, erstaunte ihn. Der gesamte Raum war voller Artefakte. Auf der linken Seite entdeckte er eine Vase aus Ton, auf der ebenfalls ein paar Zeichnungen zu sehen waren. Einen halben Meter daneben hingen vier Haken an der Wand – sie waren leer. Eine verstaubte Perlenkette, zwei goldene Armreife und etliche Goldmünzen lagen darunter auf einem Steinvorsprung. Tim nahm ein paar Münzen in die Hand und sah sie sich näher an. Sie waren unterschiedlich geprägt. Auf einigen war die Krone zu sehen, die er schon als Zeichnung auf der Wand entdeckt hatte. *Verdammt, sie muss eine wichtige Bedeutung für diesen Ort haben.* Er wandte sich wieder von den Münzen ab, jedoch nicht ohne sich eine Handvoll davon in die Hosentasche zu stecken. Er hatte irgendwie das Gefühl, dass er sie später noch gebrauchen könnte. Nachdem er in dem Raum nun nichts interessantes mehr fand, verließ er ihn und ließ auch die Höhle wieder hinter sich. Er hatte zwar nicht das gefunden, was er sich erhofft hatte, war aber dennoch zufriedengestellt. Er wusste nicht, wie lange er geschlafen hatte, doch es war draußen immer noch dunkel. Was das zu bedeuten hatte, wusste er aber auch nicht. Es fühlte sich für ihn allerdings schon so an, als wären einige Stunden ins Land gezogen. Er bewältigte den kommenden Weg und hatte einige Stunden später einen Geysir erreicht, der auch vorher schon gut ausgeschildert gewesen war. Schimmernder, weißer Rauch sprudelte aus einer Quelle im Boden direkt vor seinen Augen. Dieses Schauspiel erstaunte ihn. Durch seinen Körper ging nun wieder diese Vibration, die ihn bisher nicht wirklich losgelassen hatte. Nun war sie so stark wie nie zuvor. Er ging ein paar Schritte nach vorne, und als er von dem heißen Rauch komplett umhüllt wurde, spürte er, wie sein Herz für einen kurzen Moment aufhörte, zu schlagen.

Wenige Sekunden später wachte Tim wieder auf. Er lag auf dem harten, steinigen Boden und sah die Fontäne des Geysirs vor sich in die Luft schießen. Als er an sich herunterblickte, sah er eine Narbe an seiner Wade. *Wo sind die anderen? Willow, Oskar, Nora, Cassie, Simon, Lily und Pacey?* Er konnte plötzlich wieder ganz klar denken und auch sein Blick war keineswegs mehr getrübt. *Was, zur Hölle, war mit mir los?* Er konnte sich wieder an alles erinnern – die schrecklichen Momente in der Eiswüste, die sie alle zusammengeschweißt hatten, der Regen, der auf das Blätterdach des Waldes neben der Festung prasselte, und das blaue Licht. *Ich hätte diese Flüssigkeit nicht trinken sollen. Verdammt. Ich muss die anderen finden.* Er drehte sich um und versuchte, mit seinen Blicken die Gegend zu durchkämmen. In der Ferne war eine riesige Bergkette zu erkennen. Der Weg dorthin zog sich durch einige Unebenheiten bis zum Fuß des ersten Berges. Er sah aus der Ferne aus wie eine riesige, schwarze Schlange, die sich auf dem Steinboden umherwand, bis sie am Gebirgsfuß in den riesigen Felsen eintauchte und im Nichts verschwand. Nirgendwo war etwas von den anderen zu sehen. Da Tim auch nicht wusste, wo er nun suchen konnte, entschied er sich dazu, den Weg zu nehmen.

Er war sehr lange unterwegs – wie lange genau, das konnte er nicht sagen. Allerdings schmerzten seine Füße so sehr, dass er nun eine Pause einlegen musste. Er war dem Gebirge um eini-

ges näher gekommen, in der Ferne war ein See samt Ufer zu erkennen. Das Wasser wirkte unruhig, kleine Wellen schlugen sanft auf den Sand und zogen sich dann wieder zurück. Ein leichter Wind war aufgekommen.
Tim ging schließlich weiter, nachdem er sich etwas ausgeruht hatte. Von seiner Verletzung war nichts mehr zu sehen – die heiße, schimmernde Fontäne aus dem Geysir hatte augenscheinlich eine heilende Wirkung gehabt. Er atmete tief durch. *Ich glaube nicht, dass ich es sonst geschafft hätte. Normalerweise ist eine solche Verletzung durch diese Wesen doch tödlich.* Tim ging in Richtung des Sees und setzte sich in den Sand. Er zog seine Schuhe aus und streckte seine Füße in das kalte Wasser. *Hier könnte ich bleiben und auf die anderen warten.* Er war sich sicher, dass sie denselben Weg nehmen und zwangsläufig auf den See und sein Ufer stoßen würden. Er fühlte sich so erschöpft, dass er sich bloß in den aufgeweichten Sand legen musste. Wenige Sekunden später war er bereits eingenickt.

Als er aufwachte, war es etwas heller geworden. Die Sterne hatten sich etwas zurückgezogen und der Himmel war nicht mehr komplett schwarz, sondern grau. Es sah jedoch so aus, als würde es bald wieder dunkel werden. Tim war verwirrt. Er wusste nicht, wie lange er geschlafen hatte, merkte jetzt jedoch, dass, wie schon in der Höhle, einiges an Zeit vergangen sein musste. Als er aufstand, fühlte er sich gerädert. Seine Augenlider waren schwer wie Sand und schienen jeden Augenblick wieder zu fallen zu wollen. In der Ferne erkannte er eine Brücke, die über den riesigen See führte. Er entschied sich dazu, seinen Weg fortzusetzen – noch weiter zu warten schien ihm in diesen Moment die falsche Entscheidung zu sein. Die Holzplanken knarzten unter seinen Füßen, die Brücke fühlte sich alt und morsch an. Die ersten Ausläufer des Gebirges waren nun bloß noch wenige Meter entfernt. Tim spürte ein unangenehmes Gefühl in sich aufkommen – es war eine Mischung aus Ungewissheit und Hoffnung. Zum einen erhoffte er sich, Antworten auf alle seine Fragen zu bekommen – zum anderen war da jedoch die Angst vor der Ungewissheit, was ihm alles noch bevorstand.

Und so zogen die Stunden ins Land. Tim wanderte durch das Gebirge, erkundete die Gegend genauestens. Alles in allem karges Ödland – während die Zeit unaufhörlich herunterlief, kletterte er über hohe und raue Felsen. Viele Stunden später hatte er einen Unterschlupf gefunden. Dies war bereits der dritte Tag, den er alleine verbracht hatte – Tim konnte sich nicht erklären, wie die Zeit so gnadenlos voranschreiten konnte. Langsam begann er zu frieren. Hier oben im Gebirge war die Luft um einiges kälter als noch am See. Der Stein um ihn herum bot zumindest von oben Schutz. Er legte sich hin und schloss die Augen.

Ein Geräusch aus der Ferne weckte ihn auf. Es klang wie... *ein Motor?* Sein Rücken schmerzte, der steinige Boden hatte ihm die Nacht über ordentlich zugesetzt. Tim horchte auf. Quietschende Reifen, eine immense Staubwolke... aus der dann ein Pickup auftauchte. Ein Mann stieg aus, sah ihm genau in die Augen. Wenig später folgte ein Knall und er spürte, wie sich etwas in seinen Körper bohrte.

Als Tim wieder aufwachte, befand er sich auf der Ladefläche eines Autos. Sein Körper wurde leicht durchgeschüttelt, als das

Gefährt über die Unebenheiten des Bodens holperte. Sein Kopf schlug gegen die Rückseite der Ladefläche und er spürte wieder den Schmerz in sich aufkeimen. Als dieser wieder etwas abgeebbt war, rückte er etwas nach vorne und versuchte, zu erkennen, wie viele Personen sich im Inneren des Fahrzeuges aufhielten. Er konnte bloß eine Kontur ausmachen – ein Mann saß auf dem Fahrersitz. Er trug einen schwarzen Hut und ein dunkles Oberteil – mehr konnte Tim nicht erkennen. Die nächste Bodenwelle trieb einen weiteren, heftigen Ruck durch seinen Körper, ehe das Auto wenige Minuten später langsamer wurde. Sie hatten das Gebirge nur zum Teil durchquert, Tim hatte sich aber auch nicht wirklich konzentrieren können. Das Einzige, was er mitbekommen hatte, war, dass es wieder dunkel geworden war. Das Licht der Sterne und des imposanten Mondes brannten unaufhörlich vom Himmel und leiteten mithilfe der Scheinwerfer des Pkws den Weg. Der Motor wurde nun abgestellt. Tim spannte sich an und machte sich auf alles bereit. Die Fahrertür öffnete sich und der Mann trat auf den steinigen Boden. Jeder seiner Schritte wirbelte Staub auf. Er hatte neben einem Landhaus geparkt, dessen Fassade in dieser Umgebung irgendwie falsch wirkte. Der Mann hatte in der Zwischenzeit die Ladefläche erreicht und öffnete sie.
»Hallo, Tim«, begrüßte er ihn.
»Du kannst runterkommen.«
»Was wollen Sie von mir?«
Tim fühlte sich unsicher und wusste nicht, wie er reagieren sollte. *Soll ich weglaufen?* Einerseits sprach alles in ihm dafür. Er war offensichtlich mit Betäubungsmitteln beschossen und gegen seinen Willen auf die Ladefläche des Pkw verfrachtet worden. Andererseits... *wo soll ich hin? Ich sollte vielleicht*

erstmal einwilligen um dann eventuell mehr zu erfahren. Ich habe mir Antworten erhofft – vielleicht kriege ich sie hier.
»Keine Angst, ich tue dir nichts. Komm mit ins Wohnzimmer, ich habe etwas zu Essen vorbereitet. Du wirst sicher Hunger haben.«
Wie auf Kommando fing Tims Magen an zu knurren und er musste daran denken, wie lange er schon nichts mehr gegessen oder getrunken hatte. Er erinnerte sich an den Abend im Wald zurück, an dem er mit den anderen die Dinge aus dem Korb gegessen hatte. Bei dem Gedanken an seine Freunde verspürte er etwas Wehmut. *Sind sie vielleicht schon tot? Bitte nicht...* Er wollte gar nicht daran denken und versuchte mit aller Kraft, diesen Gedanken zu vertreiben. Zumindest vorerst schaffte er das auch. Er folgte dem Mann nun ins Innere des Holzhauses hinein. Die Einrichtung tauchte die Räume in eine mittelalterliche Atmosphäre. Sie passierten eine Treppe, die wohl in einen Keller führte, und standen dann schon im Inneren des Wohnzimmers. In der einen Ecke stand ein riesiger Esstisch, in der anderen ein Kamin. Dieser war an, das Feuer loderte und verteilte Wärme und Licht im sonst düsteren Wohnzimmer. Tim zuckte zusammen, als er auf dem Sofa die Konturen eines anderen Menschen entdeckte.
»Ich bin Aaron.«
Die Stimme schnitt wie ein Messer durch die Düsterheit.
»Setz dich zu mir, mein Vater bereitet dir etwas Essen zu.«
Zögerlich schritt Tim auf das Sofa zu und setzte sich. Er hielt gerade so viel Abstand von dem Mann, dass es nur zurückhaltend und nicht unhöflich wirkte. Aaron beugte sich nach vorne und griff nach einer Tasse, die auf einem Holztisch stand. Die Flüssigkeit im Inneren dampfte noch, er nahm einen Schluck

und stellte sie dann wieder auf den alten Platz zurück.
»Schön hier, oder?«
Eine etwas unpassende Frage, fand Tim zumindest. Er ließ sich jedoch auf das Gespräch ein und antwortete.
»Passt gar nicht in diese Umgebung.«
Aaron lachte auf. Wenig später kam der unbekannte Mann mit einem Tablett in der Hand zurück. Er stellte es vor Tim auf den Tisch und legte danach noch zwei Holzscheite ins Feuer, welches mittlerweile etwas schwächer geworden war. Das einzige Licht im Raum war eben dieses Feuer, doch es reichte dazu aus, alle wichtigen Dinge erkennen zu können.
»Lass es dir schmecken.«
Tim beugte sich nach vorne und begutachtete sein Essen. Ein Kelch mit Suppe und dunklen Fleischstückchen. Dazu gab es ein Stück warmes Brot. Bei dem Anblick und dem Geruch lief ihm das Wasser im Mund zusammen.
»Was ist das?«
»Frische Zwiebelsuppe mit Crethrensfleisch.«
Tim ließ das sacken, was er gehört hatte.
»Fleisch von diesen Wesen?«
Er blickte den Mann an.
»Ja. Probiere es mal, es schmeckt fantastisch.«
Tim fischte sich ein Stück Fleisch aus der Brühe heraus und nahm es in den Mund. Es war knorpelig und etwas schwerer zu kauen, schmeckte aber trotzdem gut. Der Eigengeschmack war unverwechselbar und das rauchig würzige Aroma der Zwiebelsuppe passte perfekt dazu. Tim tauchte das handwarme Brot hinein und nahm einen Bissen.
»Es schmeckt wirklich fantastisch. Aber was mache ich hier und wer seid ihr?«

»Meinen Sohn hast du ja schon kennengelernt.«
Der Mann zwinkerte.
»Ich bin Lord Raigner. Du kannst mich aber auch John nennen.«
Er machte eine kurze Pause.
»Du kannst mich alles fragen, was dir auf der Seele brennt. Ich werde versuchen, dir möglichst viele Antworten zu geben.«
»Okay, John.«
Tim versuchte es mit einer friedlichen Stimmlage.
»Was ist mit meinen Freunden? Geht es ihnen gut?«
»Ich weiß nur, dass sie nach dir durch das Portal gegangen und somit später in Ehygea gelandet sind. Wo sie aktuell sind, weiß ich nicht. Sie werden aber denselben Weg wie du genommen haben, nur, dass sie wahrscheinlich bei den Schlafplätzen Rast gemacht haben.«
»Wie lange ist meine Ankunft etwa her?«
»Drei Tage. Ich habe dich seither beobachtet.«
»Warum?«
»Weil ihr wichtig für die Zukunft dieses Ortes seid.«
Lord Raigner stand auf.
»Komm mal bitte mit in den Keller. Ich muss dir etwas zeigen.«
Tim blieb noch einen Moment sitzen.
»Ein paar Fragen habe ich vorher noch. Was ist das für ein Geysir? Ich wurde von den Crethrens so schwer verletzt, dass ich es nicht geschafft hätte. Und... was für eine Wirkung hat diese Flüssigkeit, die meine Gedanken komplett kontrolliert hat?«
»Nun denn.«
Lord Raigner setzte sich wieder hin.
»Um dir das genau zu erklären, brauche ich etwas Zeit. Lehne

dich zurück und hör mir genau zu.«

Tim ließ sich in die Couch sinken und versuchte, eine bequeme Position zu finden. Er wusste nicht, ob er bereit dazu war, das zu hören, was nun kommen würde. Dennoch gab es auch keinen Weg daran vorbei – also schloss er die Augen und hörte den kommenden Ausführungen des Lords zu.

»Der Geysir ist eine sprudelnde Quelle des Lebens – ein Zeichen für das Königreich Ehygea, was es früher mal war. Das einzige Zeichen. Er hat heilende Kräfte, weshalb du jetzt noch immer unter uns weilst. Und zu der Flüssigkeit: auch das Silberwasser stammt aus der antiken Zeit. Es wurde von den Ureinwohnern entdeckt und gefürchtet. Früher hatte es viele Namen, heutzutage beschränken wir uns auf ebendiesen einen. Durch die stark alkoholische und magische Wirkung der Flüssigkeit ist es einem möglich, mit Toten zu sprechen. Außerdem kann man auch Visionen bekommen – die einem entweder die Zukunft weisen oder, bei falscher Dosierung, ein falsches Bild ebenjener Zukunft zeigen.«

»Falsche Dosierung?«, fragte Tim.

»Ja. Wenn du zu viel von dem Silberwasser trinkst, benebelt es deine Gedanken.«

»Das muss mir passiert sein«, murmelte Tim.

»Nach meiner Ankunft auf diesem Planeten war ich, bis ich dann den Geysir gefunden habe, nicht dazu fähig, normal zu denken.«

»Das ist die Wirkung des Zeugs.«

»Woher stammt es?«

»Ursprünglich aus der Rinde des Roptcha-Baumes. Diese Bäume wachsen heute vereinzelt auf der gesamten Welt – bisher hat jedoch noch niemand das Silberwasser entdeckt. Und ich hoffe,

dass das auch für immer so bleiben wird. Die Flüssigkeit kann bei richtigem Umgang wegweisend sein – bei falschem allerdings lebensgefährlich.«
Der Lord erhob sich wieder vom Sofa.
»Und nun komm mit in den Keller. Ich habe dir dort etwas sehr Wichtiges zu zeigen, was dir einige Fragen beantworten wird.«
Tim folgte dem Mann durch den Flur bis in den Keller hinab. Er fühlte sich besser als zuvor, sein Magen war gefüllt und seine körperliche Verfassung um einiges besser als in den letzten Tagen. Die Stelle, an der er mit dem Betäubungsmittel getroffen worden war, schmerzte zwar leicht, doch es war auszuhalten. Jede einzelne Treppe gab ein anderes Geräusch von sich. Im Keller angekommen folgte Tim Lord Raigner durch einen Gang bis zu einem Vorhang. Auf einer Kommode sah er eine Glasflasche – bei der schimmernden Flüssigkeit im Inneren konnte es sich nur um das Silberwasser handeln. Tim war verwundert. *Was hat er vor?* Der Lord nahm die Flasche in die Hand und drehte sich um.
»Pass gut auf: hinter diesem Vorhang befindet sich ein Portal. Durch dieses reisen wir in ein frühes Ehygea. Allerdings musst du dafür zwei Schlucke von der Flüssigkeit nehmen. Mach es mir einfach nach.«
Er setzte sich die Flasche an den Hals, schluckte zwei Mal und öffnete den Vorhang. Das blaue Licht blendete. Ohne zu zögern trat er drei Schritt nach vorne und verschwand durch das wabernde und elektrisierende Portal. Tim nahm die Flasche in die Hand und tat das, was ihm aufgetragen wurde. Er schluckte zwei Mal und spürte ein Brennen in seiner Kehle. Er schloss die Augen und schritt ebenfalls in das blaue Licht hinein.

Als er die Augen wieder öffnete, fand er sich auf einer blühenden Wiese wieder. Er sah sich um und sah Lord Raigner etwa fünf Meter von sich entfernt.
»Dass du Kopfschmerzen hast, ist total normal.«
Tim spürte ein Pochen hinter seiner Stirn.
»Das ist die einzige Nebenwirkung.«
»Und wir sind hier auf Ehygea, der Planet, auf dem es fast dauerhaft dunkel ist?«
»Ja. Wir sind um viele Jahre in der Zeit gereist. Folge mir, ich werde dir ein paar wichtige Dinge zeigen und erklären.«
Lord Raigner führte Tim nun durch einen Olivenhain. Dieser begann direkt hinter der Wiese und erstreckte sich so weit sein Auge reichte. Die Olivenbäume raschelten sanft im Wind. Tim erkannte pralle grüne und schwarze Oliven an den Zweigen und spürte den warmen Sommerwind auf seiner Haut. Die Sonne brannte auf ihn herunter und erzeugte eine wohlige Wärme in seinem Inneren. Lord Raigner deutete auf eine Bank unter einem Olivenbaum. Sie setzten sich drauf und lauschten dem Wind, bevor der Lord die Stille durchbrach.
»Sieh dir diesen wunderschönen Ort an.«
»Was ist denn passiert? Was hat diesen Ort verändert?«
»Ein Ritual, welches böse Kräfte freigesetzt hat, hat das Königreich Ehygea in einen Ort des Grauens verwandelt. Wir sehen uns später noch einige wichtige Orte an und haben auch eine Audienz beim König.«
Tim wurde hellhörig.
»Der König von Ehygea?«
»Ganz genau. Er war verantwortlich für das ganze Chaos, was diesen schönen Ort nach der Freisetzung böser Kräfte ereilt hat.«

Tim lehnte sich auf der Bank zurück und genoss die Sonnenstrahlen in seinem Gesicht. Es war wirklich richtig angenehm warm. Er sah einen bunten Schmetterling, der sich auf einem Blatt des Olivenbaumes niederließ. Auch dieses Bild passte perfekt zur Erscheinung des Ortes. Tim lauschte den Geräuschen der Natur, hörte in der Ferne einen Wasserfall und das Zwitschern der Vögel, die sich in den Baumkronen niedergelassen hatten oder in Schwärmen durch die Gegend flogen. Ein paar Minuten später setzten sie ihren Rundgang fort. Tim wischte sich einen Schweißfilm von der Stirn und fuhr sich durch seine Haare. Sie klebten an seinem Kopf, doch das war ihm in diesem Moment egal. Lord Raigner führte ihn aus dem Olivenhain heraus zurück auf die Wiese, auf der sie angekommen waren. Es waren nur vereinzelt Menschen hier zu sehen – sie alle schienen jedoch keine Notiz von ihm und dem Lord zu nehmen. Weit am Horizont waren die ersten Ausläufer des Gebirges zu erkennen. Auf den Gipfeln lag in luftiger Höhe weiß glänzender Schnee, der die Sonnenstrahlen reflektierte. Als er sich umdrehte, sah er einen riesigen Palast. Erstaunt wandte er sich Lord Raigner zu.
»Dort sitzt der König?«
Der Lord nickte.
»Er wartet bereits auf uns.«

Seelenspiegel

Wenige Minuten später hatte Tim bereits das Innere des prunkvollen Palastes betreten. Beim Anblick der Einrichtung kam er aus dem Staunen nicht mehr heraus. An der Decke hingen schwere Kronleuchter. Der Boden war mit gläsernen schwarzen und weißen Marmorfliesen gefliest. An den Kommoden und Schränken waren überall edle Schnitzereien zu sehen. Die Wände, besetzt mit Diamanten und Schmuck jeglicher Art, bildeten einen perfekten Kontrast zu der gesamten Inneneinrichtung. Lord Raigner ging vor, und Tim folgte ihm durch mehrere Türen hinein in einen großen Saal. Überall an den Wänden hingen gemalte Bilder. Tim begutachtete sie näher. Das erste, was er in Augenschein nahm, zeigte den Olivenhain und das riesige Gebirge im Hintergrund. Lord Raigner schien zu sehen, dass dieses Bild seine Aufmerksamkeit in Beschlag nahm, und drehte sich zu ihm.
»Norekrates, die Bergkette der verlorenen Seelen und ungelösten Rätsel. Diesen Namen bekam das Gebirge nach der Katastrophe.«
Die Tür öffnete sich erneut und ein Mann trat hinein. Er trug eine Krone auf dem Kopf, es war die, die Tim bereits auf den Zeichnungen in der Höhle gesehen hatte. *Der König.* Ihm wurde vor Aufregung flau im Magen. Er war gespannt, was dieses Gespräch jetzt ergeben würde.
»Guten Tag.«
Der Mann nickte.
»John, ich sehe, du hast Besuch mitgebracht.«
Er streckte seine Hand aus, Tim ergriff und schüttelte sie.

»Tim. Tim Anderson«, sagte er mit zittriger Stimme.
»Freut mich, Tim. Nehmt doch Platz.«
Er deutete auf ein mit Kissen belegtes Sofa. Tim nahm das Angebot dankend an und setzte sich. Ein weiterer Mann trat in den Raum hinein und brachte ein gläsernes Tablett mit drei Tassen Tee. Vorsichtig stellte er diese auf dem Tisch ab, verneigte sich und verließ den Raum wieder.
»Selbstgemachter Apfeltee von Früchten aus dem Garten. Lasst es euch schmecken.«
Tim nahm einen Schluck. Der Tee war noch zu heiß, die Flüssigkeit brannte auf seiner Zunge.
»Was führt dich zu mir, John?«
Lord Raigner schien einen Moment lang überlegen zu müssen, was er als nächstes sagen sollte.
»Ich wollte Tim diesen wunderschönen Ort zeigen. Und wenn ich schon mal hier bin, führt ja nichts an einem Besuch bei dir vorbei.«
»Ich fühle mich geehrt.«
Der Mann nahm die Krone vom Kopf und legte sie auf den Tisch. Tim betrachtete, wie die Lichtstrahlen des Kronleuchters auf das Metall trafen und in alle Richtungen davon flossen. Die Zacken der Krone waren gespickt mit kleinen, roten Diamanten. Sie sah im Gesamten sehr wertvoll und beeindruckend aus.
»Der Palast ist wirklich wundervoll. Ich kann mir gar nicht vorstellen, dass dieser Ort zu einem Ort des Grauens verkommt«, murmelte Tim.
»Wie meinst du das denn?«
Der König sah ihn fragend an. Lord Raigner räusperte sich kurz und warf einen vielsagenden Blick in Tims Richtung. *Scheint, als habe ich etwas Falsches gesagt.*

»Nichts«, brachte er stotternd hervor.
»Gar nichts.«
Während der König nun einen Schluck Tee trank, sah Tim den Lord unauffällig an. Er schien nicht wirklich begeistert zu sein ob der Dinge, die Tim eben gesagt hatte. Er gab sich damit zufrieden und hoffte, später eine weitere Erklärung zu erhalten.
»Nun denn, genießt euren Tee.«
Tim trank etwas von der Flüssigkeit und stellte fest, dass sie die richtige Temperatur erreicht hatte. Das fruchtige Aroma kam so noch mehr zur Geltung als zuvor. Da das Gespräch nun für einen kurzen Moment etwas abgeklungen war, widmete sich Tim wieder der Wand mit den Gemälden. Neben dem Bild, was er vorhin bereits entdeckt hatte, fand er nun eines, welches einen Wasserfall zeigte. Am oberen Ende war eine Höhle auszumachen, die von Bäumen umringt war. Alles in allem ein paradiesisches Szenario.
»Ich würde euch heute Abend gerne zum Essen im Speisesaal des Palastes einladen. Aber vorher solltet ihr euch dringend den Wasserfall und die Grotte ansehen.«
»Das werden wir tun«, meinte Lord Raigner und erhob sich von der Couch.
»In vier Stunden wird es Abendessen geben. Ich würde mich sehr freuen, wenn ihr erscheinen würdet.«
Mit gemischten Gefühlen verließ Tim den königlichen Palast wieder und trat auf den Kiesweg. Zu seiner Rechten gab es einen Springbrunnen, der ihn an den erinnerte, den er bereits auf dem Marktplatz vor der Kathedrale mit Willow, Nora und Ian entdeckt hatte. *Bevor Ian später erschossen wurde.* Lord Raigner führte ihn am Brunnen vorbei, Tim nutzte den Moment, schöpfte sich etwas kaltes Wasser in die Hand und benetzte sein

Gesicht damit.
»Was hast du dir eben dabei gedacht?«, fragte der Lord.
Tim sah ihn verwirrt an.
»Was meinst du?«
»Woher sollte der König wissen, was in der Zukunft passiert?«
»Aber was...?«
»Wir sind durch das Portal zwar in die Vergangenheit gereist, können diese aber nicht verändern. Der Wasserfall ist ein wichtiger Ort – weil wir dort das Ritual miterleben werden. Es passiert heute.«
Tim spürte, wie sich sein Magen verkrampfte.
»Wir werden heute dabei sein, wie dieser Planet untergeht?«
Der Lord nickte.
»Genau heute wird es passieren.«
»Und das wusstest du, bevor wir durch das Portal gegangen sind?«
Lord Raigner zuckte mit den Schultern.
»Es passiert jedes Mal, wenn ich hier bin. Ich werde dir auch nachher noch erklären, warum ich dich mit hierher genommen habe.«
Das war auch die Frage, die Tim am meisten auf der Seele gebrannt hatte. Er sah ein, dass er sich noch etwas gedulden musste, bis er eine Antwort erfahren würde.

Es dauerte eine halbe Stunde, bis sie den Wasserfall sehen konnten. Weitere zwanzig Minuten später hatten sie ihn erreicht. Die Gegend schien auf den ersten Blick verlassen zu sein. Lord Raigner ging vor und führte sie durch einen kleinen Felsspalt in eine Grotte hinein. Der Fluss bahnte sich seinen Weg durch den steinigen Boden, und das hereinfallende Licht

prallte schimmernd auf die Oberfläche.
»Komm mit. Wir müssen nach oben.«
Sie passierten mehrere Stalagmiten und eine hügelartige Erhebung, ehe sie durch eine Einkerbung im Felsen einen Gang erreichten, der sie über mehrere Felsbrocken nach oben führte.
»Mein Rücken macht mir Probleme«, murmelte der Lord.
»Ich komme dort nicht mehr hoch – deswegen musst du, oben angekommen, etwas für mich erledigen.«
»Und was soll das sein?«
»Du wirst dort auf vier Jugendliche treffen, die um ein Feuer herum sitzen. Sie beschwören die Dämonen herauf: zum einen den Luftdämon, den Erddämon, den Wasserdämon und zu guter Letzt den Feuerdämon, das mächtigste aller finsteren Wesen.«
»Wie machen sie das?«
»Sie ritzen sich den Arm auf und schmieren ihr Blut gegen den Stein. Dieser Stein ist das Tor zur Hölle.«
Er legte eine kurze Pause ein und kramte ein Messer aus seiner Hose hervor.
»Du musst es ihnen gleichtun. Denn nur so kann es dir in der Gegenwart gelingen, die finsteren Mächte zu besiegen. Das erkläre ich dir aber nachher noch genau.«
»Ich soll mir den Arm aufschneiden?«
»Um Himmels willen. Du brauchst bloß ein paar Tropfen Blut. Ein kleiner Schnitt reicht aus.«
»Okay, und was folgt dann?«
»Du musst die anderen töten.«
Tim spürte wieder dieses unangenehme Gefühl im Magen.
»Warum?«
»Sie würde ein grausames Schicksal ereilen. Dir kann gleich nichts passieren, aber du wirst dabei sein, wenn sich die Pforte

zur Hölle öffnet. Du musst dich aber beeilen, es kann sein, dass sie schon da sind.«
Tim versuchte, in dem düsteren Licht ohne auszurutschen die Steine zu erklimmen. Die ersten Meter gelang ihm das ganz gut - das änderte sich erst, als der Abstand größer wurde. Mit zunehmender Höhe wurden die Steine zudem noch rutschiger, was das Ganze ebenfalls erschwerte. Dennoch kam er heil oben an und musste nun ein paar Meter weit kriechen, bis er unter einem Felsvorsprung heraus die Feuerstelle sehen konnte. Direkt daneben floss der Fluss und bahnte sich seinen Weg nach vorne zur Zunge des Wasserfalls. Auf dem steinigen Ufer war an der Seite ein altes Ruderboot zu sehen. Die Paddel wirkten morsch. Tim schlich sich langsam und leise an das Feuer heran.
»Da kommt jemand.«
Er nahm die Stimme früh wahr, obwohl sie nur flüsterte.
»Keine Sorge, ich tue euch nichts.«
Tim suchte sich einen freien Platz an der Flamme.
»Ich möchte bei eurem Ritual mitmachen.«
»Wer bist du?«
»Mein Name ist Tim. Wer seid ihr?«
»Ich bin Efeo«, sagte der Junge, der ihn angesprochen hatte. Er hatte in etwa dieselbe Statur wie Tim. Mehr war im schwachen Schein des Feuers nicht zu erkennen.
»Das ist mein Bruder, Samuel.«
Samuel nickte schwach, bevor Efeo sich den anderen widmete.
»Daneben sind noch unsere Freunde Shannon und Derrick.«
Auch die beiden nickten kurz zur Bestätigung. Tim holte das Messer, welches ihm der Lord gegeben hatte, aus seiner Tasche hervor und umklammerte den Griff mit seiner Hand. Efeo schien das bemerkt zu haben und drehte sich zu ihm.

»Leg das Messer weg, du wirst es nicht brauchen.«
Verwundert legte Tim das Messer auf den feuchten Boden und blickte in die Flamme. Glut flog in die Höhe, als Efeo einen weiteren Zweig ins Feuer legte. Wenige Augenblicke später zog er einen scharfkantigen Stein hervor.
»Falls es euch nichts ausmacht, würde ich gerne anfangen.«
Niemand hatte etwas dagegen. Tim sah, wie sich Schweißtropfen auf der Stirn von Efeo bildeten. Er schien nervös zu sein. Als er sich den Stein in den Unterarm rammte, blieb er komplett reglos. Der Ausdruck in seinen Augen wirkte im Feuerschein glasig. Aus der frischen Wunde floss, zunächst langsam und dann schneller, ein Rinnsal aus Blut. Efeo gab den Stein an seinen Bruder Samuel weiter und ging dann auf die Steintafel an der Wand zu. Als er, Shannon und Derrick ihre Aufgabe erledigt hatten, war Tim an der Reihe. Er fühlte sich nicht wohl bei dem, was er tat. Er spürte den Schmerz zunächst nicht, dann jedoch erfüllte dieser lodernd wie ein immenses Feuer seinen Körper. Als sie alle nebeneinanderstanden, gab Efeo das Startzeichen.
»Blut von meinem Blut«, murmelte er.
»Lebenssaft, das Elixier der Toten. Erwachet, ihr dunklen Mächte. Zeigt euch.«
Tim spürte, wie eine unfassbare Energie durch seinen Körper rauschte. Im nächsten Moment wurde der Stein von einer unmenschlichen Kraft nach vorne geschossen. Derrick ging zu Boden, als er an der Stirn getroffen wurde. Im Vorbeigehen sah Tim, dass seine Nase in einem ungesunden Winkel vom Kopf abstand und seine Stirn komplett aufgeplatzt war.
»Tretet zurück!«, schrie Tim.
Samuel stellte sich schützend vor Shannon, wurde jedoch von

einer hervorschießenden Flamme erwischt. Sein Körper fing an zu brennen, und nach einem letzten Schrei löste er sich einfach in Asche auf.

»Samuel!«

Tim stellte sich Efeo in den Weg und versuchte, ihn daran zu hindern, die Stelle aufzusuchen, an der sein Bruder bis vor wenigen Sekunden noch gestanden hatte.

»Lass mich durch!«, brüllte Efeo ihn an.

Tim schaffte es, ihn zurückzuhalten – auch, wenn es ihm einige Mühen kostete. Ein paar Augenblicke später wehrte sich Efeo nicht mehr, sondern keuchte bloß noch erschöpft.

»Verdammt, was haben wir nur getan?«

»Wir müssen hier raus. Jetzt.«

Plötzlich wurde die Höhle von einem Beben erfasst. Steine fielen von der Decke auf den Boden. Tim folgte Efeo, Shannon schloss sich ihnen an. Obwohl ihm der Lord genauestens aufgetragen hatte, alle am Feuer zu töten, fühlte es sich für Tim falsch an, das jetzt zu tun. Zudem sah er in Efeo, zumindest in dem kurzen Moment, den sie sich jetzt kannten, sich selbst. Wenn er ihn ansah, war es, als würde er in einen Spiegel schauen. Das löste in ihm ein beunruhigendes Gefühl aus – auch, wenn das der Grund sein konnte, weshalb er überhaupt an diesem Ort sein musste. Gerade, als er richtig in seine Gedanken vertieft war und sie die Felsbrocken hinunterkletterten, holte ihn ein Schrei von Shannon wieder in die Realität zurück. Sie war auf den nassen Steinen ausgerutscht und hatte sich den Knöchel verdreht. Efeo beugte sich zu ihr herunter und versuchte, sie in eine aufrechte Position zu bringen. Das gelang ihm jedoch nicht, da er immer wieder abrutschte. Als er sich den Ellenbogen blutig geschlagen hatte, wurde die Höhle von einem wei-

teren Beben erschüttert. Shannon verlor ihr Gleichgewicht und stürzte schreiend in die Dunkelheit.
»Komm mit!«
Tim griff nach Efeos Arm und versuchte, ihn hinter sich her zu ziehen. Im nächsten Moment wurde der Abschnitt, in dem sie sich gerade aufhielten, durch eine riesige Welle geflutet. Tim spürte, wie ihm der Boden unter den Füßen weggerissen wurde und er von der enormen Wasserkraft durch die Höhle geschwemmt wurde.

Als er die Augen öffnete, musste er einen riesigen Schwall Wasser ausspucken. Er hustete und keuchte, ehe er eine vertraute Stimme vernahm.
»Ich nehme an, es ist nicht alles nach Plan verlaufen?«
Es war der Lord, der zu ihm sprach. Tim hob seinen Kopf und sah sich genauer um. Sie befanden sich in der Grotte. Die Steine, durch die er zuvor noch nach oben gelangt war, waren in sich zusammengestürzt und stellten nun keinen Weg mehr dar.
»Nein. Aber wo ist...«
Er ließ seinen Blick schweifen und versuchte, sich an das zu erinnern, was eben passiert war. *Efeo... wo ist er?* Tim wusste noch, dass das Mädchen in die Tiefe gestürzt war – danach war diese gigantische Welle gekommen und hatte ihn fortgespült.
»Wo ist wer?«
»Sein Name ist Efeo. Er war der einzige von den vier, der überlebt hat.«
Lord Raigner sah ihn fragend an.
»Du solltest sie doch alle umbringen.«
»Ich habe es nicht rechtzeitig geschafft.«

Der Lord seufzte.
»Okay, egal. Komm. Falls es wirklich einen Überlebenden gegeben haben sollte, ist er jetzt vermutlich tot.«
Tim war da anderer Meinung, behielt das jedoch für sich. Sein Kopf schmerzte, und als er sich an den Hinterkopf fasste, ertastete er eine warme, blutige Stelle.
»Hast du dich verletzt?«
Lord Raigner schien mitbekommen zu haben, dass Tim nicht ganz unversehrt aus der Sache herausgekommen war.
»Ja, ich habe mir wohl den Kopf gestoßen. Es ist aber nicht schlimm.«
»Okay. Wir müssen jetzt hier raus.«
»Wohin gehen wir?«, fragte Tim, als sie die Grotte verlassen hatten.
»Zurück zum Palast. Wir können dort zwar nicht helfen, können das Szenario aber aus sicherer Entfernung beobachten. Zudem gibt es dort ein Portal, welches uns wieder in mein Landhaus führt.«
Tim wurde plötzlich etwas klar.
»Der Palast... er steht an derselben Stelle wie dein Haus, oder?«
»Das hast du gut erkannt. Ich habe es aus bestimmten Gründen an dieser Stelle gebaut.«
»Welche Gründe?«
Sie traten nun unter einem Felsvorsprung hervor. Der Himmel hatte sich bedenklich verdunkelt, und die Menschen, die zuvor noch zu sehen gewesen waren, waren allesamt verschwunden. Sie waren, zumindest schien es so, komplett alleine. Ein heftiger Blitz erhellte den Himmel und ein imposanter Donner folgte.
»Direkt über dem Haus gibt es ein weiteres Portal zu den finste-

ren Mächten. Der Palast konnte alles viele Jahre zurückhalten – doch sieh dir nur an, was jetzt passiert.«
In dem Moment, in dem der Lord sein letztes Wort gesprochen hatte, sackte der Boden unter dem Palast weg. Etwa zwei Sekunden später begann es, wie aus Kübeln zu regnen. Bald schon hatten sich große Pfützen gebildet, die das Vorankommen erheblich erschwerten. Im aufgekommenen Wind raschelten die Blätter der Olivenbäume. Zweige brachen und Äste flogen umher. Im nächsten Augenblick schlug ein Blitz genau in der Wurzel eines großen Baumes ein und teilte ihn entzwei. Tim spürte, wie das kalte Wasser auf ihm landete und seine Haare durchnässte. Bald schon lief es in Bächen seinen Rücken hinunter und vertrieb den Schweißfilm, der sich da kurz zuvor gebildet hatte. Der Himmel war nun fast schwarz – es war, als wäre es mitten in der Nacht. Das einzige Licht waren die umherzuckenden Blitze. Alles in allem ein gespenstisches Szenario. Der Weg unter ihren Füßen wurde vom Regen immer schlammiger und somit auch schwerer zu bewältigen. Mehrere Male sackte er bis zu den Knöcheln im Schlamm ein und schaffte es nur wieder mit der Hilfe des Lords heraus. Als sie den durchnässten Rasen erreicht hatten, atmete er tief durch. Der Palast war nicht mehr weit entfernt. Sie passierten wieder den Springbrunnen. Die Steinfiguren waren mittlerweile komplett zerbrochen, die Katastrophe hatte also auch dort bereits erste Spuren hinterlassen. Als Tim seinen Blick wieder hob, entdeckte er eine zerbrochene Fensterscheibe an der Fassade des Palastes. Sie bahnten sich dort ihren Weg hindurch und befanden sich wenig später im Inneren des prunkvollen Gebäudes. Der Wind fegte durch den düsteren Flur. Ein Kronleuchter flog von der Decke, Tim konnte gerade noch ei-

nen Schritt zur Seite ausweichen und so verhindern, dass er von der edlen Deckenbeleuchtung nicht getroffen wurde. Die gläsernen Elemente zerbrachen und der Boden war gesäumt mit Scherben.

»Pass besser auf!«, meinte der Lord.

»Hier kannst du dich schnell verletzten.«

Sie hetzten durch den Flur und durchquerten am Ende des Ganges eine Tür. Im Vorbeilaufen streifte Tim eine Kommode, von der eine Vase polternd zu Boden ging. Die Tür fiel hart ins Schloss und ließ ihn zusammenzucken. Sie befanden sich im Speisesaal, dem Raum, in dem sie den König später am Tage wieder treffen wollten. Zunächst sah es aus, als wäre der Raum verlassen. Als sie sich jedoch etwas weiter hervorwagten, erkannte Tim eine Kontur, die im hinteren Teil des Raumes am Fenster stand und herausblickte.

»Es ist wirklich passiert.«

Die Stimme des Königs drang durch den gesamten Raum.

»Unfassbar.«

Er klang fast weinerlich, seine Stimme war kurz davor zu brechen.

»Du wusstest davon.«

Der Mann drehte sich um. In seinem Gesicht stand eine Zornesröte, die Tim bisher so noch nicht gesehen hatte. Die roten Diamanten der Krone funkelten im Lichtschein der Blitze fast bedrohlich.

»Warum hast du es nicht verhindert?«

Seine Stimme wurde nun lauter.

»Ich...«

Tim stotterte, wurde dann jedoch von Lord Raigner unterbrochen.

»Woher soll er das wissen?«
»Ich habe keine Ahnung.«
Der König machte eine kurze Pause.
»Sollte er übernatürliche Kräfte haben, ist er eine Gefahr für uns alle.«
Ohne, dass Tim sah, was er gerade tat, griff der König in eine Schale auf der Fensterbank. Er hielt etwas glühend Rotes in der Hand. *Ist das ein Stein?* Schneller, als Tim gucken konnte, flog der Gegenstand auf ihn zu. Er konnte sich nicht mehr rechtzeitig ducken und spürte, wie er an der Stirn getroffen wurde. Der Stein war glühend heiß, seine Haut platzte auf und versengte. Er konnte bloß noch einen Schrei hervorbringen, bevor er das Gleichgewicht verlor, gegen eine Kommode taumelte und zu Boden ging. Dabei riss er noch ein Gemälde von der Wand, es fiel direkt neben ihm zu Boden und zerbrach in viele Einzelteile. Lord Raigner hatte blitzschnell gehandelt und dem König einen Faustschlag verpasst. Die Scheibe zerbrach und eine Scherbe bohrte sich in seinen Hals. Unbeeindruckt zog er diese jedoch wieder heraus und versuchte, den Schlag zu erwidern. Seine Faust schoss hervor, traf jedoch ins Leere. Diesen Moment nutzte der Lord und stieß seinen gegenüber durch die Lücke in der Scheibe. Es sah danach aus, als würde er diesen Kampf für sich entscheiden – bis der Fuß des Königs hervorschoss und seinen Kiefer traf. Der Lord ging zu Boden, konnte sich aber wieder rechtzeitig aufrappeln und setzte einen weiteren Fausthieb. Als der Kopf des Königs nach hinten schoss und er aufschrie, weil er mit seiner rechten Hand in den Scherben der Fensterscheibe landete, sah Tim, wie sich die Krone vom Kopf löste. Im selben Moment schoss ein gigantischer Blitz aus dem schwarzen Himmel hervor und traf die Krone, bevor sie in der

Dunkelheit verschwand. Einen kurzen Augenblick lang sahen sich beide Männer in die Augen. Dann schaffte es der Lord, mit einem weiteren Schlag den König aus der kaputten Scheibe in die Tiefe zu befördern. Mit einem letzten Schrei kam sein Körper wenig später krachend auf dem Boden auf.

»Komm, wir müssen wieder weg, bevor die finsteren Mächte das Gebäude erreichen.«

»Was ist da draußen gerade passiert?«

»Die Krone wurde vom Blitz getroffen. In der Gegenwart habe ich sie in einer meiner Hütten versteckt – nicht im Landhaus, weil ich zu viel Respekt vor der Magie der Krone habe. Es kann sein, dass deine Freunde darauf gestoßen sind.«

Tim wurde flau im Magen. Zudem mischte sich Übelkeit in das Gefühl.

»Kannst du aufstehen?«

Der Lord reichte ihm seine Hand. Tim nahm diese dankend an und kam wieder auf die Beine.

»Es geht.«

Er fasste sich an die Stirn und fuhr über die Stelle, an der ihn der Stein getroffen hatte. Die Wunde blutete noch, jedoch war der Fluss bereits etwas abgeebbt. Als er neben sich blickte und versuchte, den Stein zu finden, sah er nur einen Haufen Asche.

»Das war heiße Kohle«, murmelte der Lord.

»Du wurdest ziemlich erwischt.«

»Ich bin froh, dass er nicht mit einem Messer auf mich losgegangen ist.«

Tim legte eine kurze Pause ein. Das gesamte Gebäude wackelte und der Regen schoss durch die kaputten Fensterscheiben hindurch ins Innere. Es war deutlich abgekühlt in den letzten Minuten, er begann, langsam zu frieren und sehnte sich nach dem

men Kamin im Haus des Lords. Als ob dieser seine Gedanken lesen konnte, sagte er:
»Komm mit. Wir müssen los.«
Tim folgte dem Lord, merkte jedoch, wie ihn der Schmerz daran hinderte, sich unbeschwert bewegen zu können. Sein Kopf fühlte sich wie mehrmals überfahren an, und er sehnte sich dem Moment entgegen, in dem er sich zur Ruhe setzen konnte. Er fühlte sich unfassbar müde. Den Weg jetzt musste er noch bewältigen, das wusste er. Unversehrt erreichten sie die Tür, durch die sie in den Speisesaal gekommen waren. Nachdem sie zwei Mal den linken Gang nahmen, führte Lord Raigner sie mehrere Stockwerke tiefer. Das Foyer war komplett zerstört - auch an diesem Teil des Palastes war die Katastrophe alles andere als spurlos vorbeigegangen. Tim sah in der Ecke einen Kerzenständer, die Kerzen jedoch brannten nicht mehr. Ganz im Gegensatz zu dem Vorhang dahinter, der Feuer gefangen hatte und fast komplett heruntergebrannt war. Hier waren alle Scheiben noch intakt, weshalb es noch nicht hereingeregnet hatte. Dass dieser Zustand nicht mehr lange anhalten würde, war an dem Geräusch zu erahnen, welches der peitschende Wind auf den Glasscheiben erzeugte. Es war fast so, als würde er sich mit aller Gewalt seinen Weg ins Innere bahnen wollen.
»Wo kommt dieser Sturm plötzlich her?«, fragte Tim keuchend.
»Der Winddämon«, gab Lord Raigner zur Antwort.
»Vorhin in der Höhle hast du den Wasser- und den Feuerdämon gesehen. Und jetzt zeigt sich der Erddämon.«
In dem Moment, in dem er seine Worte gesprochen hatte, sackte der Palast noch ein paar Stücke tiefer in die feuchte Erde. Die Fenster im Foyer konnten der enormen Wasserkraft nicht mehr standhalten und gaben nach. Tim erhöhte sein Tempo und ver-

suchte, mit dem Lord Schritt halten zu können. Das schaffte er jedoch nicht. Im Moment tat ihm gefühlt jedes einzelne Körperteil weh. Sie befanden sich nun in einem Labyrinth aus Gängen – es war gerade so hell, dass man seine eigenen Hände und Füße erkennen könnte. Die enormen Wassermassen hatten sie fast erreicht, Tim spürte, wie seine Schuhe schon bald durchnässt waren und er wenig später bis zum Knöchel im kalten Wasser stand. Das erschwerte sein Vorankommen natürlich zusätzlich. Lord Raigner wartete an der nächsten Biegung, er hatte sich umgedreht und sah ihn an.

»Wir haben das Portal bald erreicht. Es sind nur noch wenige Gänge.«

Tim nickte. Er mobilisierte nochmal all seine Kräfte für die letzten Meter... und richtete seinen Blick wieder nach vorne. Plötzlich spürte er etwas an seinen Beinen. Eine Hand legte sich mit festem Griff um seine rechte Wade. Er stolperte fast, blieb jedoch gerade noch so auf den Füßen.

»Tim!«

Ein Flüstern. Leise. Tim drehte sich um und erkannte in der Finsternis ein bekanntes Gesicht.

»Efeo?«, flüsterte er.

»Bist du es?«

»Ja.«

»Tim?«

Aus der Ferne drang die Stimme des Lords in sein Gehör.

»Ich komme gleich!«, keuchte er.

»Kleinen Moment.«

»Komm mit!«

Tim half Efeo auf die Beine.

»Ich folge euch durch das Portal.«

Tim war verwundert, dass Efeo davon wusste.
»Woher weißt du das?«
»Das ist egal. Wir treffen uns morgen am Wasserfall. Okay?«
»Warum...?«
»Psst.«
Efeo legte sich einen Finger auf die Lippen.
»Du wirst erwartet. Ich folge euch. Wir sehen uns morgen.«
Eine Sekunde später waren die Hände verschwunden. Tim sah sich um, er konnte Efeo jedoch nicht entdecken. Lord Raigner wartete an der Ecke des Flurs vor einer Tür bereits auf ihn.
»Komm, wir müssen wieder zurück, bevor der ganze Ort in der Finsternis versinkt.«
Der Lord öffnete die Tür und folgte Tim, der als erstes eintrat. Das wabernde, blaue Licht des Portals überstrahlte alles. Es elektrisierte Tim, sein gesamter Körper gab sich den Vibrationen hin. Er trat durch das Licht und spürte die bekannte, wohlige Wärme.

Tim atmete erleichtert auf, als er wieder auf den Holzdielen im Keller des Landhauses stand. So glücklich wie in diesem Moment war er die letzten Stunden nicht gewesen – er fühlte sich frei. Es dauerte etwa eine Minute, bis Lord Raigner ebenfalls angekommen war.
»Es ist jedes Mal aufs Neue einfach schrecklich, zu sehen, wie dieser schöne Ort komplett den Bach hinunter geht. Aber ich fand es wichtig, dir das zu zeigen, weil ich dir etwas auftragen möchte.«
Er machte eine kurze Pause.
»Du musst morgen zum Wasserfall und das Ritual erneut durchführen. Nur so können wir eventuell die bösen Mächte besiegen

– wenn ihr euch ihnen auf dem Schlachtfeld stellt.«
»Wir?«, fragte Tim.
»Du und deine Freunde.«
»Ich werde sie wiedersehen?«
Sein Herz fing plötzlich vor Aufregung an, schneller zu schlagen. Er musste an jedes einzelne Gesicht denken – speziell an das von Willow. Er verspürte eine gewisse Wehmut bei dem Gedanken an sie – die Motivation, sie wiedersehen zu können, trieb ihn jetzt noch mehr an.
»Davon gehe ich stark aus.«
»Es wäre so schön.«
Mehr konnte Tim nicht sagen, da ihn der Kloß in seinem Hals am Sprechen hinderte. In diesem Moment wünschte er sich nichts sehnlicher, als wieder bei seiner Gruppe sein zu können.

Lord Raigner hatte Tim ein Gespräch bei einer heißen Tasse Tee am Kamin angeboten. Er hatte jedoch abgelehnt, da er zu müde war. Er wollte einfach nur noch ins Bett und sich auf den nächsten Tag vorbereiten. Also bezog er eine Schlafkammer in der Nähe des Kellers und legte sich auf das Bett. Sein Kopf brummte, doch die Matratze war weich und bequem. Er ließ die Petroleumlampe, die auf der Kommode neben dem Bett stand, an, weil er sich dadurch einfach sicherer fühlte. Die Holzdielen im Flur knarzten, als Lord Raigner die Tür des Raumes schloss und in Richtung Wohnzimmer ging. Tim versuchte, sich zu entspannen. Er war wirklich hundemüde. Doch er fand einfach keine Ruhe – das, was kurz vor dem Eintritt ins Portal passiert war, beschäftigte ihn zu sehr. Zugleich verwirrte es ihn. Er wusste nicht, ob er sich die Erscheinung von Efeo eingebildet hatte oder nicht. Einerseits spürte er noch immer den Griff der kalten Hände im knöcheltiefen Wasser, doch andererseits... er hatte ihn nicht mehr gesehen, nachdem sie sich verabschiedet hatten. Es war, als hätte er sich einfach in Luft aufgelöst. Dass das natürlich vollkommen unmöglich war, wusste er auch. Er fand keine Lösung des Problems, was ihn zusätzlich deprimierte. Was feststand, war, dass er am morgigen Tag definitiv den Wasserfall aufsuchen würde. Ob er dort auf Efeo treffen würde, wusste er nicht. Er wünschte es sich jedoch, in erster Linie natürlich, um mehr Antworten auf all seine Fragen erhalten zu können. Das war dann auch das letzte, an was er dachte, bevor er in einen ruhigen und tiefen Schlaf fiel.

Als Tim aufwachte, war es dunkel. Er hatte nichts anderes erwartet – wusste aber so natürlich auch nicht, wie lange er geschlafen hatte. Er rieb sich den Schlaf aus den Augen, zog die Decke zurück und schlüpfte in seine Kleidung, die er vorm Schlafen abgelegt hatte. Er schüttelte die Bettdecke und das Kissen auf, hinterließ das Zimmer ordentlich, öffnete die Tür und trat auf den Flur hinaus. Ein paar Schritte später hatte er das Wohnzimmer erreicht. Lord Raigner saß auf dem Sofa und war in ein Buch vertieft, dessen Titel Tim im schummrigen Licht nicht erkennen konnte. Zunächst sah es so aus, als schien der Lord keinerlei Notiz von ihm zu nehmen – bis er seinen Kopf hob und ihm direkt in die Augen blickte.
»Gut geschlafen?«, fragte er.
»Auf jeden Fall. Wie lange...?«
»Etwa vierzehn Stunden.«
Tim sah ihn aus großen Augen an. *Ich habe vierzehn Stunden geschlafen?* Er war selbst überrascht, doch angesichts der Tatsache, was er in den Stunden davor alles erlebt hatte, war das

kein Wunder. Sein Kopf brummte noch immer, er fasste sich an die Wunde und bemerkte, dass das Blut mittlerweile getrocknet war. Im Allgemeinen fühlte er sich viel besser als zuvor. Er war bereit, den Weg zum Wasserfall anzutreten – musste sich davor jedoch stärken.

»Falls du Hunger hast, bediene dich einfach. Es steht alles in der Küche.«

Es war fast so, als könne der Lord seine Gedanken lesen. *Schon wieder!* Tim bekam eine Gänsehaut.

»Danke, ich könnte wirklich etwas zu essen brauchen. Wo ist die Küche?«

»Direkt gegenüber.«

Lord Raigner deutete auf eine Tür auf der anderen Seite vom Flur. Tim öffnete diese und fand sich in einem kleinen Raum wieder. Auf einer Anrichte stand ein Topf, in dem die Zwiebelsuppe vom gestrigen Tage mithilfe einer Flamme weiterhin erhitzt wurde. Daneben entdeckte er einen Laib frisches Brot. Es war noch ofenwarm. Er fand ein Messer neben dem Brotlaib, schnitt sich ein paar Stücke ab und füllte sich etwas Suppe auf den Teller. Er achtete darauf, in der hölzernen Kelle genug Fleischstückchen zu haben, und betrat dann wieder mit dem vollen Teller das Wohnzimmer. Der Kamin brannte noch immer, auch wenn die Flamme schwächer war als am gestrigen Tage. Tim setzte sich gegenüber vom Lord auf die bequeme Couch und stellte den Teller auf den Tisch. Etwas Suppe schwappte auf das Holz und hinterließ einen fingerbreiten Fleck auf dem Tisch. Tim genoss den rauchig würzigen Geschmack, den das Fleisch in seinem Mund hinterließ.

»Die Krone wurde vernichtet«, murmelte der Lord.

Tim wurde hellhörig.

»Wie meinst du das?«
»Deine Freunde haben sie in den See der verlorenen Seelen geworfen.«
»Woher weißt du das?«
»Meine Erkundungstour am heutigen Morgen hat das ergeben. Ich fahre fast jeden Tag die Strecke bis zum See und zurück – heute gab es eine Veränderung. Die Brücke existiert nicht mehr, sie wurde bei der Sternenexplosion zerstört.«
»Monodanus?«
Tim konnte sich wieder an das erinnern, was er auf dem Würfel gesehen hatte. Eine Seite hatte die angesprochene Sternenexplosion gezeigt.
»Genau.«
»Ich habe sie einfach verschlafen?«
»Ja, das hast du. Allerdings habe ich hier auch nichts davon mitbekommen. Wir sind zu weit vom See entfernt, als dass wir etwas gemerkt haben könnten.«
»Und woran hast du gesehen, dass die Krone in den See geworfen wurde?«
»Ich habe die Überreste am Ufer gefunden. Sie wurden angespült.«
Tim aß die Suppe und das Brot auf und entschied sich dann dazu, aufzubrechen. Er bedankte und verabschiedete sich vom Lord.
»Wir werden uns nicht mehr wiedersehen.«
»Wieso bist du dir so sicher?«
»Wenn du das Portal zur Hölle erneut öffnest, wird meinem Haus dasselbe Schicksal ereilen wie den Palast im Königreich Ehygea. Ich habe es genau an diese Stelle gebaut, um den Erddämon in Schach zu halten.«

»Dann bring dich doch lieber in Sicherheit.«
Der Lord lachte.
»Ach, dafür bin ich doch schon zu alt. Ich wünsche dir viel Glück auf deinem Weg, deinen inneren Frieden zu finden.«
Tim beäugte ihn argwöhnisch.
»Das ist das Ziel des Ganzen«, meinte Lord Raigner im Anschluss.
»Los, beeile dich. Die dunklen Wolken kündigen Regen an. Du solltest dein Ziel erreicht haben, bevor dieser eintritt.«

Er musste seinen Weg in kompletter Dunkelheit zurücklegen. Es schien fast so, als hätte er die Zeit, in der es zumindest für wenige Stunden hell war, komplett verschlafen hatte. Die düstere Atmosphäre schlug ihm aufs Gemüt und belastete ihn psychisch enorm. Er lehnte sich an einen Stein und ritzte eine Botschaft in den Felsen – er hoffte, die anderen würden sie finden und seinem Weg folgen.
Der Marsch hatte einige Stunden gedauert – er hatte über Felsspalten klettern müssen und fühlte sich ausgelaugt, als später der riesige Wasserfall in sein Sichtfeld kam. Das Rauschen war zuvor schon nicht zu überhören gewesen. Das Wasser glitzerte im Mondschein und wirkte irgendwie magisch. Tim bekam bei dem Szenario eine Gänsehaut, und als sich dann noch der Gedanke, was für ein Grauen in diesem Wasserfall steckte, in seinen Kopf schlich, fühlte er sich vollkommen eingenommen von diesem Ort. Er setzte sich an das Ufer des Flusses. Am Steg lag ein Ruderboot vertäut. Tim entschied sich jedoch dazu, die Strecke zu schwimmen. Es war nicht besonders weit bis zu der Grotte, in der er sich ja gerade erst am gestrigen Tage im alten Ehygea aufgehalten hatte. Er schüttelte den Kopf. *Das alles*

war schon ziemlich verrückt. Ohne noch länger zu warten, sprang er in das Wasser und spürte, wie die Kälte in jede einzelne Pore seines Körpers drang. Mit großen und schnellen Zügen durchschwamm er den See. Er versuchte, das aufkommende Gefühl der Taubheit zu ignorieren, schaffte das jedoch nicht so gut wie gewünscht. Auf der Hälfte des Weges verkrampfte seine Wade, er konnte gerade noch rechtzeitig zum Ufer an der rechten Seite schwimmen. *Was für eine blöde Idee. Wozu ist das Boot denn sonst da?* Er ärgerte sich, wusste jedoch, dass er jetzt schon so weit gekommen war, dass umdrehen keinen Sinn mehr ergeben würde. Nachdem sich der Krampf aus seinen Muskeln gelöst hatte, ging er es den Rest der Strecke etwas langsamer an. Eine halbe Stunde später hatte er zitternd und bibbernd den Eingang zur Grotte erreicht. Er hatte während des Weges trotz Ausschilderung keine Schwertfische gesehen – und war sehr froh darüber. Ein paar Biegungen später erreichte er den Gang, der ihn nach oben führte. Auch hier waren wieder jede Menge massige Felsbrocken übereinander geschüttet und bildeten eine Art Treppe. Tim kletterte hinauf, merkte jedoch, wie seine nasse Kleidung einem schnellen Vorankommen im Weg stand. Er rutschte beim Aufgang mehrmals ab, schaffte es aber, das Gleichgewicht zu halten. Fünf Minuten später stützte er sich auf dem obersten Felsen ab und atmete tief durch. Er hatte sein Ziel nun erreicht. Erneut musste er durch die schmale Passage kriechen, ehe er wieder aufrecht gehen konnte. Das Rauschen des Wasserfalls übertönte alles. Nur wenig Licht fiel durch die offene Stelle in die Höhle hinein. Ein paar Meter entfernt sah er etwas, was ihm Gänsehaut verursachte. Ein heruntergebranntes Lagerfeuer – oder wohl eher die Überreste davon. Tim setzte sich auf den Boden und warf einen Blick durch die Höhle. Er konnte von der Stelle aus nicht so viel überblicken, doch das, was er sehen konnte, war wenig aufregend. Steine. Wasser, das von der Decke tropfte. Triste Dunkelheit. *Wo ist Efeo? Ich sollte ihn doch hier treffen.* Tim zweifelte in diesem Moment immer mehr daran, dass es dieses Treffen im dunklen Flur des Palastes überhaupt gegeben hatte. Er schüttelte den Kopf. *Ich habe mir doch gestern Abend schon genug Gedanken darüber gemacht. Es bringt mich nicht weiter – ich muss mich überraschen lassen.* Plötzlich hörte er ein Geräusch, welches sich von der bisherigen Masse der Geräusche abhob. Es mischte sich unter das stete Tropfen des Wassers auf den steinigen Boden und das Rauschen des Wasserfalls. Es handelte sich um Schritte. Zunächst langsam, dann stets schneller werdend.

»Folge mir, Tim.«

Tim wusste nicht, ob diese Stimme gerade wirklich zu ihm gesprochen hatte, oder ob sie nur in seinem Kopf existiert hatte. Er erhob sich wieder, stützte sich an einem Brocken ab und wagte sich ein paar Schritte nach vorne. Seine Schritte führten ihn in die entgegengesetzte Fließrichtung des Wassers. Er stapfte durch das knöchelhohe Nass und watete gegen den Strom. Seine Schuhe hatte er sich beim Klettern leicht aufgerissen, seine Socken waren komplett durchnässt. Es war ihm aber egal, denn es spielte in diesem Moment keine Rolle.

»Hallo?«

Seine Stimme schallte von den Wänden der Höhle und erfüllte seinen Kopf. Doch es kam keine Antwort. Er hatte aber auch nichts anderes erwartet, und das trieb ihn weiter an. Es folgten einige Gänge, bei denen er sich ducken musste, um sie problemlos bewältigen zu können. Es war wieder wie im Moment seiner Ankunft auf dem fremden Planeten: er folgte seinem inneren Antrieb, seinen Gefühlen. Irgendwann fühlte er sich komplett ausgelaugt. Er hielt einen Moment lang inne und schloss seine Augen. *Plop. Plop. Plop. Plop.* Er befand sich nun wieder in einem etwas geräumigeren Abschnitt der Höhle. Sowohl nach oben als auch zu den Seiten gab es genug Abstand, so dass er wieder aufstehen und aufrecht gehen konnte. *Plop. Plop. Plop. Plop.* Sein Blick traf das kleine Rinnsal, welches sich seinen Weg über die Steinwand an der Decke bis zu einem Stalagmiten bahnte. An diesem perlte es ab und landete mit einem leisen *Plop* in einer Pfütze. Tim senkte seinen Blick und sah, wie sich die Pfütze stets vergrößerte. Plötzlich erschien etwas. Er kniff seine Augen zusammen, doch das Gesicht, welches auf einmal im Wasser aufgetaucht war, verschwand nicht. Hektisch drehte Tim sich um, konnte jedoch niemanden in seiner Nähe ausmachen. Dann wandte er sich wieder dem Wasser zu und blickte Efeo tief in die glasigen Augen.

»Freut mich, dass du gekommen bist.«

»Wo bist du?«

»Du siehst mich doch. Ich bin hier.«

»Du bist nicht hier. Du bist bloß eine Illusion in meinem Kopf.«

»Und selbst wenn das so wäre, dann wäre ich doch trotzdem hier.«

Tim überlegte. Bevor er etwas entgegnen konnte, übernahm Efeo wieder das Wort.

»Du weißt, was du zu tun hast? Der Lord hat es dir schließlich aufgetragen. Du musst den Weg wieder zurückgehen und das Tor zur Hölle erneut öffnen.«

»Was heißt erneut? Beim letzten Mal hast du es geöffnet.«

Efeo schüttelte den Kopf.

»Das ist ein Irrtum. Du hast es getan, deswegen bist du so verdammt wichtig für den Planeten.«

Tim sagte weiterhin nichts, hörte einfach nur zu.

»Ich mag vielleicht nicht existieren, aber ich bin ein Spiegelbild deiner Seele.«

Die Erscheinung in der Pfütze veränderte sich plötzlich. Efeos Gesichtszüge verschwanden, und plötzlich war es, als würde Tim in einen Spiegel blicken. Danach trübte sich das Wasser wieder, und Efeos Gesicht trat für einen kurzen Moment erneut hervor.

»Tim Anderson, du bist derjenige, der dem Grauen ein Ende setzen muss. Durch dein Handeln in der Vergangenheit des Königreiches Ehygea bist du der Auserwählte.«

»Was muss ich tun?«, fragte Tim.

»Und zu welchem Zweck?«

»Du musst das Tor zur Hölle erneut öffnen und dich den finsteren Mächten auf der hellen Seite von Ehygea stellen. Folge deinem inneren Antrieb, er wird dich dorthin leiten, sobald das Tor geöffnet ist.«

»Was ist mit meinen Freunden? Werde ich sie jemals wiedersehen?«

»Oh ja, das wirst du. Schon bald. Aber vorher musst du deinen Geist befreien.«

Einen kurzen Moment lang geschah gar nichts, dann merkte Tim, wie in seinem Inneren etwas passierte. Es war, als würde sich seine Seele aus seinem Körper lösen. Nebelschwaden traten auf und trübten das Wasser in der Pfütze noch weiter. Sein Kopf brummte, ehe er ein paar Sekunden später nichts mehr spürte. Er war frei, er hatte seine Bestimmung und gleichermaßen seinen inneren Frieden gefunden. *Jetzt muss ich nur noch das Tor zur Hölle öffnen.*

Zurück in der Eiswüste

Fynn spürte die Schmerzen am gesamten Körper. Sie vernebelten seinen Verstand, er war nicht in der Lage, klar zu denken. Plötzlich öffnete sich die Tür. Eine Frau in weißem Kittel trat in den Raum. Sie trug ein Glas in der Hand, welches mit einer durchsichtigen Flüssigkeit gefüllt war. *Wasser?*, fragte Fynn sich. Oder...
»Hier. Silberwasser, es lindert den Schmerz.«
Sie stellte das Glas auf die Kommode.
»Trink nicht zu viel davon«, flüsterte sie.
»Sie werden mich dafür hinrichten, dass ich es dir gebe. Aber das ist es mir wert.«
Fynn dachte nicht über das nach, was die Frau sagte. Auf ihrem Namensschild konnte er den Namen *Rhonda Flair* lesen. Er setzte das Glas an den Hals, trank, und spürte, wie ihn seine Sinne wenige Sekunden später in eine fremde Welt führten, die er vor ein paar Stunden in der dunklen Höhle während der Nachtwache mit Oskar und Tim inmitten der Eiswüste schon einmal gesehen hatte.

Zurück in der Festung von Ghiron Nagh

Abigail Scales beobachtete wie in Trance die Bilder, die die Kamera aus dem Wald zeigte. Ihr schoss nur ein einziger Gedanke durch den Kopf: *Sie haben das falsche Portal genommen.* Sie wusste nicht, wo das hinführen würde, hatte aber das Gefühl, dass eine riesige Katastrophe bevorstand.

Die helle Seite von Ehygea

Nachdem Tim seine Erzählung beendet hatte, setzten sie ihren Weg fort. Dieser führte sie noch weiter durch die Höhle. Sie gingen entgegen der Fließrichtung des Baches, liefen also gegen den Strom des Wassers. Somit entfernten sie sich auch immer weiter von dem riesigen Wasserfall, dessen Rauschen von Minute zu Minute leiser wurde, bis es irgendwann nicht mehr zu hören war. Oskar entdeckte noch ein Schild, welches verriet, dass die helle Seite von Ehygea nur noch zwei Stunden entfernt lag. Er wurde nervöser, spürte, dass etwas Großes bevorstehen würde. Das Schwert in seiner Hand vibrierte durchgehend und wurde immer wärmer. Als der Griff so heiß war, dass Oskar ihn nicht mehr halten konnte, sagte er:
»Wir müssen eine kurze Pause einlegen.«
Tim, der die Führung übernommen hatte, drehte sich um.
»Was ist los?«
»Das Schwert ist zu heiß, ich kann es nicht mehr tragen. Irgendetwas besonders steht uns bevor, das spüre ich.«
Sein Magen zog sich zusammen und sein Gefühlszustand wechselte immer wieder von euphorisch zu gedemütigt. In seinem Kopf spukten zwei gegensätzliche Gedanken herum, er wusste nicht, was er glauben sollte. *Bald ist es vorbei*, sagte der eine Teil von ihm. *Was kommt, wird schrecklich werden*, wiederum der andere. *Kopfchaos*. Einen Moment später wurde das leise Rauschen von einem anderen Geräusch abgelöst. Es schien von oben zu kommen und hörte sich an, als würde es draußen anfangen zu regnen. Als Oskar durch eine Ritze im Stein einen Tropfen abbekam, wurde er misstrauisch.

»Das ist Blut.«

Cassie war sofort bei ihm.

»Was meinst du?«

»Da, seht doch. Durch die Steine kommt es, von außen.«

Er hielt seine Hand direkt unter eine undichte Stelle und zeigte sie fünf Sekunden später den anderen.

»Was hat das zu bedeuten?«

»Es kann nichts Gutes sein«, murmelte Tim.

Die Höhle wurde kurz darauf von einem leichten Beben erfasst. Das Blut floss nun immer dichter durch die entstandenen Ritzen im Stein, schon bald hatte sich eine kleine Pfütze auf dem Boden gebildet.

»Was sollen wir machen?«

Cassie wandte sich an Tim.

»Wir müssen aus der Höhle raus.«

»Und welchen Weg schlägst du vor?«

Er deutete nach vorne.

»Folgt mir einfach.«

Cassie griff nach Oskars Hand, er streckte sie ihr entgegen. Das Schwert fühlte sich mit jedem weiteren Meter immer wichtiger an, es vibrierte und gab eine gewisse Sicherheit. *Ich werde uns alle damit beschützen.* Tim führte sie in einen helleren Bereich. Schon bald war es in dem Abschnitt, in dem sie sich befanden, taghell. Der Weg hinter ihnen war bereits teilweise verschüttet, die Steine hatten sich von der Decke gelöst und versperrten den Weg.

»Wenn meine Erinnerungen an die Karte stimmen, dann haben wir den Ausgang tatsächlich gleich erreicht. Kommt!«

Tim ging weiter und Oskar folgte ihm direkt. Hinter Cassie kamen dann Lily und Nora, die sich etwas schwer damit taten,

Schritt halten zu können. Zehn Minuten später erkannte Oskar bereits den Ausgang. Das graue Licht am Ende des Tunnels empfing ihn aus der Ferne und ließ sein Herz höherschlagen. *Was kommt jetzt?*, fragte er sich. *Ist das das Ende von allem?*
»Wir haben die helle Seite erreicht«, meinte Tim.
Er klang jedoch keineswegs motiviert. Die Tonlage seiner Stimme machte Oskar Angst.
»Und jetzt?«
»Nehmt alle einen Schluck. Das Zeug wird uns den Weg wiesen.«
Tim hielt die Flasche mit der mysteriösen Flüssigkeit in der Hand und reichte sie herum.
»Vertraut mir.«
In seinen Augen lag plötzlich wieder Hoffnung, und Oskar konnte dem Ganzen nicht widerstehen. Lily war die erste, die sich schließlich traute, und einen Schluck trank.

LILY

Sie rannte. Vor ihr lag im neblig grauen Licht ein verlassenes Feld. Es war verdammt stürmisch, der Wind peitschte durch die Gegend und ließ sie erzittern. Die kalte Luft erzeugte eine innere Kälte bei ihr, die sie nur schwer loswerden konnte. *Die helle Seite von Ehygea.* Plötzlich spürte sie eine Hand auf ihrer Schulter, und Worte, die warm und vertraut klangen.
»Hey.«
Lily drehte sich um und konnte nicht glauben, wem sie in die Augen blickte. Sie blinzelte mehrmals, doch die Gestalt verschwand nicht.
»Simon!«
Sie fiel ihm in die Arme, hielt ihn fest.
»Ich... dachte du bist tot!«, stammelte sie.
Sie nahm seinen Geruch wahr und hätte ihn am liebsten gar nicht mehr losgelassen. Als sie sich tief in seinen Armen befand, konnte sie ihre Tränen nicht mehr zurückhalten.
»Bleib bei mir«, flehte sie ihn an.
»Du musst es jetzt allein schaffen.«
Simon trat einen Schritt zur Seite und Lily löste sich von ihm. Zum Vorschein kam nun Pacey, der ein leichtes Grinsen aufgesetzt hatte. Sein Körper wirkte wieder vollständig intakt.
»Es tut mir leid. Ich wollte dich nicht zurücklassen.«
Sie wischte sich eine Träne aus dem Gesicht und versuchte, die Fassung wieder zu erlangen. In Paceys Gesicht erkannte sie noch Reste des Schlammes aus dem Schacht, in dem er sein Leben gelassen hatte.
»Wir hatten von Anfang an keine Chance, es alle zu überleben.

So will es einfach das Schicksal.«
Simon legte einen Arm um sie.
»Mach dir bitte keine Vorwürfe.«
Er legte eine kurze Pause ein und fokussierte sie mit einem stechenden Blick. Lily konnte diesem nicht lange standhalten und sah zu Boden.
»Du hast bisher alles geschafft, und jetzt musst du dich ein letztes Mal konzentrieren.
»Ist es das Ende?«
Simon lächelte.
»Das Leben beginnt mit der Geburt und endet mit dem Tod. Verdammt, Lily, nein, es ist nicht das Ende. Hör auf meine Worte.«
Pacey nickte zustimmend.
»Ganz richtig, mein Freund.«
Und so standen sie auf dem verlassenen Feld und blickten in die Leere. Der starke Wind wehte immer wieder Staub vom Boden auf und verpasste der neblig grauen Umgebung noch etwas weiteres Mystisches. Der Himmel war wolkenverhangen und grau.
»Was hat das alles zu bedeuten?«, fragte Lily nun, um die bedrückende Stille irgendwie loszuwerden.
»Der Blutregen, diese Flüssigkeit...«
»Du meinst das Silberwasser. Es ist wirklich verdammt wichtig. Und der Blutregen ist ein Zeichen dafür, dass etwas Großes bevorsteht.«
»Was steht bevor?«
»Der Wandel zu einer besseren Zukunft. Für alle.«
»Bleibt bei mir.«
Lily sah erst Simon und dann Pacey an.

»Zusammen können wir es schaffen.«
»Du musst es allein versuchen. Wir können dir nicht helfen.«
Der Boden unter ihnen fing langsam an, ein weiteres Mal zu beben.
»Es geht los.«
Simon wirkte zuversichtlich.
»Ich liebe dich, Lily. Du schaffst das.«
Sie schloss Simon ein letztes Mal in die Arme.
»Du musst die Puzzleteile verbinden und einen Weg für euch schaffen. Das Schwert wird dir dabei helfen«, waren die letzten Worte, die er sprach, bevor er und Pacey einfach verschwanden.

NORA

Jonas kam aus dem trüben, grauen Licht genau auf sie zu geschritten. Nora spürte, wie ihr Herz höherschlug.
»Hallo, Nora.«
Er setzte sein charakteristisches Grinsen auf. Sie untersuchte ihn mit ihrem Blick und entdeckte eine Narbe am Hals. Es war die Stelle, an der ihn der Eiszapfen in der Höhle tödlich verwundet hatte. Ohne weiter nachzudenken schloss sie ihn in die Arme.
»Ich bin so froh, dass du da bist.«
»Wir haben uns jetzt schon einige Zeit nicht mehr gesehen, das stimmt.«
Er lächelte.
»Allerdings war ich immer bei dir.«
Nora nickte.
»Ich habe dich nicht vergessen.«
Plötzlich musste sie wieder an das denken, was im Dornenwald vor der Festung passiert war. Prompt löste sich ihr gutes Gefühl auf und sie wurde von ihrem schlechten Gewissen überwältigt.
»Das mit Tim...«
»Es ist in Ordnung. Ich möchte nur, dass du glücklich bist.«
Aus dem Schatten von Jonas trat jetzt auch Ian hervor. Er hatte sich zuvor im Hintergrund gehalten, so dass Nora ihn erst jetzt entdeckt hatte.
»Nora, ich glaube an dich.«
Er lächelte.
»Allerdings musst du dich jetzt konzentrieren. Zudem musst du es verhindern, bevor es zu spät ist.«

»Was muss ich verhindern?«

»Die Brücke ist euer Weg in die Freiheit. Du musst verhindern, dass sie vor deinen Augen abbrennt. Sonst werdet ihr alle sterben.«

»Was kommt danach?«

Wieder lächelte Ian.

»Ihr werdet es erleben. Ich glaube fest an euch.«

»Aber was?«

»Komm mit, ich muss dir etwas zeigen.«

Jonas unterbrach Ian. Er ging ein paar Meter auf dem grauen Feld voraus, Nora folgte ihm. Hinter einem kleinen Hügel konnte sie dann das sehen, was sie bereits aus der Höhle heraus gesehen hatte. Der andere Planet war so nah... eine Brücke, die recht stabil wirkte, bildete einen Übergang auf die andere Seite.

»Das blühende Leben«, meinte Jonas.

»Dort, auf diesem Planeten, werdet ihr in Ruhe und Frieden leben können. Die Welt, in der wir uns gerade befinden... sie ist voller Hass und Tod.«

Nora sah, wie die Erde um sie herum bröckelte und der Boden sich auftat.

»Es ist an der Zeit.«

Jonas umarmte Nora und gab ihr einen letzten, schwachen Kuss.

CASSIE

Der Nebel lichtete sich und ein kalter Luftzug wirbelte Staub auf. Cassie merkte, wie sie zu frieren begann. Sie rieb sich über die Arme und spürte, wie sie eine Gänsehaut bekam und sich mit jeder weiteren Sekunde unwohler fühlte. Sie drehte sich um, versuchte, mit ihren Blicken die Umgebung zu durchstreifen – doch es gab nichts, was sie erkunden konnte. Um sie herum war nichts, sie war komplett alleine. *Oskar? Tim, Lily und Nora? Wo sind die alle?* Sie geriet in Panik, ihre Gedanken überschlugen sich. Sie verlor den Boden unter den Füßen, fiel hin und schlug sich den Ellenbogen auf. Sie zuckte zusammen und presste ihre Hand auf die Wunde. Diese wollte jedoch nicht aufhören zu bluten, und als Cassie sah, dass sich langsam eine Pfütze bildete, schrie sie sich die Seele aus dem Leib. Das Blut füllte langsam auch ihren Mund, der eisenähnliche Geschmack war nicht mehr zu vertreiben. Sie spuckte auf den Boden, als sie plötzlich Konturen sahen, die immer näher kamen. Erst, als sich der Nebel langsam nach und nach lichtete, konnte sie erkennen, wer genau auf sie zugeschritten kam. Willows blonde Haare wehten im Wind, ihre Augen waren blutunterlaufen und hatten einen toten Ausdruck.
»Warum hast du mir das angetan?«
Ihre Stimme hatte etwas flehendes.
»Warum, Cassie?«
»Willow, es tut mir leid...«
Willow kam näher auf sie zu. Cassie blieb wie angewurzelt stehen, sie konnte sich nicht bewegen. Ihre Glieder fühlten sich eingefroren und steif an.

Sie schrie erneut, so laut sie konnte, und verlor das Bewusstsein, bevor sie umkippte und auf dem harten, steinigen Boden landete.

TIM

Die Schwärze lichtete sich langsam und Tim sah unter seinen Füßen den riesigen Planeten Ehygea. Der Boden kam ihm immer näher, und gerade als er dachte, ungebremst dort aufzuschlagen, landete er sanft auf einem weiten, grauen Feld. Vor sich sah er eine Gruppe aus Menschen, und als er ein paar Schritte näher heranging, konnte er einige bekannte Gesichter ausmachen. *Das sind alle!* Er erkannte Fynn, der ihm zulächelte. Sein Blick traf auch den von Louis, und als er jeden einzelnen begutachtet hatte, fiel ihm auf, dass vier Leute fehlten. *Oskar, Cassie, Nora und Lily. Sie sind hier, sie leben. Genau wie ich.* Er drehte sich um, konnte seine Freunde jedoch nirgends entdecken. *Sie werden kommen. Nur wann?* Er lächelte und bemerkte, dass das eigentlich total egal war. *Wir werden den Kampf gewinnen.*
»Hey, alles klar?«
Fynn kam auf ihn zu geschritten. Er lächelte und Tim war froh, ihn wieder zu sehen.
»Alles bestens. Was macht ihr alle hier? Ich dachte, ihr wärt tot.«
»Wir unterstützen dich. Du musst heute den letzten Schritt gehen.«
»Wie meinst du das?«
»Frag nicht so viel. Ich kann dir nicht alles beantworten.«
Er legte einen Arm um Tims Schulter.
»Ich kann nur sagen, dass ich dir alles Glück der Welt wünsche. Allerdings muss ich dir noch eine Sache verraten, bevor ich wieder gehen werde.«

Sein Blick wurde ernst, und Tim spürte, wie sich sein Magen langsam zusammenzog. Er ahnte intuitiv, dass es jetzt keine gute Nachricht geben würde.
»Du erinnerst dich doch noch an den Moment damals in der Höhle. Wir haben etwas getrunken.«
Tim dachte nach und wusste wenige Sekunden später, wovon Fynn sprach. Es hatte sich damals in der Eiswüste zugetragen – während der Nachtwache mit Fynn und Oskar.
»Ja.«
»Es tut mir leid. Ich habe euch damals Silberwasser gegeben, ich wusste jedoch selbst nichts davon. Ich habe in meiner Vision zu dem Zeitpunkt etwas Wichtiges gesehen. Als ich dann auf der Krankenstation dem Tode geweiht war, habe ich es noch einmal gesehen. Doch... es ist nur noch verschwommen. Allerdings war es schrecklich.«
»Was hast du gesehen?«
»Der Einzige, der dir das sagen kann, ist Oskar. Er stand im zentralen Mittelpunkt der Ereignisse.«
Mit diesen Worten verschwand Fynn wieder im Nebel, und mit ihm löste sich auch die Hoffnung auf einen Ausweg aus der bedrohlichen Situation in Luft aus.

OSKAR

Oskar wachte auf und sah nur das leichte Flammen eines kleinen Feuers. Um sich herum spürte er eine Eiseskälte, die ihn wenige Sekunden später bereits frieren ließ.
»Oskar.«
Er hörte ein Flüstern und konnte die Stimme zunächst nicht zuordnen.
»Was ist?«
»Steh auf.«
Fynn tauchte vor ihm auf, sein robuster Körper schälte sich nach und nach aus der Dunkelheit heraus. Er streckte die Hand aus. Oskar nahm sie dankend entgegen.
»Ist etwas passiert?«
»Ja. Ich habe etwas gesehen.«
»Was?«
»Komm, ich zeige es dir.«
Oskar folgte Fynn und blieb dicht bei ihm. Es fiel ihm schwer, sich in der Dunkelheit zurechtzufinden und es dauerte lange, bis sich seine Augen daran gewöhnt hatten. Sie passierten die Feuerstelle, an der er, Tim und Fynn gesessen und sich betrunken hatten. Oskar erinnerte sich an die Situation, als wäre sie erst gestern passiert. Fynn führte ihn in einen kleinen Gang, der von außen nur schwer einsehbar gewesen war. Die Decke war so niedrig, dass Oskar seinen Kopf einziehen musste – Fynn, der etwas größer war als er, hatte es noch etwas schwerer. Bald hatten sie einen kleinen Raum erreicht. In diesem waren viele Kerzen aufgestellt, die zum Teil schon komplett heruntergebrannt waren.

»Wo sind wir hier?«

Fynn deutete auf ein verschwommenes Bild an der Wand. Oskar konnte nichts dort erkennen, jedoch stachen die Farben rot und schwarz stark heraus.

»Fass das Bild an«, forderte Fynn ihn auf.

Oskar blickte ihn verwundert an. Fynns Miene wirkte todernst.

»Was soll ich machen?«

»Leg deine Hand auf das Bild.«

Oskar tat dann wenig später, was Fynn ihm sagte. Das schwache Licht der Kerzen schwand mehr und mehr und ihm wurde schwarz vor Augen. Kurz darauf verlor Oskar das Bewusstsein.

Im nächsten Abschnitt empfing ihn erneut die Dunkelheit. Er spürte, wie er von den Wänden an beiden Seiten eingeengt war und sich kaum frei bewegen konnte. Er befand sich in dem Schacht, durch den er kriechen musste, um seine Aufgabe in der Nähe der Festung zu erledigen. Zu seiner rechten war plötzlich eine Lücke entstanden, er tastete sich voran und erreichte einen abzweigenden Raum. Es war exakt derselbe, den ihm Fynn in der Eiswüste neben der Feuerstelle bereits gezeigt hatte. Oskar blickte sich um. Der große Raum war gestaltet wie ein Altar. An der Wand hingen, direkt über den Kerzen, prunkvolle Goldverzierungen und viele Bilder. Eines davon stach jedoch wieder heraus, es war das, was Fynn ihm gezeigt hatte. Die schwarzen und roten Farbtöne verloren sich ineinander, das Bild wurde langsam etwas klarer – doch Oskar konnte immer noch nicht erkennen, um was es sich denn handelte. Er legte die Hand erneut auf das Bild und schloss die Augen.

Das Wasser strömte an seinem Kopf vorbei, als Oskar ein zweites Mal in den See der verlorenen Seelen tauchte. Unter der Wasseroberfläche war es dunkel, von tief unten schien jedoch ein schwaches Licht zu kommen. Das Schwert in seiner Hand fing immer stärker an zu vibrieren, es zog ihn nahezu nach unten auf den Grund des Sees. Er schwamm an einigen Algen und Steinen vorbei, in die Richtung, in die ihn das Schwert leitete. Vor ihm entdeckte er nun eine kleine Höhle. Sie war gerade so hoch, dass er in sie hineinschwimmen konnte. Aus dem Inneren kam das Licht, und auch das Schwert führte ihn genau dort hin. Er musste ein paar Züge schwimmen und spürte, wie ihm die Luft langsam knapp wurde. Wenige Sekunden später fühlte es sich so an, als würden seine Lungen platzen. Danach durchbrach er mit dem Kopf erneut das Wasser und konnte endlich wieder atmen. Er schnappte nach Luft und es dauerte etwas, bis sein Herz wieder in einem normalen Rhythmus schlug. Er öffnete die Augen und spuckte etwas Wasser aus. Er befand sich wieder in demselben Raum, den er zuvor schon in der Eiswüste und in dem dunklen Schacht vor der Festung gesehen hatte. Erneut gab es dort dieses Bild... die schwarze Farbe bildete den Untergrund, auf dem eine rote, grässliche Fratze zu sehen war. Oskar legte seine Hand direkt auf das Bild, und spürte, wie er zu bluten begann.

Ein gigantisches Feuer strömte in einen von tiefschwarzer Dunkelheit gefüllten Raum. Oskar erkannte wieder das Gesicht, was er auf dem Bild schon gesehen hatte. *Das ist der Feuerdämon!* Ehe er sich versah, wechselte plötzlich die Perspektive. Er sah, wie sein eigener Körper anfing zu brennen und spürte, wie die Hitze tief in seine Glieder fuhr.

GEGENWART

Kalter Wind wehte und wirbelte dunklen Staub in den grauen Nebel. Oskar spürte, wie die äußeren Bedingungen auf ihn einwirkten. Ihm war am gesamten Körper kalt. Das Einzige, was ihn warmhielt, war das Schwert, dessen Griff jetzt erneut glühte.
»Cassie!«
Oskar hörte Tims Schrei hinter sich. Er war ein paar Meter vorausgegangen und drehte sich jetzt um.
»Was ist passiert?«
Als er sah, dass seine Freundin am Boden lag, lief er zu den anderen zurück.
»Sie ist noch in ihrer Vision.«
Oskar umklammerte ihr Handgelenk. Sie fühlte sich komplett kalt an. Er rüttelte an ihrer Schulter und sah, dass sie die Augen öffnete.
»Oskar?«
Ihre Stimme klang schwach.
»Wir müssen weiter.«
Er drehte sich kurz um. Weit in der Ferne erkannte er die Umrisse der Brücke, direkt vor dem fremden Planeten. *Sie ist nicht weit entfernt. Die Brücke in die Freiheit.*
»Kannst du aufstehen?«
Oskar streckte seine Hand aus, Cassie nahm sie entgegen und richtete sich auf.
»Danke.«
Sie hustete und spuckte etwas Dunkles auf den Boden.
»Blutest du?«
»Ja. Ich habe mir auf die Zunge gebissen.«

Sie grinste schwach und klopfte sich den Staub von der Kleidung.
»Es ist alles in Ordnung.«
Sie sah jeden einzelnen nacheinander an.
»Ich habe nach der Vision, die ich hatte, nur das Bewusstsein verloren.«
Sie griff nach Oskars Hand. Es fühlte sich gut für ihn an, die Wärme zu spüren, die langsam wieder in ihren Körper zurückkehrte. Gemeinsam schritten sie zu fünft über das Feld, während die Erde langsam immer stärker anfing zu beben. Der Boden bröckelte und Steine flogen im Wind durch die Luft.
»Zieht den Kopf ein!«, brüllte Oskar.
Er wich ein paar kleineren Steinen aus und spürte, wie er das Gleichgewicht verlor. Der Boden brach wie eine Eisfläche. Die Steinschollen trieben auseinander, und als Oskar seinen Blick auf das richtete, was sich unter ihm befand, stöhnte er auf. Sie waren eingekesselt von brennend heißer Lava, die unter ihnen brodelte.
»Oskar!«
Cassies Stimme klang flehend. Sie, Nora und Tim befanden sich auf einer etwas größeren Scholle, direkt fünf Meter hinter ihm. Lily hatte noch stärker den Anschluss verloren, sie trieb zehn Meter weiter rechts von allen durch die heiße Lava. Oskar drehte sich um und blickte wieder nach vorne. Der Lavastrom floss stetig, und es sah fast danach aus, als würde er bald die Brücke erreichen. Bei dem Gedanken daran wurde ihm eiskalt, trotz der glühenden Hitze um ihn herum. *Wenn die Brücke abbrennt, werden wir alle sterben.*
»Leute!«
Lilys Stimme war es, die ihn aus seinen Gedanken zurück in die

Realität holte. Sie war etwas näher herangekommen, jedoch immer noch viel zu weit weg, um herüber springen zu können.

»Ich habe einen Plan.«

»Was ist denn?«, fragte Tim.

»Wir müssen zur Mitte.«

Sie deutete auf eine etwas größere Plattform, die sich aus der Mitte des Lavastroms erhob.

»Was hast du vor?«

Lily hörte seine Stimme gar nicht mehr und war damit beschäftigt, ihre Position zu verbessern. Sie rutschte an den Rand der Steinscholle, auf der sie gerade saß. Aus der Ferne konnte Oskar die Anspannung sehen, die ihr förmlich ins Gesicht geschrieben stand. Sie stand auf, holte einmal tief Luft und sprang. Oskar stockte der Atem. *Was zur Hölle hat sie vor?* Lily bewegte sich auf die Mitte zu und passierte eine Scholle nach der anderen. Bei ihrem dritten Sprung rutschte sie etwas weg und verhinderte nur um Haaresbreite einen Sturz in die heiße Lava.

»Lily!«

Tim klang nervös.

»Du bringst dich damit noch um!«

Lily hörte jedoch nicht auf ihn, sie war in ihrem Element. Oskar bewunderte den Mut, den sie in diesem Moment an den Tag legte. Auch, wenn ihm noch immer nicht bewusst war, was sie denn eigentlich vor hatte. Wenig später hatte sie die riesige Plattform in der Mitte erreicht. Sie befand sich jetzt noch weiter weg von Tim, Nora und Cassie. Tim stand auf, Nora hielt ihn am Arm fest.

»Was hast du vor?«

»Ich muss zu ihr. Ich will nicht, dass...«

»Nein.«

Nora sah ihn flehend an.

»Bleib bei mir.«

»Es ist alles okay!«, rief Lily.

Oskar sah, wie sich Nora bei diesen Worten entspannte. Tim setzte sich derweil wieder auf den Boden.

»Oskar, ich brauche deine Hilfe!«

Cassie sah in seine Richtung. Ihr Blick war eindeutig und sagte mehr als tausend Worte. *Mach es nicht. Begib dich nicht in Gefahr.* Er wollte Lily jedoch auf gar keinen Fall im Stich lassen, das gab er Cassie auch mit einem Blick zu verstehen. Sie nickte, wirkte aber nicht begeistert.

»Was brauchst du?«

»Das Schwert!«

Oskar war verwundert. *Wozu braucht sie das Schwert?* Ohne darüber weiter nachzudenken, machte er das, was Lily zuvor getan hatte. Er sprang von Stein zu Stein und atmete bei jeder Landung einmal tief ein und aus. Mit jedem weiteren Sprung wurde er entspannter. Etwa fünf Minuten später, die sich wie zehn Stunden angefühlt hatten, hatte er Lily erreicht.

»Danke.«

Sie lächelte ihn kurz an.

»Was hast du mit dem Schwert vor?«

»Ich muss die Puzzleteile verbinden und einen Weg für uns schaffen«, sagte sie.

»Das hat Simon in meiner Vision zu mir gesagt.«

Ihr Blick wurde plötzlich traurig.

»Ich wünschte, er wäre bei uns und... würde überleben. So wie wir es tun.«

Sie zeigte auf den Boden. Direkt unter ihren Füßen war eine

Markierung im Stein zu sehen, die fast so aussah wie ein Puzzleteil. Oskar gab ihr vorsichtig das Schwert und drehte sich zu den anderen. Sie entfernten sich mit jeder verstreichenden Sekunde weiter von ihnen, der Lavastrom floss zwar nicht allzu schnell, aber stetig. Lily wog das Schwert kurz in den Händen und betrachtete es ein paar Sekunden lang. Dann stieß sie es mit einem lauten Schrei in den Boden, genau auf die Markierung. Zunächst passierte nichts. Ein paar Sekunden später jedoch war ein lauter Knall zu hören, und die orangene Lava färbte sich dunkler. Als sie einen tiefschwarzen Farbton erreicht hatte, wurde sie urplötzlich zu Stein. Oskar bückte sich und strich über den Boden. Er fühlte sich bloß noch lauwarm an. Tim, Nora und Cassie kamen auf die beiden zu geschritten, als sie sich vergewissert hatten, was mit der heißen Lava passiert war.

»Was hast du gemacht?«, fragte Tim verwundert.

»Ich habe mich auf meine Vision verlassen.«

Sie lächelte verkniffen.

»Es war eine sehr gute Idee, diese Flüssigkeit zu trinken, bevor wir uns auf dieses Feld gewagt haben.«

Der Erdboden war jetzt wieder komplett ruhig. Oskar konnte nicht wirklich glauben, was er gerade gesehen hatte, wusste aber, dass das die Realität gewesen war. Die Brücke vor ihnen war nun nicht mehr weit entfernt.

»Danke.«

Lily legte ihm eine Hand auf die Schulter. Oskar drehte sich um. Mit der anderen Hand streckte sie ihm das Schwert entgegen. Der Griff war blutverschmiert.

»Hast du dich geschnitten?«, fragte er erschrocken.

»Ja, es ist aber nicht so schlimm wie es aussieht.«

»Zeig mal bitte.«

Widerwillig zeigte sie ihm ihre Hand. Auf der Innenfläche war ein tiefer Schnitt zu sehen, aus dem noch immer Blut quoll und über ihre Handfläche lief. Sie presste die Hand auf ihr T-Shirt und versuchte, den Blutfluss so zumindest etwas zu stoppen.
»Es gibt wirklich wichtigeres.«
Damit hatte sie wahrscheinlich sogar recht, doch für Oskar sah ihre Verletzung trotzdem besorgniserregend aus. Er betrachtete das Schwert und ließ seinen Blick über die staubige Klinge gleiten. *Was für magische Kräfte hat dieses Schwert? Wozu ist es im Stande?* All diese Dinge konnte Oskar sich nicht wirklich erklären, und diese Tatsache machte ihm zugegebenermaßen noch mehr Angst. Er fühlte sich in diesem Moment überhaupt nicht wohl und spürte erneut, wie die Kälte in seine Glieder fuhr. Sie schien ihn nach und nach von innen heraus aufzufressen. Plötzlich spürte er, wie ihn etwas zu Boden riss. Cassies Schrei kam zu spät, er hatte keine Chance mehr, rechtzeitig zu reagieren. Das Schwert fiel aus seiner Hand und rutschte über den Boden. Flammen schossen plötzlich wild in der Luft umher, und er spürte, wie eine davon seine rechte Hand traf.
»Verdammt!«
Dichter Nebel zog auf, schon bald war die Brücke komplett im Dunst verschwunden. Oskars Hand schmerzte, er versuchte trotzdem, das Schwert irgendwie greifen zu können. *Ohne das bin ich machtlos!* Tim tauchte auf einmal neben ihm auf und streckte seine Hand aus. Oskar nahm diese dankend entgegen und kam wieder auf die Beine. Die Flammen waren mittlerweile wieder verschwunden. Hinter dem Nebelschleier war jedoch etwas Dunkles zu erkennen, das stets näher kam. Bevor sich der Gegner zeigen konnte, hob Oskar das Schwert auf und brachte sich in Kampfstellung.

»Kommt zu mir!«, rief er den anderen zu.
Er wollte nicht, dass sie sich unnötig in Gefahr begaben. Sie waren allesamt unbewaffnet, er war der einzige, der sie verteidigen konnte. *Ich muss jetzt für sie kämpfen, komme was wolle.* Er ignorierte das enorme Brennen in seiner Hand und stach mit dem Schwert in den Nebel. Ein ohrenbetäubender Schrei drang hervor, er zog die Klinge zurück und sah, dass sie mit braunem Schlamm und Blut beschmiert war.
»Was war das?«, fragte Cassie.
Oskar drehte sich kurz um und blickte ihr ins Gesicht. Sie sah komplett fertig aus, hatte sich scheinbar noch nicht wirklich von dem erholt, was sie in ihrer Vision gesehen hatte. *Was auch immer das gewesen war.* In ihren Augen stand die blanke Angst, und ihre Haare klebten an ihrer verschwitzten Stirn. Tim, der direkt neben ihr stand, wirkte im Gegenzug relativ entspannt. Nora hielt seine Hand fest, ihr war anzusehen, dass sie sich in Tims Nähe wenigstens etwas sicherer fühlte. In Lilys Augen konnte Oskar nicht viel lesen, sie wirkte absolut fokussiert und konzentriert auf das, was vor ihnen lag. Sie war es auch, die die nächsten Worte sprach.
»Pass auf!«
Oskar drehte sich blitzartig um und wehrte eine weitere Attacke ab. Erneut gab sein Gegner diesen schrecklichen Schrei ab, der ihm tief in die Knochen fuhr. Blut und Schlamm spritzte ihm ins Gesicht, er wandte sich angewidert ab und spuckte etwas von der ekelerregenden Masse zu Boden. Sein nächster Gegner nutzte diese Verzögerung geschickt aus und klammerte sich an ihm fest. Oskar verlor erneut den Boden unter seinen Füßen und stürzte. In dem Moment, in dem sich die schlammige Faust seines Gegners um seinen Hals schließen wollte, konnte er das

Schwert in die braune Masse stoßen. Er traf jedoch nicht richtig, zog die Waffe heraus und stieß ein zweites Mal zu. Blut spritzte und landete in hohem Bogen auf seinem T-Shirt. Erst dann ließ der Angreifer langsam von ihm ab. Der Griff wurde schwächer, und Oskar gelang es, sich wieder zu befreien. Gerade, als er dachte, dass dies der letzte gewesen war, sah er drei dunkle Schatten aus dem Nebel kommen. Erst jetzt fiel ihm der Gestank auf, den diese Wesen verbreiteten. Es roch nach Dreck und... Tod. *Verwesung.* Seine Augen begannen zu Tränen und ihm wurde übel. *Wo kommen die nur her?* Bevor der Nebel immer dichter geworden war, hatte er dort nichts erkennen können. Es hatte nur die Brücke gegeben, die immer nähergekommen war. Plötzlich kam ihm ein anderer Gedanke. *Was, wenn das nur ein Trugbild gewesen war? Was, wenn diese Brücke gar nicht existiert? Das würde zumindest erklären, was gerade vor sich geht. Diese... Monster... sie können doch nicht aus dem Nichts kommen!* Es war mittlerweile so neblig geworden, dass es schwer war, die eigene Hand vor Augen sehen zu können. Als Oskar sich umdrehte, bemerkte er auch, dass er von Tim, Cassie, Nora und Lily nur die Konturen im Dunst sehen konnte.

»Alles okay bei euch?«

»Ja«, gab Tim zurück.

»Ich helfe dir gleich.«

»Bleib lieber da!«

Die dunklen Schatten lösten sich langsam aus dem Nebel. Entgegen Oskars Erwartungen waren es nicht die Schlammwesen, die ihn jetzt angriffen. *Es sind Schatten.* Sie schwebten über den Boden und verteilten sich in alle Richtungen. Es wurden mit jeder weiteren Sekunde immer mehr, sie füllten

bald bereits den gesamten Boden aus. Die Dunkelheit ließ ihn mulmig werden, er wich ein paar Schritte zurück bis er gegen Tim prallte.
»Entschuldige.«
Ein lautes Donnergrollen war zu hören, und ein paar Sekunden später zuckten Blitze wild am Himmel umher. Es wurde schlagartig um einiges dunkler und kälter. Kurz darauf begann es zu regnen. Oskar hob seinen Blick und sah in den Himmel. Dicke, rote Tropfen flossen aus den dunklen Wolken. Es regnete erneut Blut, wie schon zuvor in der Höhle. Er senkte seinen Blick wieder, als er bemerkte, dass sein komplettes Gesicht nun voller Blut war. Es gab jedoch nichts, was ihm in diesem Moment weniger egal war. Er konzentrierte sich vollkommen auf das, was als Nächstes geschehen würde. In Erwartung eines weiteren Angriffs aus dem Nebel heraus klammerte er sich an seinem Schwert fest. Die Schatten huschten wild über den Boden und verteilten eine ihm unbekannte Kälte. Er rieb sich fröstelnd über die Arme. Weitere Blitze zuckten umher, sie waren wirklich enorm und erhellten die Gegend fast vollständig. Der Donner, der folgte, war ohrenbetäubend. Plötzlich löste sich einer der Schatten aus der Erde. Ein schwarzes Wesen bäumte sich vor ihm auf, bevor es sich jedoch fortbewegen konnte, stach Oskar mit aller Kraft mit dem Schwert zu. Er sah, wie die Spitze im Körper seines Gegners versank und dieser in der Luft zerplatzte. Dabei blieb es allerdings nicht: zwei weitere Schatten nahmen reale Gestalt an und schoben sich um Oskar herum auf Tim, Nora, Lily und Cassie zu. Ein weiterer Angreifer stieß Oskar zu Boden, er landete auf dem Rücken und spürte, wie ihm für zwei Sekunden die Luft wegblieb. Panisch atmete er wieder ein und versuchte, sich aufzurappeln, um den

anderen helfen zu können. Tim wehrte sich mit all seinen Kräften und versuchte, den übermächtigen Gegner irgendwie abzuschütteln. Dieser wich aber jeder einzelnen Attacke aus und wirkte ziemlich unbeeindruckt. Oskar sprang und versenkte das Schwert genau in den Rücken der Kreatur.
»Danke!«, keuchte Tim.
Er war immer noch außer Atem. Oskar nickte und fühlte sich gut. Dieses positive Ereignis bestärkte ihn, gab ihm genau das, was er in diesem Moment brauchte. *Motivation.* Cassie und Nora versuchten verzweifelt, zwei weitere Wesen irgendwie von sich fernzuhalten. Sie wehrten sich mit Händen und Füßen, doch es brachte rein gar nichts. Oskar nutzte ein drittes Mal das Schwert und löschte beide Gegner mit einem Hieb aus. Cassie fiel ihm in die Arme, und er spürte, wie sie anfing zu weinen. Sie zitterte am gesamten Körper und wirkte vollkommen aufgelöst.
»Danke.«
Sie wischte sich die Tränen aus dem Gesicht.
»Ich weiß nicht, was mit mir los ist. Es tut mir leid. Ich bin völlig am Ende.«
»Ist schon okay.«
Oskar umarmte sie fest und hätte sie am liebsten nicht mehr losgelassen.
»Ich kann dich wirklich verstehen.«
Als sie sich wieder voneinander lösten, fühlte Oskar sich schlecht. Zum einen wusste er, dass er jetzt weiter kämpfen und alle anderen beschützen musste, aber zum anderen wollte er Cassie in ihrem jetzigen Zustand keineswegs alleine lassen. Er befand sich in einem heftigen Gefühlschaos und wusste selbst nicht mehr, was er tun sollte. *Schalte deinen Kopf einfach aus,*

dachte er. *Oder denk verdammt nochmal an irgendetwas Positives.* Ihm fiel jedoch nichts dergleichen ein, was ihm in dieser tristen Situation behilflich sein konnte. Deshalb entschied er sich dazu, einfach an gar nichts mehr zu denken. Die schnellen Schatten hatten sich mittlerweile aufgelöst, es war keine weitere Attacke mehr zu erwarten. Auch der Blutregen war abgeschwächt, es prasselte mittlerweile nur noch schwach aus den schwarzen Wolken auf den dunklen Boden. Es hatten sich bereits kleine und große rote Pfützen gebildet, die sich langsam dem Boden fügten und in ihm versickerten. Ein paar Sekunden lang passierte nichts, dann bemerkte Oskar plötzlich eine starke Windböe. Er konnte sich gerade noch auf den Füßen halten, und bemerkte, wie das Blut an seinem Körper langsam trocknete. Es wurde von Sekunde zu Sekunde kälter und unangenehmer. Oskar spürte, dass etwas Großes bevorstand – wusste jedoch nicht, was ihn jetzt noch erwarten konnte. *Ich war nicht umsonst drei Mal in diesem merkwürdigen Raum in meiner Vision. Das kann kein Zufall gewesen sein! Dieses Bild, dieses furchtbare Wesen... zeig dich, Feuerdämon.* Er wollte gerade noch einmal darüber nachdenken, was er dort alles gesehen hatte, als Tim ihm eine Hand auf die Schulter legte.
»Du hast uns allen das Leben gerettet. Danke man.«
»Dafür nicht. Das war selbstverständlich.«
»Du hast ziemlich viel riskiert.«
Oskar schüttelte den Kopf. Ihm war alles momentan zu viel.
»Lasst uns später darüber reden. Nicht jetzt.«
Wenige Sekunden lang passierte gar nichts. Der Blutregen hatte aufgehört und auch die dunklen Wolken hatten sich weitestgehend verzogen. Langsam lichtete es sich wieder, die Umgebung wirkte fast ein bisschen freundlicher. Doch der Wind war wei-

terhin schneidend kalt. Gerade in dem Moment, als sich in Oskars Kopf leise der Gedanke anschlich, ob nun etwa alles überstanden war, brach die Erde hinter ihnen in einem Ruck auf. Aus dem Spalt schossen Flammen meterhoch in die Höhe und verteilten ihren dunklen Rauch in den wolkenverhangenen Himmel. Oskar blickte nach oben und sah dem Feuerdämon genau in die Augen. Mit einem scharfen Blick erwiderte das übernatürliche Wesen seinen Blick. Das Gesicht jagte Oskar eine Heidenangst ein. Seine Schwerthand schwitzte, und er spürte, wie ihm der warme Griff mehr und mehr zu entgleiten schien. Er nahm die anderen hinter sich gar nicht mehr wahr, hörte die Worte, die sie riefen, nur verschwommen. Das einzige, was er verstehen konnte, war sein Name. Er drehte sich langsam um.
»Wir müssen zur Brücke!«, sagte Tim und deutete auf einen Weg hin, der an dem riesigen Wesen vorbeiführte.
Oskar jedoch schüttelte den Kopf.
»Ich kann hier nicht weg, ohne dem Ganzen ein Ende bereitet zu haben.«
»Was hast du vor?«
Cassie kam näher.
»Wir schaffen es nicht.«
Oskar klang resigniert.
»Sobald einer von uns an dem Feuerdämon vorbeiläuft, wird er verbrannt. Wir haben keine Chance.«
»Wir müssen es zumindest versuchen!«
Tim senkte seine Stimme.
»Etwas anderes bleibt uns nicht.«
Der Feuerdämon startete seine erste Attacke. Oskar konnte den Flammen gerade so ausweichen und musste Cassie unsanft zur

Seite stoßen, damit sie nicht von einer der Feuerbälle getroffen wurde.

»Tut mir leid!«, rief er abgehetzt.

Er schwenkte wild seinen Blick umher und versuchte, einen Weg für sich und die anderen zu finden. Doch sowohl links als auch rechts gab es nahezu keine Möglichkeit: der Erdboden war zu weit aufgerissen und die Flammen zu dicht. Tim bewegte sich bis auf einen Meter an den Dämon heran, merkte jedoch, wie er die gesamte Aufmerksamkeit des übermächtigen Gegners auf sich zog. Er konnte den Flammen gerade so ausweichen und taumelte zur Seite. Nora kam, ohne nachzudenken, angestürmt und beugte sich über ihn.

»Alles okay? Bist du verletzt?«

Noch bevor Tim antworten konnte, unterbrach Lily ihn.

»Passt auf!«, schrie sie.

Tim hechtete einen halben Meter weiter nach rechts und zog Nora mit sich. Beide landeten unsanft aufeinander, und Nora schlug sich das Handgelenk am Boden auf. Tim rappelte sich auf, zog sie auf die Beine und versuchte, irgendwie aus der Gefahrenzone zu kommen.

»Was hast du dir dabei gedacht?«, fuhr Oskar ihn an.

Er merkte, dass er dabei schärfer klang, als er es eigentlich beabsichtigt hatte.

»Ihr hättet eben beide draufgehen können!«

Nora rieb sich kurz über ihr Handgelenk und wandte sich dann Tim zu.

»Danke.«

Sie umarmte ihn. Tim wirkte etwas unbeholfen, ließ es jedoch geschehen. Als Oskar wieder den Feuerdämon anblickte, sah er eine riesige Hand, die sich aus den Flammen bildete. Sie schoss in Richtung des Bodens, landete direkt vor ihnen und wirbelte grauen Staub auf. Der Nebel, der zwar etwas abgenommen hatte aber immer noch vorhanden war, ließ das Ganze im Tageslicht ziemlich surreal wirken. Er gab den perfekten Kontrast zu den hellen Flammen und dem schwarzen Rauch ab. Die Hand zog sich wieder ein paar Meter zurück und hinterließ eine flammende Spur. Oskar wagte sich zwei Schritte nach vorne und hielt das Schwert etwa auf eine Armlänge Abstand von seinem Körper. Er war jederzeit bereit, zuzustechen. Er wusste nur, dass er dazu den richtigen Moment abwarten musste. Der Dämon wirkte überrascht ob des mutigen Angriffs und richtete sich in seiner vollen Größe auf. Oskar rannte. Er schloss seine Augen, wollte sich nur auf sein Bauchgefühl verlassen. Es wurde mit jedem weiteren Schritt immer heißer um ihn herum. Als er glaubte, dass endlich der richtige Moment gekommen war, öffnete er seine Augen und stach das Schwert mit einem Schrei, bei dem er all seine Kraftreserven mobilisieren konnte, in die Masse aus lodernden Flammen. Seine Hand brannte und er konnte seine Augen kaum mehr offenhalten. Er wollte jedoch unbedingt wissen, was als Nächstes passieren würde. Und genau das sah er dann auch. Es dauerte nicht lange, bis das Schwert in der Masse einfach verglühte. Die Klinge wurde erst hellbraun, bis sie schließlich einen schwarzen Farbton annahm und wenig später zu Asche zerfiel. Die Hand griff nach ihm, hob ihn hoch, und Oskar spürte, wie sein Körper immer heißer wurde... und in Flammen aufging.

»Oskar!«

Cassie schrie so laut sie konnte. Sie wollte losrennen, mitten in die Flammen hinein. Nora, die direkt hinter ihr stand, hielt sie jedoch fest.

»Lass mich los!«

Cassie hatte vollkommen die Kontrolle über sich verloren und rammte Nora ihren Ellenbogen ins Gesicht, was diese sofort zu Boden taumeln ließ.

»Kümmere dich um Nora!«

Mit diesen Worten sprintete Tim von Lily weg und folgte Cassie, die den Feuerdämon nun fast erreicht hatte.

»Cassie, es ist zu spät...!«

Sie hielt kurz inne und drehte sich um. In ihrem Gesicht konnte Tim alles ablesen, was in den letzten Tagen passiert war. Ihre Augen wiesen Ringe auf und Tränen liefen ihre Wange hinunter. Sie wirkte verzweifelt. *Gebrochen.* Tim sah, dass der komplette Wille, zu überleben, in ihr nicht mehr vorhanden war. Sie wirkte fast sehnsüchtig danach, ihr Leben beenden zu können.

»Ich kann es nicht«, meinte Cassie.

Ihre Stimme wurde immer wieder durch ihre Tränen unterbrochen.

»Es war schonmal so. Ich schaffe das nicht noch ein weiteres Mal. Beim letzten Mal habe ich Willow umgebracht, weil ich komplett den Verstand verloren habe. Ich kann und will ohne ihn nicht leben.«

Cassie kam fünf Schritte auf Tim zu. Sie stand nun direkt vor ihm, und legte ihre Arme auf seine Schultern.

»Ich will das nicht noch ein weiteres Mal erleben. Bitte...«

Tim wollte etwas einwenden, hatte jedoch nicht die Kraft und die nötigen Worte parat. Er fühlte sich in diesem Moment unfassbar schlecht. Oskars Körper war bereits vollkommen von den Flammen verschluckt und bloß noch als dunkle Kontur im inneren des Feuerdämons zu sehen. In Cassies Augen sah er einfach nur einen leeren Ausdruck. *Sie wird es nicht überwin-*

den und ist bereit, zu sterben. Einen Moment lang lagen sich beide noch in den Armen.
»Danke«, schluchzte Cassie.
»Danke, dass du uns geholfen hast. Und jetzt bring Nora und Lily in Sicherheit. Ihr habt ein erfülltes und sorgloses Leben verdient.«
Tim sah die Tränen in ihren Augen, ehe Cassie sich ein letztes Mal umdrehte. Langsam, fast wie in Trance, schritt sie auf den gigantischen Feuerdämon zu und nahm die letzten Meter auf sich. Als sie von den glühend heißen Flammen umhüllt war und starb, fühlte es sich für sie an, als hätte sie ihre Bestimmung gefunden.

Mit gesenktem Kopf und einer ungreifbaren Traurigkeit kehrte Tim wieder um und ging auf Lily und Nora zu. Er hatte seinen Blick nicht von Cassie lassen können, bis ihr Körper vollständig in den gigantischen Flammen verschwunden war. Lily und Nora saßen nebeneinander auf dem Boden und konnten immer noch nicht fassen, was gerade geschehen war. Nora blutete aus der Nase, und er erinnerte sich wieder daran, wie Cassie ihr den Ellenbogen ins Gesicht gerammt hatte.
»Hast du Schmerzen?«
Jegliche Kraft hatte seine Stimme verlassen. Er fühlte sich bloß noch wie eine leere Hülle. Nora standen Tränen in den Augen, doch dass diese nicht zwingend mit den Schmerzen ihrer Nase zu tun hatten, konnte Tim sich bereits denken.
»Sie hat uns einen Weg geschaffen. Den müssen wir nutzen.«
Er half ihr auf die Beine und lief voraus. Lily folgte ihm, Nora jedoch musste etwas Abstand halten.
»Ich kann nicht mithalten!«

Sie humpelte, versuchte, sich auf die Zähne zu beißen, konnte sich aber trotzdem nicht wirklich bewegen.
»Wir müssen ihr helfen!«
Tim und Lily eilten zurück.
»Nein. Lasst mich zurück! Ihr könnt nicht riskieren, dass ihr für mich draufgeht!«
»Auf gar keinen Fall.«
Tim schüttelte den Kopf. Nora blickte zu Boden.
»Sieh mich an.«
Nora hob zögerlich ihren Blick. Tim drückte ihr einen Kuss auf den Mund, und spürte sofort, wie der Lebenswille in ihren Körper zurückkehrte.
»Ich liebe dich.«
In ihren Augen spiegelten die Tränen ihren traurigen Blick. Der Feuerdämon war unterdessen damit beschäftigt, sich über die beiden wehrlosen Körper in seinem Inneren herzumachen. Er bemerkte nicht, wie Tim, Nora und Lily sich ihren Weg an ihm vorbei bahnten und auf die Brücke zu liefen.
»Wartet mal kurz.«
Tim ließ Nora kurz los und öffnete die Flasche mit dem Silberwasser. Es befand sich noch etwa die Hälfte der Flüssigkeit in dem Gefäß.
»Geht schonmal zur Brücke«, wies er die beiden an.
»Ich komme gleich nach.«
Er schloss die Augen und atmete tief durch. Nora und Lily warteten direkt hinter ihm. *Dieses Zeug muss vernichtet werden.* Er ging zwei Schritte zurück und warf die Glasflasche mit Anlauf in die Flammen. Wenige Sekunden später wurde der Planet von einem weiteren, heftigen Beben erfasst. In dem Moment, als Tim, Nora und Lily bereits über die Brücke durch das Portal ge-

langt waren, explodierte der Planet Ehygea und ging in den Flammen des sterbenden Feuerdämons unter.

ENDE

DANKSAGUNG

Hallo? Ist da jemand? Ich befinde mich auf dem komplett zerstörten Planeten Ehygea. Mensch, das, was hier eben passiert ist, wird mir niemand glauben. Zum Glück habe ich alles niedergeschrieben! Es ist aber auch wirklich nervig, ständig als Kameramann den eigenen Figuren hinterherzulaufen und das zu dokumentieren, was sie Tag und Nacht tun. Jeder einzelne Schritt wurde in den letzten Tagen festgehalten, und die Reise hat am heutigen Tage ein trauriges Ende genommen. Zeit, alles nochmal Revue passieren zu lassen – doch das werde ich später in aller Ruhe tun – vielleicht zuhause?

Diese Trilogie war wirklich eine Abenteuerreise, und ich hatte eine ungeheure Freude dabei, den Charakteren auf ihrer gefährlichen Reise zu folgen.

Nun möchte ich noch ein paar Dankesworte loswerden, ein Dankeschön an die, die dabei mitgeholfen haben, dass die „Crethrens"-Trilogie so geworden ist, wie sie ist.

Danke, Cara, dass du mit deinem ausführlichen Feedback dazu beigetragen hast, dass kleine Fehler direkt ausgemerzt werden konnten. Auch dank dir ist die Story am Ende so schön rund geworden.

Danke, Galax, für die drei fantastischen Cover. Ich bin seit Jahren von deiner Arbeit begeistert und hoffe, dass die Zusammenarbeit noch lange anhalten wird.

Danke, Jessica, für dein Feedback beim Testlesen! Ich hoffe, du hast den Abschluss der Reihe bald geschafft und lässt mir deine endgültige Meinung dann zukommen.

Und zuallerletzt danke ich auch Ihnen und euch da draußen – für das Interesse an dem, was ich veröffentliche, die warmen Worte und die Kritik.

ROSENGARTEN, 10.01.2021
Niklas Quast

Weitere Bücher des Autoren

2005: Lewis, Janet, Jeff und Liz erhoffen sich ein Abenteuer, ein Wanderurlaub in den Bergen – genau nach ihrem Geschmack. Trotz einiger beängstigender Vorkommnisse während der Fahrt in die Berge entscheiden sie sich, zu bleiben. Als sie allerdings auf die Rucksäcke einer verschollenen Wandergruppe stoßen und nach und nach mysteriöse Anzeichen auf deren Verbleib finden, beginnt ein Albtraum, aus dem es kein Entrinnen zu geben scheint…

1995: Idyllische, weite Wälder und glasklare Seen. Nichts anderes wollen Marcel, Inge, Matthias, Gudrun, Alexander und Ralf, als sie sich dazu entscheiden, einen Urlaub in den Bergwäldern zu machen.

Doch dann verliert sich jede Spur von ihnen…

Die vier Jugendlichen Marc, Blake, Jay und David wagen gemeinsam mit dem Einsiedler Joseph, Jays Bruder Danny und seinem Freund Neal einen Ausflug zu einem „Geisterhaus", um das sich zahlreiche Mythen ranken. Doch als sie eines nachts das Haus betreten, beginnt ein Albtraum, der nie zu enden scheint. Denn das Haus lebt. Und es sucht sich seine Opfer…

Zehn Personen wachen in einer verlassenen Lagerhalle auf. Zunächst können sie sich nicht erklären, wie sie dort hingelangt sind. Doch als ein Teil der Gruppe auf ein System unterirdischer Gänge stößt, entfesseln sie ein Grauen, das die Grenzen jeglicher Vorstellungskräfte überschreitet.

Die Dämonenjäger Marcus Young und William Collister verbringen eine Nacht in der Lagerhalle, in der sich vor kurzer Zeit erst schreckliche Dinge zugetragen haben. Sie installieren eine Kamera, um die paranormalen Geschehnisse per Video zu dokumentieren. Als Marcus in einem der Räume auf eine apathisch wirkende Frau stößt und wenig später verschwunden ist, begibt sich William auf die Suche nach ihm. Die deutlichste Spur führt tief in den Wald...

Währenddessen läuft die Kamera. Und zeichnet schreckliche Dinge auf...

Bei der Eröffnungsfeier des *Arizona Splash*, einem riesigen Schwimmbad mit Außenpools, Saunas und Rutschen, werden zwei junge Leute entführt. Ihnen steht eine Nacht des Grauens bevor: im Inneren des Schwimmbades müssen sie sich nicht nur mit ihren sadistischen Peinigern auseinandersetzen, sondern auch mit einer Gefahr, die aus den Tiefen eines geheimen Kellerganges zu kommen scheint.

Je tiefer Officer Charles Reinhart in den Fall vordringt, desto verwobener wird das Spinnennetz des Grauens. Die Killer schrecken offenbar vor nichts zurück – und richten ein Blutbad ungeahnten Ausmaßes an.

Der jugendliche Oskar findet sich inmitten einer gigantischen Eiswüste mit neunzehn anderen Jugendlichen wieder. Schon bald erkennen alle, dass sie sich in einem perfiden Test befinden, bei dem es nicht nur um das blanke Überleben geht…

Nach den Geschehnissen in der Eiswüste, die jeden einzelnen verändert haben, landen die Überlebenden mit einem Helikopter in einer verlassenen Stadt. Sie finden eine Karte und entscheiden sich dazu, zwei Orte aufzusuchen: eine mittelalterliche Festung und die unterirdische Stadt Ghiron Nagh. Alles scheint nach Plan zu laufen – bis das Schicksal wieder gnadenlos zuschlägt…

ERSCHEINT IM JUNI 2021

Kurz vor Dienstschluss wird Officer Gilbert Smith zu einem Einsatz gerufen: der Fahrer eines Dodge Viper befindet sich nach einem Unfall auf der Flucht. Eine Verfolgungsjagd und ein darauffolgender Unfall führen den Officer über den Highway tief in die Solven-Hills und das beschauliche Dorf Kinmark. Je tiefer er in die Geheimnisse des Ortes vordringt, desto deutlicher wird ihm, dass er sich in einer tödlichen Falle befindet, aus der es kein Entrinnen zu geben scheint...